Roberta De Falco
Die trüben Wasser von Triest

PIPER

Zu diesem Buch

Triest, die Bora weht. Die Stadt mit der großen habsburgischen Tradition leidet unter den typischen italienischen Verhältnissen, findet Commissario Ettore Benussi: keine Disziplin, keine Autorität. Wo soll das hinführen? Zum Glück hat er nur noch wenige Jahre bis zur Pensionierung, und dann wird er endlich den lange geplanten Kriminalroman schreiben. Doch gegenwärtig muss er sich noch um die realen Toten kümmern. Als die 90-jährige Ursula Cohen leblos im Hafenbecken treibt, zeigen sich so viele Menschen in ihrem Umfeld verdächtig, dass er auf die Hilfe seiner jungen Kollegen Elettra und Valerio dringend angewiesen ist …

Roberta de Falco ist das Pseudonym einer erfolgreichen Drehbuchautorin, die mit den Großen des italienischen Kinos zusammengearbeitet hat. Sie lebt in Triest, Rom und Orvieto.

Roberta De Falco

DIE TRÜBEN WASSER VON TRIEST

Kriminalroman

Aus dem Italienischen
von Luis Ruby

PIPER
München Berlin Zürich

Mehr über unsere Autoren und Bücher:
www.piper.de

Von Roberta De Falco liegen im Piper Verlag vor:
Die trüben Wasser von Triest
Gute Zeiten für schlechte Menschen
Schuld vergisst nicht

Das Zitat von Rainer Maria Rilke stammt aus:
Die Sonette an Orpheus, Zweiter Teil, 12. Sonett.
Die Verse von Umberto Saba wurden von Paul-Wolfgang Wührl ins Deutsche übertragen: *Triest und eine Frau,* Frankfurt a. M. 1962.

Die erzählten Ereignisse sind frei erfunden. Jeglicher Bezug auf wirkliche Ereignisse und reale Orte oder Personen ist unbeabsichtigt und rein zufällig.

FSC
www.fsc.org
MIX
Papier aus verantwortungsvollen Quellen
FSC® C083411

Ungekürzte Taschenbuchausgabe
1. Auflage Oktober 2015
2. Auflage Juni 2016

Titel der italienischen Originalausgabe:
»Nessuno è innocente«, Sperling & Kupfer, Mailand 2013

erschienen im Verlagsprogramm Pendo
Umschlaggestaltung: Mediabureau Di Stefano, Berlin
Umschlagabbildung: © Preston Schlebusch/Getty Images
und Renphoto/iStockphoto
Satz: Satz für Satz, Wangen im Allgäu
Gesetzt aus der Life
Druck und Bindung: CPI books GmbH, Leck
Printed in Germany ISBN 978-3-492-30761-1

Für die Familie, die ich gewählt habe,
und für die natürliche

Was sich ins Bleiben verschließt, schon *ists* das Erstarrte;
wähnt es sich sicher im Schutz des unscheinbaren Grau's?
Warte, ein Härtestes warnt aus der Ferne das Harte.
Wehe –: abwesender Hammer holt aus!

Rainer Maria Rilke

DIE PERSONEN

ETTORE BENUSSI, Kommissar der Fahndungsabteilung der Triester Polizei
ELETTRA MORIN, Inspektorin der Fahndungsabteilung
VALERIO GARGIULO, Inspektor der Fahndungsabteilung
ROSANNA GUARNIERI, Staatsanwältin

CARLA BENUSSI, Frau von Ettore Benussi
LIVIA BENUSSI, Tochter von Ettore und Carla Benussi
PATER FLORENCE, Kapuzinermönch, Leiter eines Offenen Hauses in Triest

URSULA COHEN, betagte jüdische Dame
MARTIN SKOK, Gärtner in der Villa Cohen
VIOLETA AMADO, brasilianische Pflegerin von Ursula Cohen
SERGIO COHEN, Ursula Cohens Neffe
IRINA SCHATZ, Sergio Cohens Freundin
MARISA KERN, Sergio Cohens Exfrau
DANILO ROS, Eigentümer der Villa, in der Ursula Cohen lebt
ALBINA ROS, Frau von Danilo Ros

GIOVANNI ROS, Sohn von Danilo Ros
MARIKA ROS, Tochter von Danilo Ros
IGOR SALVINI, Marika Ros' Freund
RENATE STEIN, Freundin von Ursula Cohen

Sowie:

ROMEO ROCCO, Jogger
CLAUDIO und AURORA MORIN, Elettra Morins Adoptiveltern
ZDENKA TURKOVIC, kroatische Pflegerin
TULLIO CERRI, Rechtsmediziner
MIRKO PITACCO, Polizeihauptmeister
PIETRO GAMBA, Beamter von der Abteilung für Drogendelikte
MARIO GRANDIS, Beamter von der Hundeeinheit
LUPO, vierbeiniger Mitarbeiter der Hundeeinheit

1

Jeden Morgen bei Tagesanbruch ging Romeo Rocco zum Joggen.

Im Sommer und im Winter, bei Regen oder Sonnenschein, er musste die fast sechzehn Kilometer zurücklegen, vom Alten Fischmarkt zum Schloss Miramare und wieder zurück. Das Laufen war die einzige Leidenschaft, die ihn nicht verraten hatte. Wenn er lief, fühlte er sich lebendig, kraftvoll, noch auf dem richtigen Weg. Er ließ keinen Marathon in der Region aus, und seit etwas mehr als einem Jahr träumte er davon, am New-York-Marathon teilzunehmen.

Er hätte im Karst laufen können, auf der Strada Napoleonica oder dem Rilkeweg, hoch oben, weit weg von den eisigen Spritzern, die ihm der Nordwind ins Gesicht schleuderte, wenn er wie in den vergangenen Tagen mit über hundertdreißig Sachen blies. Aber als waschechter Triester konnte er einfach nicht laufen, ohne die blaue Weite vor sich zu sehen, ohne die verschneiten Berge, die an ganz klaren Tagen über der fernen Isola di Grado eine Krone bildeten.

Wie oft war er an den eigentümlichen Badeeinrichtungen vorbeigejoggt, die an Mauseohren erinnerten und von den Triestern daher zärtlich *topolini* genannt wurden; wie oft hatte er die großen Granitfelsen entlang des breiten Porphyrwegs bewundert, der zum Hafen von Barcola führte, unterhalb des Leuchtturms. Und doch bekam er davon nie genug. Das ist das Schöne am Meer: Man wird seiner niemals müde, es überrascht einen immer wieder.

Jetzt schlug er den Weg zum Alten Hafen ein, vorbei an den baufälligen Ruinen dieser imposanten Geisterstadt, die seit über einem Jahrhundert verlassen hinter dem Zollgebäude lag, und kam auf der Rückseite des Bahnhofs heraus. Mit sicheren Schritten bog er in die Nebenstraße ein, die die Sala Tripcovich mit dem Teatro Miela verband und ihn wieder zurück zu der Uferstraße führen würde.

Das Herzfrequenz-Messgerät an seiner Brust begann eine Reihe von Pieptönen auszusenden: Er musste das Tempo verringern. Sein Herz schlug zu schnell. Also ging er langsam zum Molo Audace und begrüßte dort den Morgen. Ein Ritual, das er schon als Junge gemocht hatte.

Es war ein klarer Spätseptembermorgen. Die Bora, die drei Tage lang getobt hatte, war einer leichten Nordbrise gewichen, von der das Meer kaum gekräuselt wurde. Auf der anderen Seite des Golfs stiegen aus der Morgendämmerung die zartblauen Umrisse von Pirano auf. Zu dieser Stunde war die Lieblingspromenade der Triester noch menschenleer. Nur ein kleiner Hund bellte wie wahnsinnig Richtung Meer. Warum war er denn so aufgeregt? Wen verbellte er da?

Romeo trat vorsichtig näher und sah etwas Weißes, das in den Wellen auf und ab schaukelte und hin und wieder gegen die Felsen stieß.

Eine Plastiktüte?

Eine Qualle?

Nein, genau betrachtet war das keine Qualle.

Das waren Haare. Langes, weißes Haar, das im Meer trieb. Zwischen den Felsen hatte sich die Leiche einer Frau verfangen, mit dem Gesicht nach unten.

Elettra Morin schreckte aus dem Schlaf, mit einem Gefühl der Beengung. Wo zum Teufel war sie? Wie spät war es? Sie schaltete das Licht an, und beim Anblick des Wasserfalls auf dem Poster, das über dem kleinen weißen Resopalschreibtisch hing, begriff sie, dass sie sich in ihrem Zimmer von früher befand, im Haus ihrer Eltern.

Am Abend zuvor hatten sie ein kleines Fest zu Ehren der Mutter gefeiert, mit den Nachbarn und dem einen oder anderen alten Freund.

Ihr Vater hatte alles organisiert: die Einladungen, das Catering durch ein kleines Restaurant aus der Nachbarschaft – er wollte seiner Frau die Mühe mit dem Kochen ersparen –, das Decken der Tische unter der Pergola, wobei sie die Katzen verjagen mussten, die mittlerweile fast jeden freien Quadratzentimeter des Gärtchens besetzten, das sich seitlich und vor dem weißen Häuschen erstreckte.

Es war ein melancholischer, gefühlvoller Abend gewesen, so wie in letzter Zeit immer, wenn sie nach Hause kam. Die Mutter hatte es genossen, und das war das Wichtigste.

Elettra erhob sich ruckartig und ging duschen, ohne zuvor aufs Handy zu schauen. Sie hatte einen freien Tag und konnte es ruhig angehen lassen.

Als sie in die Küche hinunterging, fand sie dort niemanden vor. Auf dem Tisch standen eine Tasse, der Rest vom Apfelkuchen, das Kännchen mit der Milch und der unvermeidliche Blumenstrauß, den ihre Mutter Aurora niemals fehlen ließ. Elettra lächelte, während sie das Teewasser aufkochte.

Eine einäugige Katze sprang auf den Tisch und fing an, Milch aus der Kanne zu schlecken.

»He, nein, Tippy. Das ist für mich.«

»Wenn deine Mutter nicht immer die Haustür offen lassen würde, könnten wir vielleicht das eine oder andere retten.«

Ihr Vater Claudio kam herein und drückte ihr einen Kuss aufs Haar. Er war ein wuchtiger Mann, der das Leben an der frischen Luft gewöhnt war. Der Schnauzbart, den er zeitlebens getragen hatte, war inzwischen weiß, und die schütteren Haare hingen zottelig über seinem gelassenen, zufriedenen Blick.

»Gut geschlafen, Schatz?«

»Ich musste eine Tablette nehmen. Hätte sonst kein Auge zugetan.«

»Ich habe mein Lebtag keine Schlaftablette genommem.«

»Ich weiß, Papa, fang bitte nicht wieder damit an … Und Mama?«

»Könntest du mit ihr einkaufen gehen?«

»Ich wollte eigentlich …«

»Weißt du, sie ist ein bisschen müde.«

Verflixte Schuldgefühle. Indem er sie so ansah, gab ihr Vater ihr zu verstehen, dass sie eine Egoistin war – wenigstens die freien Tage könnte sie doch der Familie widmen, solange sie noch keine eigene hatte.

Seltsam, wie nur zwanzig Kilometer den Verlauf eines Lebens ändern konnten. Als Mädchen hatte sie sich wohlgefühlt, da spielte sie in dem Puppenhaus, das ihr Vater mit Szenen bäuerlichen Lebens bemalt hatte, oder ging voll Freude mit ihrer Mutter in den kleinen Gemüsegarten, um die Tomaten hochzubinden, die Zucchini zu gießen – immer von unten, direkt an der Wurzel, damit die

Pflanzen nicht verwelkten – und über die sonderbaren Formen der Karotten zu staunen, die sie mühsam aus dem harten Erdreich gruben.

Doch jetzt stürzte sie alles, was ihr damals Freude und Halt verschafft hatte, in eine taube Melancholie, vor der sie am liebsten weggelaufen wäre. Vielleicht lag es an Auroras Krankheit, die Elettra nicht akzeptieren wollte.

Solange sie sich in ihrer Einzimmerwohnung in Triest aufhielt, gelang es ihr, nicht daran zu denken. Dort konnte sie sich einreden, dass bald eine Lösung kommen und die Chemotherapie anschlagen würde, und dann wäre alles wieder wie früher. Sie hatte das Leiden einfach satt.

Nach dem Abschluss in Jura – ein Studium, für das sie sich mehr dem Vater zuliebe entschieden hatte als aus wahrer Leidenschaft – war sie zur Polizei gegangen, vor allem, um eine Seite ihrer Persönlichkeit beherrschen zu lernen, die ihr Angst einjagte.

Was ihr an der Ausbildung am besten gefallen hatte, war just die Disziplin. Wenn in der äußeren Welt Ordnung herrschte, dann gelang es ihr, auch innen Ordnung zu schaffen. An dem Tag, an dem sie schließlich zur Inspektorin ernannt worden war, war sie glücklich gewesen. Eine gewonnene Schlacht, gegen alles und jeden. Ihre Eltern hatten seinerzeit auf jede erdenkliche Weise versucht, sie davon abzubringen. Das ist doch kein Beruf für so ein zartes Mädchen wie dich. Aber genau deshalb hatte sie sich dafür entschieden. Sie wollte endlich nicht mehr die Zarte sein, wollte keine weiteren Demütigungen ertragen.

Nie wieder.

Nun aber wollte sie auch den Krieg gewinnen und Kommissarin werden. Und da war nicht mehr viel Zeit zu verlieren. In einem Monat sollten die Prüfungen abgeschlossen sein.

Das Telefon klingelte. Claudio legte einen Slalom zwischen zwei Katzen hin, die sich mitten auf dem Flur ausgestreckt hatten, und nahm ab.

»Guten Tag, Commissario Benussi. Ja, ja … sie ist hier. Ich gebe sie Ihnen.«

Elettra hob die Augen zum Himmel und atmete scharf aus. Sie hielt nicht viel von ihrem Chef und tat wenig, um das zu verbergen.

»Ja? Guten Tag. Nein, habe ich nicht gesehen, ich hab's noch nicht eingeschaltet … Wie Sie vielleicht wissen, bin ich nicht im Dienst.«

Ihr Ton war nicht der freundlichste, und Elettras Vater machte ihr Zeichen: Pass auf, er ist dein Vorgesetzter.

Aurora kam mit einem Strauß Rosen herein. Ihre bunte, selbst gehäkelte Mütze ließ ihre Blässe noch gespenstischer wirken. Ihr Körper war einmal voll und einladend gewesen, jetzt aber war er vertrocknet wie eine Pflanze, die für längere Zeit ohne Wasser auskommen muss. Die weite Bluse mit Blümchenmuster, die sie noch im Vorjahr weich umhüllt hatte, baumelte so schlaff herab, als hinge sie an einem Kleiderbügel.

»Magst du mich vielleicht begleiten, Schatz? Ich muss noch Fisch einkaufen.«

»Sie ist am Telefon. Der Commissario …«, flüsterte Claudio ihr zu.

Elettras Stimme wurde lauter.

»Wie bitte? Wo?«

Als sie schließlich auflegte, wiederholte Aurora ihre Frage.

»Würdest du mit mir nach Grado fahren, Ely? Wir suchen zwei schöne Wolfsbarsche aus und machen sie dann im Salzmantel, was hältst du davon?«

Elettra lächelte ihre Mutter traurig an. Sie war so vertrauensvoll, so glücklich, die Tochter dazuhaben. Elettra kam sich vor wie ein Monster, wieder einmal.

»Das würde ich wirklich sehr gerne, Mama. Aber ich kann beim besten Willen nicht. Sie haben eine Leiche aus dem Meer gezogen.«

Wenn Ettore Benussi etwas mit der Stadt Triest gemeinsam hatte, dann war es eine gewisse Faulheit, eine Grundträgheit, die ihn dazu brachte, stets den Weg des geringsten Widerstands zu gehen.

In seinen Augen waren Weltverbesserer oder Leute, die überhaupt versuchten, etwas zu ändern, naive Träumer. Der Westen – und mit ihm die gesamte Welt – befand sich auf dem absteigenden Ast, das war mehr als offensichtlich, und Triest bot dafür ein glasklares Beispiel.

Die Stadt, dereinst Zierde des Habsburgerreichs – so hatte die unter Maria Theresia entstandene Prachtarchitektur deren Enkel Maximilian zum Bau des schneeweißen Schlosses Miramare inspiriert, das dem Geist eines Ururgroßvaters von Walt Disney entsprungen schien –, diese Stadt versank nun wehmütig in einer schicksalsergebenen, ressentimentgeladenen Tatenlosigkeit. Das ließ sie mehr zu einer Geisterstadt werden als zum aristokratischen Zeugnis einer überlegenen Kultur, wie es die weißen Bauten, die auf die Rive hinausgingen – Kulisse für die verblüffende Piazza dell'Unità –, noch immer suggerieren wollten.

Benussis schwarzer Humor mit seiner Tendenz zum Pessimismus hätte wunderbar zu einem Menschen gepasst, der als Schriftsteller durchs Leben ging, als Denker oder Philosoph, für einen Polizeikommissar war diese Haltung jedoch nicht sehr förderlich. Ebendieser Charakterzug brachte ihm nicht wenige Probleme mit seinen jüngeren Mitarbeitern ein, die sich im Gegensatz zu ihm noch in der glanzvollen Illusion wiegten, der Gesellschaft nutzen zu können, und wie Fohlen mit den Hufen scharrten, wenn sie Indizien hinterherjagten, Verdachtsmomenten, Spuren und mutmaßlichen Mördern, die sich dann häufig als unschuldig erwiesen. Was seine ohnehin schon undankbare Arbeit nur noch weiter komplizierte.

Sieben Jahre noch bis zur lange ersehnten Pension, und dann würde er endlich frei sein, sich in sein Häuschen in Santa Croce zurückzuziehen, das er vom Vater geerbt hatte, um dort zu schreiben – der neue Camilleri des Nordostens, Verfasser atemberaubender Thriller. Sein Computer war voller Ideen für Geschichten, Figuren, voller brillanter Notizen. Wenn in Italien ohnehin schon jeder Krimis schrieb – Richter, Ärzte, Dozenten, sogar Frauen –, warum sollte nicht auch er das tun, mit all den Fällen im Rücken, denen er sich in seiner langen Karriere hatte widmen müssen? Er, der die menschliche Natur so gut kannte wie kein Zweiter?

Seine Frau Carla ermutigte ihn darin nicht.

»Überlass das Schreiben denen, die was davon verstehen, Tintenkleckser gibt es schon genug auf der Welt.«

Ettore ließ sich nicht dazu herab, ihr zu antworten, sie lebten schon lange in parallelen Welten. Ihm war nicht klar, warum sie überhaupt noch zusammen waren, nach zwanzig Jahren. Bestimmt nicht wegen Livia, ihrer einzigen Tochter, die mit der Gabe gesegnet war, durch ihren ständigen Missmut und ihre Null-Bock-Haltung die seltenen Momente des Friedens zu zerstören, die der Kommissar zu Hause zu finden hoffte.

Wer war schuld daran, dass ein braves, stilles blondes Mädchen zu einer ungepflegten, höhnischen, ungezogenen Heranwachsenden geworden war? Doch wohl die

Mutter, die damit überfordert gewesen war, sie zu erziehen, behauptete Ettore, wenn sie sich stritten. Nein, der Vater, der sich nie um sie gekümmert hatte, außer um sie zu kritisieren und sich über sie lustig zu machen, versetzte Carla.

Und so hatte sich die sechzehnjährige Livia im Sturm wechselseitiger Vorwürfe eine Rüstung aus Tattoos und Piercings zugelegt, verstärkt durch die Musik, die sie sich pausenlos in die Ohren blies: Dann brauchte sie sich nicht um die Eltern zu kümmern, die ihr nur noch als unwillkommene Hintergrundgeräusche erschienen. Ihr einziges Gefühl, sagte sie bei den wenigen Gelegenheiten, bei denen sie sich zu einem Gespräch mit ihnen herabließ, war sowieso Verachtung. Sie verachtete den Vater als Fettwanst, der sich obsessiv mit Diäten beschäftigte, und sie verachtete die Mutter dafür, sich als Retterin der Welt zu sehen. Dabei hätte die Menschheit mehr davon gehabt, wenn diese ekelhaften Drogenabhängigen und Säufer, denen sie sich widmete, allesamt an einer Überdosis gestorben wären.

Der Gedanke an seine Tochter beschäftigte Kommissar Ettore Benussi auch an diesem Morgen, als er um sieben in der Küche saß. Livia war noch nicht nach Hause gekommen, wie so häufig, und er war ratlos, was er mit ihr machen sollte. Vor nicht allzu langer Zeit hätte noch die Drohung genügt: »Ich schicke dich aufs Internat!« Aber inzwischen jagten Internate niemandem mehr Angst ein.

Das berüchtigte Jahr 1968 hatte durch seine Revolution der Sitten und durch all die anderen Verfallsformen des Freiheitsgedankens, die es hervorgebracht hatte – eine weitere von Benussis Obsessionen –, auch den heiligen Grundsatz der Autorität und des Respekts für die ältere

Generation abgeschafft, auf dem seit den alten Ägyptern die Zivilisation beruhte. Für die sogenannte entwickelte Welt hatte genau damit der Abstieg begonnen.

Soll sich ihre Mutter drum kümmern, dachte er, während er seinen Espresso herunterkippte.

Er hatte beschlossen, an diesem Tag die Finger von Kohlenhydraten zu lassen. Am Abend zuvor hatte er sich lange in diese Dukan-Diät eingelesen, von der neuerdings alle redeten. Auf eine solche Ernährungsform wartete er seit Jahrzehnten: Nach Herzenslust essen dürfen und dabei abnehmen.

Er machte den Kühlschrank auf und vertilgte einen Rest kaltes Huhn vom Vortag, gefolgt von einem griechischen Joghurt mit drei Teelöffeln Haferkleie. Diesmal würde er sie alle zum Staunen bringen, diese Ungläubigen.

Er würde zehn Kilo abnehmen, ohne einen einzigen Fehltritt.

Keiner schien zu begreifen, dass es ihm nicht an Willensstärke fehlte. Das lag alles nur am Stress. Die Tätigkeit des Ermittlers erforderte eine Unmenge Verstandeskraft, speiste sich also vor allem aus im Hirn verbrannter Glukose. Da musste sich ein armer Teufel wie er doch die eine oder andere Stärkung genehmigen, um hinterher wieder ins Gleichgewicht zu kommen. Doch diesmal hatte der Kommissar eine Entscheidung getroffen: Er würde keine Cornetti mehr anfassen, kein Brot und keine Kekse, von jetzt an gab es nur noch Proteine.

Seit der Kindheit hatte er immer wieder zu hören bekommen, dass er doch nur zu wollen bräuchte. Für ihn war das ein ausgesprochen unbequemes Konzept gewesen. Die Dukan-Diät wusste dieses Problem mit freundlicher Komplizenschaft zu umgehen – Sie essen, so viel Sie wollen; das hatte ihn überzeugt.

Benussi hatte noch den Mund voller griechischem Joghurt – dazu, er konnte nicht anders, ein Löffel Honig, das waren schließlich keine Kohlenhydrate, und eine Handvoll Mandeln, für die Knochen –, als das Handy in seiner Hosentasche klingelte.

Die Nachricht von Inspektor Valerio Gargiulo lautete: Man hatte am Molo Audace eine Frauenleiche gefunden.

Jetzt lag diese Leiche mit einem Laken bedeckt vor ihm, mitten auf dem Molo. Kein sehr erbauliches Schauspiel. Tote hatten immer etwas Unheimliches, aber eine alte Frau – beneidenswert dünn, bemerkte der Kommissar – mit langem, von Algen durchzogenem weißem Haar und einer fast schon durchscheinend hellen Haut, das war ein noch beunruhigenderer Anblick.

Benussi ließ das Laken wieder über die Leiche sinken, nicht ohne den perfekten Schnitt des blauen Leinenkostüms im Tiroler Stil zu bemerken, die doppelreihige Perlenkette um den Hals und die zwei Ringe – einen schlichten Ehering mit Rubin und einen Siegelring aus massivem Gold –, beide an der linken Hand getragen, am einzigen nicht von der Arthrose verkrümmten Finger.

Rosanna Guarnieri, die Staatsanwältin, war bereits vor Ort gewesen, hatte aber zu einem Gerichtstermin weitereilen müssen. Der Fall machte keinen komplizierten Eindruck, und so hatte sie Benussi die Leitung der Ermittlungen überlassen; er solle sie nur zeitnah auf dem Laufenden halten.

Die Staatsanwältin war eine taffe Frau, adrenalingetrieben, stets in Bewegung, und Benussi war erleichtert über diese Aufgabenverteilung. Aus irgendeinem Grund schaffte es die Guarnieri immer, dass er sich unfähig fühlte, und so suchte er ihre Gesellschaft nicht gerade.

Als Elettra Morin an dem Ort eintraf, wo die Leiche gefunden worden war, bahnte sie sich ihren Weg durch die ersten Schaulustigen – »Was ist passiert? Hat's jemanden erwischt?« –, die hinter die Polizeiabsperrung lugten.

»Ist die Leiche schon identifiziert?«, fragte sie nach einem kurzen Nicken in Richtung des Kommissars, der diese formlose Begrüßung nicht zu billigen schien.

»Wenn Sie früher gekommen wären, Morin, hätten wir darauf vielleicht eine Antwort.«

»Ich bin so schnell gefahren wie ich konnte, aber da war ein Unfall auf der Strada Costiera.«

»Irgendwie ist immer ein Unfall schuld, wenn Sie zu spät kommen.«

»Ich komme nicht zu spät, Commissario. Ich war außer Dienst, das ist doch wohl was anderes.«

»Jetzt sind Sie's nicht mehr. Rufen Sie in der Zentrale an, und fragen Sie Gargiulo, ob eine Vermisstenmeldung vorliegt. Und dann lassen Sie den Leichnam wegbringen.«

»War die Spurensicherung schon da?«

»Die Kollegen müssen jeden Moment kommen, aber sie werden nur bestätigen, dass es sich um einen ganz normalen Unfall handelt, vielleicht auch um Selbstmord. Wäre in dem Alter auch verständlich. Spuren von Gewaltanwendung sind nicht festzustellen.«

»Und was ist mit den blauen Flecken an den Beinen?«

»Zweifellos eine Folge des Sturzes. Sie muss gegen die Klippen geprallt sein.«

Elettra starrte weiter auf die Leiche. Die Augen, die von einem blassen Blau waren, der Farbe von Eis, waren weit aufgerissen.

»Dieser Blick, finden Sie den nicht merkwürdig? Fast so, als wollte sie uns etwas sagen.«

»Sie sehen zu viele Krimis, Morin.«

»Ich habe keinen Fernseher, Commissario. Und ich weiß schon, was ich sage. Diese Augen drücken Fassungslosigkeit aus, Überraschung und Wut. Vor allem Wut.«

Benussi schüttelte den Kopf und seufzte.

»Ich fürchte, das reicht nicht, Ispettore. Lassen wir das Dr. Cerri entscheiden. Und Sie nehmen mal die Personalien des jungen Mannes da drüben auf.«

Benussi zeigte auf Romeo Rocco, der auf einem eisernen Poller saß, den Kopf zwischen den Händen.

»Er hat die Leiche entdeckt. Hielt sie erst für eine Qualle. Der arme Kerl steht unter Schock.«

Bevor sie der Anweisung ihres Vorgesetzten nachkam, sah sich Elettra die Stelle an, an der die Leiche gefunden worden war. Eine leichte Brise von Norden kräuselte das Meer, die Strömung konnte den Leichnam auch angeschwemmt haben. Aber woher?

Ihr gegenüber erhob sich die monumentale Stazione Marittima, ein zum Kongresszentrum umfunktioniertes Hafengebäude.

Benussi las ihre Gedanken: »Ich weiß, was Sie denken, Ispettore. Die Frau könnte auch ins Meer gestoßen worden sein.«

Elettra lächelte.

»Also gut. Ich möchte Ihr ohnehin schon spärliches Vertrauen in meine ermittlerischen Fähigkeiten nicht noch weiter untergraben. Ich werde die Kollegen von der Spurensicherung bitten, die Untersuchungen auf das umliegende Gebiet auszudehnen«, schloss der Kommissar.

Eine Stunde später auf dem Revier stellte sich die Lage schon klarer dar.

»Gestern Abend gegen Mitternacht kam ein Anruf von

einer gewissen Zdenka Turkovic. Sie wollte eine Vermisstenanzeige für eine neunzigjährige Dame aufgeben, bei der sie als Pflegerin angestellt ist«, fasste Elettra Morin zusammen.

Benussi warf einen Blick in die Runde. »Wer hat den Anruf entgegengenommen?«

Inspektor Valerio Gargiulo hob die Hand. Er war vor wenigen Jahren aus Neapel gekommen, ein schmächtiger, fast schon feminin wirkender junger Mann mit blonden, glatten Haaren, die ihm in die Stirn fielen. Benussi hätte sie ihm am liebsten geschoren.

»Und warum wurde ich darüber nicht in Kenntnis gesetzt?«

»Weil die Voraussetzungen nicht gegeben waren«, versuchte sich der junge Polizist zu rechtfertigen.

»Überlassen Sie das meinem Urteil, wenn Sie nichts dagegen haben.«

Elettra stand auf, um für ihren Kollegen Partei zu ergreifen, und trat an die Tafel.

»Ispettore Gargiulo hat sich an die übliche Vorgehensweise gehalten, Commissario. Nach Angaben der Anruferin war die verschwundene Person, eine gewisse Ursula Cohen« – sie schrieb den Namen mit Kreide in die Mitte der Tafel –, »ausgegangen, um sich zusammen mit einer Freundin im Teatro Verdi ein Konzert anzuhören. Sie hätte vor dreiundzwanzig Uhr wieder zu Hause sein sollen. Ispettore Gargiulo teilte der Anruferin mit, dass es für eine Vermisstenanzeige noch zu früh sei …«

»Behandeln Sie mich nicht wie einen Grünschnabel, Morin. Ich kenne das Prozedere. Ist die Leiche als Ursula Cohen identifiziert?«

Elettra nickte. »Da scheint es keinen Zweifel zu geben. Auf einem Foto, das ich der Pflegerin gezeigt habe, erkannte sie Kleidung, Halskette und Ringe der Toten als die von Signora Cohen.«

»Und wo ist diese Pflegerin jetzt? Warum ist sie nicht hier?«

Elettra, die ein Lächeln nicht unterdrücken konnte, warf Gargiulo einen komplizenhaften Blick zu. Benussi stellte die Professionalität seiner Untergebenen immer gerne infrage.

»Sie wartet auf dem Korridor. Vernehmungsbereit.«

Valerio stand auf, um die Pflegerin hereinzuholen. Elettra folgte ihm nach draußen.

»Der Chef behandelt uns mal wieder wie Anfänger«, bemerkte die junge Frau, nachdem sie die Tür hinter sich geschlossen hatte. »Mir reicht's langsam.«

»Nimm dir das nicht so zu Herzen. Bei einem Chef gehört das einfach dazu«, wiegelte Gargiulo ab. »Er weiß, dass du besser bist als er, und dafür lässt er dich büßen.«

»Und wie er mit dir erst umspringt!«

»Mach dir nicht das Leben schwer, Elettra. Das ist es nicht wert«, sagte Gargiulo und strich ihr flüchtig über die Wange.

Elettra Morin strahlte ihn an und legte eine Hand auf die seine.

»Zum Glück gibt es ja noch dich.«

Der junge Polizist errötete und sagte verdattert: »Eigentlich schätze ja ich mich glücklich …«

Hinter den beiden fiel krachend eine Tür ins Schloss, und ihnen wurde schlagartig wieder bewusst, warum sie hier standen. Elettra ließ Gargiulos Hand los und ging die Zeugin holen, während ihr Kollege sich seufzend durchs Haar fuhr. Er musste den Sturm besänftigen, der in seinem Inneren tobte.

Während Benussi auf die Pflegerin wartete, öffnete er das Fenster und blickte durch die tristen Gebäude hindurch auf das Kap, das sich zartblau auf der anderen Seite des Golfs erhob. Das einzig Positive am Kommissariat von Triest war, dass durch das Fenster des Besprechungszimmers hindurch ein kleines Stück Meer zu sehen war, weit in der Ferne. Plötzlich kam Benussi wieder ein Gespräch in den Sinn, das er an Weihnachten mit einem Freund geführt hatte, der als Städteplaner den architektonischen Niedergang ihrer gemeinsamen Heimat geradezu obsessiv beobachtete. Die kastenförmigen, hellen Bauten des Faschismus stellten seiner Ansicht nach einen großmannssüchtigen, anachronistischen Tribut ans Römische Imperium dar. Aber welcher perversen Abstumpfung der Sinne und des Geschmacks verdankte sie die konsequent schäbige Hässlichkeit der deprimierenden Mietskasernen aus Beton, die seit den Sechzigerjahren wie Pilze aus dem Boden schossen? Ihr einziges Ziel bestand wohl darin, den Bewohnern der von ihnen überschatteten Stadtteile den Blick aufs Meer zu verstellen.

Zdenka Turkovic erwies sich als schmächtiges Wesen, das sich die Haare – dem vorherrschenden Trend unter Frauen in mittleren Jahren folgend – in jenem befremdlichen Ton färbte, den Elettra für sich »wechseljahrrot« nannte.

Ihre kunstlederne Handtasche an die Brust gepresst, verharrte die Pflegerin auf der Türschwelle, obwohl Inspektor Gargiulo versuchte, ihr die Befangenheit zu nehmen.

»Setzen Sie sich doch. Sie haben nichts zu befürchten.«

Die Zaghaftigkeit der Kroatin brachte den Kommissar sofort in Rage.

»Nehmen Sie Platz, wenn ich bitten darf, wir haben keine Zeit zu verlieren.«

Elettra Morin hatte dieses unter Polizisten verbreitete »wenn ich bitten darf«, in dem stets ein unangenehm herablassender Unterton mitklang, gründlich satt. Warum nicht einfach »bitte«?

Die Frau setzte sich auf den Rand des Resopalstuhls, gerade noch so im Gleichgewicht, als fürchtete sie, sich zu verbrennen.

»Wurden die Personalien aufgenommen?«, fragte Benussi, ohne den Blick von der Zeugin zu nehmen.

Elettra klappte ein Notizbuch auf: »Zdenka Turkovic, geboren in Umago, Kroatien, am 17. März 1949. Wohnhaft in Umago, in der …«

Ettore winkte ab. »Schon gut, Hauptsache, es liegt schriftlich vor. Also, Signora …«

»Ich nicht verheiratet.«

»Das war nur der Höflichkeit halber«, schnaubte Benussi. »Dann also *Signorina* Turkovic. Seit wann waren Sie bei Signora Cohen angestellt?«

Die Augen der alten Frau wanderten unschlüssig von Elettra zu Benussi und blieben schließlich an einer unsichtbaren Fussel auf der mausgrauen Jacke hängen, die ebenfalls nach Kunstleder aussah.

»Zwei Tage …« Sie fügte halblaut hinzu: »Schon zu lange.«

»Könnten Sie das näher erläutern?«

»Ich habe Neffe, der bald Hochzeit, wollte ich schönes Geschenk machen, deshalb … kleine Arbeit für eine Woche sehr praktisch … Freundin von Freundin sucht Vertretung bei alte Signora, und …«

»Ach ja, Signora Cohen hatte schon eine andere Pflegerin? Und wo ist diese offizielle Pflegerin jetzt?«

»Weiß nicht.«

Ettore gab Elettra einen Wink, die ihr Notizbuch wieder aufschlug.

»Können Sie uns sagen, wie die Frau heißt und wo wir sie finden?«

Zdenka griff in die Handtasche und zog einen Zettel hervor. Mit zitterigen Fingern öffnete sie ein Etui, entnahm ihm eine Brille und las deutlich Silbe für Silbe.

»Vio…leta A…mado. Kommt von Brasilien. Hat mir gesagt, ist bei Pater Florence …«

Kommissar Benussi unterbrach sie mit einer unwilligen Geste. »Wir kennen Pater Florence, wir werden uns bei ihm erkundigen. Haben Sie vielleicht eine Handynummer?«

»Steht hier auf Zettel. Aber sie nicht sich meldet …«

»Und warum?«

»Habe ganze Nacht versucht. Immer aus. Heute Morgen gefunden in ihrem Zimmer, in Schublade von Nachttisch. Hat vergessen bei Signora.«

»Können Sie bestätigen, dass Signora Cohen gestern Abend um 19.30 Uhr das Haus verließ, um sich im Theater mit einer Freundin zu treffen?«

»Ja, wie sie gesagt.«

»Der Name der Freundin?«

»Name weiß nicht. Signora nicht viel von sich gesagt. Hat nur gesagt, sie wiederkommen vor elf.«

»Heißt das, Signora Cohen war bei so guter Gesundheit, dass sie an einem Abend, an dem die Bora blies, alleine ausgehen konnte?«

»Sie nicht alleine. Ist gefahren mit Martin …«

»Sie hatte einen Chauffeur?«

»Nein, er hat … gekümmert um Garten …«

»Ispettore Morin, Sie suchen mir diesen Gärtner und finden heraus, mit wem die Tote verabredet war.«

In diesem Augenblick kam Inspektor Gargiulo zurück in den Raum, einen Computerausdruck in der Hand.

»Ich habe den Neffen, Sergio Cohen. Sein Vater war der Bruder des verstorbenen Ehemanns der Verunglückten. Er lebt in Opicina und ist schon unterwegs hierher.«

»Rufen Sie ihn noch einmal an, er soll direkt in die Villa von Signora Cohen kommen. Wissen wir, wie hoch das Vermögen der Verstorbenen war?«

Valerio begann erneut, von seinem Blatt abzulesen. »Die Villa, in der sie wohnte, wurde vor zehn Jahren verkauft. Die Voreigentümerin – das heißt die Verstorbene – hatte ein Nießbrauchrecht bis an ihr Lebensende. Signora Cohen bezog eine Witwenrente, die sich auf eintausendfünfhundert Euro belief. Auf ihrem Girokonto liegt ein Guthaben von knapp unter zehntausend Euro.«

»Das schließt einen Mord zu Erbzwecken wohl aus«, bemerkte Benussi.

»Man sollte sich nie auf den äußeren Anschein verlassen, Commissario. Möglicherweise besaß sie Schmuck, wertvolle Gemälde, oder es gab ein Schließfach. Morde werden auch für wenig Geld begangen, wenn einem das Wasser bis zum Hals steht.«

»Oder wenn man es eilig hat, über eine Immobilie zu verfügen«, schlug Valerio vor. »Der Käufer der Villa ist ein gewisser Danilo Ros. Er hat ein Fischgeschäft in der Altstadt.«

Verärgert über den komplizenhaften Blick, den seine jungen Untergebenen austauschten, stand Benussi auf und stieß dabei den Stuhl um.

»Jetzt nehmen wir mal die Villa unter die Lupe. Hier verschwenden wir nur Zeit.«

»Ich auch mit muss?«, fragte Zdenka und fuhr erschrocken von ihrem Sitz hoch.

Der Kommissar schüttelte den Kopf.

»Sie können gehen, aber halten Sie sich zu unserer Verfügung.«

Zdenka sah ihn verständnislos an. »Was … was heißt das?«

»Sie dürfen die Stadt nicht verlassen.«

»Wo soll ich hin? Ich nicht Geld. Die Signora nicht hat bezahlt.«

Gargiulo zog Benussi beiseite und flüsterte ihm etwas ins Ohr, was dessen Ärger offenbar noch steigerte.

»Sie brauchen mir nicht ins Ohr zu flüstern. Na gut, ich verstehe.« Er wandte sich an die Pflegerin. »Fahren Sie nach Hause, aber wenn nötig, bestellen wir Sie noch mal her. Morin, Sie fahren zu Pater Florence, suchen diese Violeta Amado und bringen sie in die Villa. Sie, Gargiulo, machen den Gärtner ausfindig und kommen dann nach.«

Erleichtert ging Zdenka zur Tür. Doch bevor sie den Raum verließ, drehte sie sich um und sagte: »Die Augen von Signora …«

»Wie bitte?«

»Sahen aus wie Augen von Teufel.«

2

Die Villa, in der Ursula Cohen ihre letzten fünfzig Jahre verbracht hatte, stand in einer abgelegenen Straße am Hang unweit der Via Besenghi, versunken zwischen zwei Hochhäusern aus rotem Backstein. Wo sie aufragten, hatte wohl einst ein großer Garten die Villa umgeben.

Es war ein weißes Haus in neoklassischer Bauweise. Fünf bröckelige Treppenstufen aus Marmor führten zum Haupteingang hoch, über dem zwei Sandsteinsäulen einen Balkon trugen.

Bis Mitte des 20. Jahrhunderts musste das ein bedeutender Bau gewesen sein. Über dem zweiten Stock erhob sich ein Türmchen, zweifellos das Stein gewordene *capriccio* eines exzentrischen, misanthropischen Triesters.

Benussi betrachtete die Villa mit einem gewissen Neid.

Seine eigene bescheidene Herkunft – nach dem frühen Tod seiner Eltern war er bei einer so geizigen wie schweigsamen Tante aufgewachsen – hatte ihn von Anfang an aus jener Welt ausgeschlossen, die ihn schon als Gymnasiast so fasziniert hatte. Eine Welt sorglosen, vom Vater an den Sohn weitergereichten Wohlstands mit gepflegten Umgangsformen, gehaltvoller Lektüre, dazu Konzerte, die im eleganten Halbdunkel geräumiger Salons für handverlesene Gäste gespielt wurden.

Als er das Vorzimmer betrat, schlug dem Kommissar ein beißender, scharfer Geruch entgegen. Ein Geruch wie nach Moder, verströmt von Räumlichkeiten, die allzu lange verschlossen geblieben waren. Merkwürdig, dachte er, während er einen Blick ins Wohnzimmer warf, das offenbar kaum mehr benutzt wurde.

Das Licht drang eben noch so durch die grünen Samtvorhänge an der Terrassentür, die zum Garten hinausging. Weiße Leintücher bedeckten zwei lange Sofas und ebenso viele Sessel vor einem grauen Marmorkamin. Auch der eng an der Wand platzierte Flügel verbarg sich unter einem schneeweißen Tuch.

Scine Intuition hatte ihn also nicht getrogen.

Die alte Cohen hatte sich zweifellos entschieden, Schluss zu machen, und vor ihrem Abgang das Haus schließen lassen wie vor einem langen Sommerurlaub. Es machte einen gespenstischen Eindruck. Auch das Esszimmer, das von einem imposanten Kristallleuchter beherrscht wurde, schien seit geraumer Zeit ungenutzt.

Als noch benutzte Zimmer erwiesen sich einzig die Küche im Erdgeschoss – geräumig, kahl, mit alten, bauchigen weißen Möbeln an den Wänden, einem marmornen Tisch in der Mitte und einem alten Kohleofen in einer Ecke – sowie ein Wohnraum im oberen Stockwerk mit Zugang zum Balkon.

Auch dort schien die Einrichtung auf das Wesentliche reduziert, als gälte es, eine Sparsamkeit zu zeigen, die sich nicht nur auf Geldfragen bezog. Auf einem Tischchen aus dunklem Mahagoniholz thronte ein uraltes schwarzes Fernsehgerät, das mit einem digitalen Decoder verbunden war. Daneben stand eine moderne Stereoanlage und auf der gegenüberliegenden Seite des Raums – abgetrennt durch einen niedrigen Tisch, ebenfalls aus Mahagoni – ein einzelnes zweisitziges Sofa, das mit abgewetztem grünem Samt bezogen war.

Benussi sah sich verstohlen die wenigen Bücher an, die auf dem Tisch lagen, neben dem *Piccolo* vom Vortag, der örtlichen Tageszeitung: nichts, was seine Neugier geweckt hätte. Ein Wien-Reiseführer, eine Biografie von George Sand und eine weitere von Wagner. Dazu diverse Reisekataloge. Vor allem Kreuzfahrten.

In einer Ecke, ordentlich gestapelt, eine Menge CDs mit klassischer Musik. Vor allem Wagner, aber auch Beethoven, Chopin und Mozart.

Auf einem zweiten Tischchen neben dem Sofa lag ein nahezu fertiggestelltes Puzzle, auf dem Munchs berühmter *Schrei* zu sehen war.

Benussi fuhr mit seiner Erkundung fort und spürte dabei ein vertrautes Ziehen im Magen, das er rasch zu unterdrücken versuchte. Er musste stark bleiben. Bekanntlich war der erste Tag einer Diät der schwierigste, aber er war, wenn man denn nur hart blieb, auch der befriedigendste: Man konnte dabei bis zu zwei Kilo verlieren.

Ja, ja, das war nur Wasser, aber wie der kluge Dr. Dukan sagte: Fürs Selbstwertgefühl war das ein Allheilmittel.

Ein blinder Gang mit Wandreihen voller Bücher führte in zwei Zimmer, die durch ein großes Bad getrennt waren, schmucklos und kalt. Aus der Therme, die nicht mehr die jüngste war und über einer verkratzten Wanne mit gusseisernen Füßen hing, kam ein schauriges Knarzen. Es war Jahre her, dass Benussi einen schwarzen Toilettendeckel aus Plastik gesehen hatte. So einen hatten auch seine Großeltern in Santa Croce gehabt.

Das Zimmer der Verstorbenen war geräumig; es lag in einer Ecke des Gebäudes. Früher hatte man durch die beiden Spitzbogenfenster gewiss das Meer gesehen, jetzt wurde die Sicht durch ein tristes, offenbar halb leer stehendes fünfstöckiges Gebäude verstellt.

Das Einzelbett an der Wand gab dem Raum etwas Düsteres, als wäre er ausgeräumt worden. Er enthielt nur noch einen Einbauschrank, eine Louis-XV.-Kommode und eine alte Chaiselongue aus Korb, die mit dem Rücken zum zweiten Fenster stand.

Von Fotos keine Spur, weder auf der Kommode noch auf dem Nachttisch, wie man es hätte erwarten können. Nur eine Vase mit getrockneten Blumen und ein paar ungeöffnete Abrechnungen des Energiedienstleisters Acegas.

Einige alte Drucke von Triest schmückten die hohen, mit einem Blumenmuster tapezierten Wände, wo einsam ein großformatiges Ölporträt der jungen Ursula Cohen prangte.

In ihrem Blick lag etwas, das einem das Blut in den Adern gefrieren ließ, dachte der Kommissar. Die Kroatin hatte da nicht ganz falschgelegen.

Das Zimmer der Pflegerin Violeta Amado war ebenfalls geräumig und ebenfalls karg ausgestattet, wirkte jedoch lebendiger. Vermutlich war es früher das Zimmer des Ehemanns gewesen, dachte Benussi. Zu einem gewissen Zeitpunkt hatte das Paar wohl beschlossen, in getrennten Räumen zu schlafen.

Eine Entscheidung, die auch Carla bei ihnen zu Hause durchzusetzen suchte. »Das wäre doch bequemer für uns. Dann müsstest du dich nicht beschweren, wenn ich bis spätabends lese, und ich bräuchte dein Schnarchen nicht zu hören.« Aber Ettore wollte davon nichts wissen. Sie hatten einander schon tagsüber so wenig zu sagen, da sollte sie ihm doch wenigstens die Illusion der Nacht lassen. Im Schlaf wurde Carla zuweilen wieder die Frau von früher, offen und leidenschaftlich. Er wusste, dass das eine feige Ausrede war, um nicht dem Ende seiner Ehe ins Auge sehen zu müssen; aber manchmal half ein wenig gesunde Heuchelei zu überleben.

Die Pflegerin, fiel ihm auf, war nicht so auf Ordnung versessen wie ihre Arbeitgeberin. Hinter dem goldenen Spiegel über der Louis-XV.-Kommode – dem Pendant derjenigen, die im anderen Zimmer stand – steckten einige Postkarten und kündeten von der brasilianischen Herkunft der Bewohnerin. Spuren südamerikanischer Kultur waren überall im Raum verteilt, vom Nippes – in Form von Muscheln, tropischen Fischen und bunten Papageien – bis zu den vielfarbigen handgewobenen Läufern, die dem glatten, knarrenden Dielenboden eine freundlichere Note verliehen.

Auf dem kleinen Schreibtisch am Fenster und auf der Kommode lagen diverse Farbfotos verstreut.

Benussi betrachtete sie aufmerksam.

Am häufigsten war eine schöne Frau um die vierzig zu sehen, mit dunklem Teint, allein oder Arm in Arm mit einem älteren Mann im geblümten Hemd, allem Anschein nach ihr Vater. Dann waren da noch zwei Fotos derselben Person als Kind, auf dem Schoß einer jungen, Traurigkeit ausstrahlenden Frau. Der Hintergrund war fast immer das Meer, mit Palmen und einsamen Stränden.

Kein Kind, kein Ehemann.

Pater Florence fühlte sich an diesem Tag ein wenig fiebrig.

Nach der Morgenmesse hatte er Drago gebeten, sich um »unsere Leute« zu kümmern, und hatte sich dann noch einmal ins Bett gelegt. »Unsere Leute«, das waren die Gäste seines Offenen Hauses für Menschen in Schwierigkeiten, wo Ausländer und Italiener Aufnahme fanden, überwiegend handelte es sich um Obdachlose.

Drago und seine Frau Amira halfen ihm dabei seit drei Jahren. Von der Herkunft her Roma, hatten sie das Nomadenleben hinter sich gelassen, als ihre einzige Tochter Hana an Schilddrüsenkrebs erkrankte. Sie waren aus Rumänien nach Udine gekommen, wo ein Priester sie zu Pater Florence weiterverwies, der dann getan hatte, was er konnte, um dem Mädchen Heilung zu verschaffen. Aber es war nicht möglich gewesen, sie zu retten.

Die beiden waren nicht die einzigen Helfer des brasilianischen Geistlichen, der seit nunmehr dreißig Jahren in Triest tätig war. Mehrere Freiwillige wechselten sich bei den dringlichsten Aufgaben ab.

Darunter befand sich auch Violeta Amado, die jeden Donnerstag – an ihrem einzigen freien Tag – ins Offene Haus kam. Sie unterstützte Pater Florence bei der Betreuung der Kinder, spielte mit ihnen, unternahm Ausflüge, brachte sie zum Lachen. Und der Pater war ihr dankbar dafür.

Violeta hatte sich vor drei Jahren mit einem Empfehlungsschreiben eines Mitbruders aus Rio de Janeiro bei ihm vorgestellt. Sie war auf Arbeitssuche. Und Pater Florence half ihr bei den Papieren und der Aufenthaltserlaubnis. Seither betrachtete Violeta das Zentrum und dessen Leiter als ihre wahre Familie.

Abends, wenn alle schliefen, griff der Priester manchmal zu seiner Gitarre, und sie sangen zusammen die Lieder ihrer Heimat, von Vinìcius de Moraes bis João Gilberto, während ihnen vor Rührung das Herz aufging.

Violeta hatte eine warme, anrührende Altstimme, und

für kurze Zeit wurden sie und Pater Florence zu zwei Sechzehnjährigen am Strand von Ipanema, am Lagerfeuer sitzend, ihr ganzes Leben vor sich.

Doch nur in ganz seltenen Momenten gaben sie sich solch nostalgischen Gefühlen hin. Den Großteil ihrer Energie widmeten sie den Menschen, die in das Haus kamen.

Das größte Problem der Flüchtlingskinder war eine tiefe Traurigkeit: Sie hatten buchstäblich das Lächeln verlernt. Mit ihrer ansteckenden Freundlichkeit und ihren südamerikanischen Liedern gab Violeta ihnen ein klein wenig von der Unschuld zurück, die ihnen die Flucht aus der Heimat genommen hatte.

Nachts zuvor hatte es einen Notfall gegeben. Ein kurdisches Mädchen, Ewin, war davongelaufen. Violeta selbst hatte Alarm geschlagen, nachdem sie die Kleine beim Gutenachtgruß nicht in ihrem Bett fand. Sie war sofort losgelaufen und hatte sich auf die Suche nach ihr gemacht.

Auch Pater Florence war aus dem Haus geeilt, zusammen mit Drago. Aber nur Violeta hatte an den Molo Audace gedacht. Dorthin brachte die Mutter das Mädchen oft, wenn sie zusammen ausgingen: Über das Meer, so hofften sie, würde auch Boran kommen, Ewins Vater. Er hatte es ihr versprochen. Er würde in der Nacht kommen, auf einem Fischkutter, und dann würden sie alle zusammen sein, für immer. Jetzt lag Midya, die Mutter, wegen einer inneren Blutung im Krankenhaus, und die Kleine war weggerannt, um sie zu besuchen.

Als Violeta sie schließlich entdeckt hatte, kauerte sie auf den Stufen der Hafenmeisterei am Anfang des Molo. Violeta hatte sie in den Arm genommen, und dann waren sie gemeinsam ins Offene Haus zurückgekehrt. Zwischen den beiden gab es ein besonderes Band, auch wenn sie die

Sprache der anderen nicht verstanden. Die Brasilianerin nannte das Mädchen *meu amor*, und die Kleine antwortete mit einer innigen Umarmung, als wäre sie schon immer bei ihr gewesen.

Inzwischen war zwar später Vormittag, aber die beiden schliefen noch Seite an Seite in dem Zimmerchen, das Violeta bewohnte, wenn sie über Nacht blieb. Er würde sie schlafen lassen, das hatten sie sich verdient, dachte Pater Florence, während er seinerseits mit glühender Stirn nochmals einnickte.

Wenige Minuten später klopfte es an der Tür.

Erst tat er, als hätte er nichts gehört. Er war mit den Kräften am Ende.

Doch dann hörte er Dragos eindringliche Stimme: »Pater, es ist die Polizei … Sie suchen Violeta.«

Elettra Morin war schon mehrfach bei Pater Florence gewesen, sie mochte sein Haus, sie mochte die Art, wie er sich in den Dienst Gottes stellte, mit aufgekrempelten Ärmeln und ohne lange Predigten. Es war nicht einfach, Tag für Tag von Schmerz und Rückschritten umgeben zu sein, ohne sich davon überwältigen zu lassen.

An diesem Vormittag stand eine lange Schlange von Menschen im Innenhof, die auf ihr Frühstück und eine Dusche warteten. Fast alle waren Männer, bis auf zwei junge Punkfrauen mit drei Hunden.

Eine dunkle Patina überzog das kantige Gebäude mit seiner faschistischen Architektur, in dem sich der Schlaf- und der Speisesaal befanden. Der Feinstaub der nahen Eisenwerke von Servola machte die Luft so schwer, dass man kaum atmen konnte. Schon seit Längerem wurde diskutiert, dass diese Quelle ständiger Umweltverschmutzung geschlossen werden müsste, aber wie alle Entscheidungen in Triest, die zu treffen waren, unterlag auch diese seit Jahren der Unmöglichkeit, einen Kompromiss zwischen den widerstreitenden Interessen zu finden.

Während Elettra auf Pater Florence und Violeta Amado wartete, betrat sie die Kirche, eine Betonkonstruktion, die auf den Innenhof hinausging. Wie immer, wenn sie sich im Inneren eines hässlichen Sakralbaus befand, lief es ihr kalt über den Rücken. Wie war das möglich, fragte sie sich, wie konnte jemand so einen Raum entwerfen, das genaue Gegenteil eines Ortes des Rückzugs und des Mysteriums?

Elettras Verhältnis zum Glauben hatte einige Wendungen hinter sich. In ihren ersten sechs Lebensjahren, im Waisenhaus, hatten die Schwestern sie genötigt, zum Gottesdienst zu gehen, und sobald sie abschweifte, wurde sie ausgeschimpft. Sie werde in der Hölle braten, hieß es dann, weil sie Jesus nicht liebe.

Später, nachdem Aurora und Claudio gekommen waren und sie als ihre neuen Eltern in das weiße Häuschen mit Garten mitgenommen hatten, hatte Aurora ihr beigebracht, ein Gebet zu sprechen, bevor sie schlafen ging. Aber sie schaffte es einfach nicht. Sie fühlte sich schlecht deswegen, machte sich Sorgen, dass alles vorübergehen könnte, vielleicht würde man sie eines Tages wieder ins Heim bringen, so wie es ihre Mutter getan hatte. Aber der Widerwille war stärker als sie.

Gebete erinnerten sie an die eisigen Korridore im Heim, das nächtliche Weinen unter der Bettdecke, die Kälte im Herzen.

Eines Tages jedoch, bei der Beerdigung ihrer Banknachbarin aus der Grundschule, änderte sich etwas in ihr. Zum ersten Mal klangen die Worte, die der Priester vor dem Altar sagte, für sie nicht wie leere Rhetorik. Er nannte kein einziges Mal Jesus, sondern sprach von Cristiana, der Verstorbenen, als einem Geschenk, das ihnen allen gemacht worden sei, damit sie intensiver lebten, damit sie ihren Blick erneuerten.

»Keiner von uns weiß, wie lange er hier sein wird, doch eben durch dieses Geheimnis werden unsere Tage wertvoll und einzigartig. Wie oft versinken wir in Anschuldigungen und Klagen, wir schauen ständig auf das, was uns an anderen nicht passt, häufig auch an uns selbst. Was wäre, wenn wir unsere Perspektive wechselten, wenn wir unser Leben von dort oben betrachteten, so wie es jetzt Cristiana sieht? Wir würden entdecken, dass so vieles, das uns leiden lässt und unüberwindlich erscheint, in Wahrheit wenig zählt.«

Seit jenem Augenblick war ihr Verhältnis zu Gott anders geworden, es wurde das einer Suchenden. Sie hatte sich aufgemacht. In den Schoß der Kirche war sie nicht zurückgekehrt, aber sie hatte begonnen, das Evangelium zu lesen. Und das Evangelium hatte zahlreiche neue Fragen in ihr aufkommen lassen.

»Guten Tag, Elettra, tut mir leid, dass du warten musstest.«

Die Stimme von Pater Florence klang nasal, wie von einer Erkältung gedämpft. Tatsächlich sah er fiebrig aus. Er war ein stämmiger Mann mit schwarzen Haaren, von denen ihm immer wieder eine Strähne in die Stirn rutschte.

»Entschuldigung, Pater. Ich wollte nicht stören, ich war auf der Suche nach …«

Ein Schatten zeichnete sich an dem hinter ihm liegenden Kircheneingang ab.

»Da bin ich. Entschuldigen Sie, ich habe noch geschlafen.«

Elettra musste eine Hand vor die Augen legen, um die Gestalt richtig sehen zu können, die da näher kam. Sie wirkte verschreckt. Offenbar hatte man sie gerade erst aus dem Bett geholt, denn sie war ungekämmt und trug Pantoffeln an den Füßen. Eine schöne Frau von etwa vierzig Jahren, mit einem offenen, intelligenten, stolzen Blick.

»Sind Sie Violeta Amado?«

»Ja.«

»Sie sind bei Signora Ursula Cohen angestellt, nicht wahr?«

»Ja, seit einem Jahr.«

»Ich muss Sie bitten, mich zu begleiten.«

»Was ist denn passiert?«, fragte sie, während sie versuchte, ein wenig Ordnung in ihre schwarzen Locken zu bringen.

»Signora Cohen wurde heute Morgen von einem Passanten am Molo Audace gefunden, im Wasser.«

»Um Himmels willen! Ist sie tot?«

»Leider ja. Commissario Benussi, der die Ermittlungen leitet, erwartet Sie in der Villa der Verstorbenen.«

3 *Die Musik war es, weißt du, was mich schier wahnsinnig machte.*

Nicht die Kälte, die einem ständig in den Knochen saß, sondern diese schreckliche Musik, die abends die Luft zerriss, wenn jemand gefoltert und umgebracht wurde. Erinnerst du dich auch noch daran? Die Leute kamen und verschwanden ohne Erklärung. Ich weiß nicht, wie viele Menschen ich gesehen habe, die erschienen und sich in nichts auflösten. Gesichter und Geschichten, nur noch verblichene Erinnerungen. Aber die Schreie, die habe ich nie vergessen können. Ebenso wenig wie den beißenden, süßlichen Geruch nach verbranntem Fleisch, der nachts aus den Öfen aufstieg.

Wenn ich allein wäre, so sagte ich mir ein ums andere Mal, würde ich die Augen zumachen und aufhören zu atmen. Das war ein Spiel, das ich als Kind immer mit deinem Onkel Bruno gespielt hatte. Bei Ausonia sprangen wir ins Meer und wetteiferten miteinander. Bruno machte es wütend, dass ich länger unter Wasser bleiben konnte als er. Einmal hielt ich den Atem zu lange an. Als ich endlich die Augen aufschlug, hatte ich keine Ahnung, wo ich war. Jemand blies mir heißen Atem in den Mund. Ich wäre fast gestorben, aber unangenehm hatte ich das nicht ge-

funden, im Gegenteil, noch nie war ich so glücklich gewesen: Ich hatte endlich gelernt zu fliegen und sah alles von oben. Wenn das der Tod war, was ich damals, im seichten Wasser, für einen kurzen Moment erlebt hatte, dann machte er mir keine Angst.

Aber für dich und für Paolo musste ich durchhalten. Ihr wart neun und zehn Jahre alt, und der Wahnsinn zweier Männer hatte euch schuldlos in eine Hölle gerissen, in der Perversion und Sadismus herrschten. Weder ich noch dein Vater hatten euch davor schützen können.

Du warst so zerbrechlich, so verloren. Du sahst mich an, als wolltest du fragen: Warum? Wo ist unser Haus geblieben? Und was ist mit Paolo, warum ist er nicht da und spielt mit mir? Du, die du doch vor allen möglichen Dingen Angst hattest, vor Insekten, vor Spinnen, und wie hingst du an deinen Sachen – du musstest die zerlumpte Kleidung, die sie uns gegeben hatten, mit Flöhen und Wanzen teilen. Ganz zu schweigen von den Mäusen, von jeher dein größter Schreck. Es gab eine, die pausenlos in dem Verschlag hin und her rannte. Das ist gar keine echte Maus, sagte ich, um dich zu beruhigen, während du weintest, das ist ein niedliches kleines Kaninchen. Aber eine böse Hexe hat es in ein kleines Nagetier verwandelt. Siehst du nicht, wie traurig und erschrocken es dreinschaut? Es ist auch gefangen, genau wie wir, und weiß nicht, was es anstellen soll, um wieder ein Kaninchen zu werden. Du hast mich angestarrt, und für eine Weile verschwand die Angst aus deinem Gesicht.

Wenn ich daran denke, wie dumm wir waren, uns diesem Anwalt anzuvertrauen, diesem Reiss. Er schien ganz auf unserer Seite zu stehen, er wirkte so zuverlässig. In Triest kann man wirklich kaum noch atmen, sagte er, die Deutschen sind schon dabei, die Häuser nach flüchtigen

Juden zu durchsuchen. Besser, ihr geht kein Risiko ein. Ein Freund von mir hat einen hübschen Bauernhof in der Schweiz, die Gelegenheit solltet ihr beim Schopf packen. Ihr überschreibt mir einfach das Haus in Triest, damit es euch keiner wegnimmt, ich kümmere mich schon um die Miete für den Hof. Wenn der Krieg vorbei ist, bekommt ihr die Villa zurück. In der Schweiz ist kein Krieg, die Juden werden nicht verfolgt. Und genug zu essen habt ihr da auch. Auf dem Gelände, behauptete er, gäbe es sogar ein kleines Gasthaus, das wir betreiben könnten, ich sollte dort meine berühmten Kuchen backen.

Ihr Kinder wart hellauf begeistert, ihr konntet es gar nicht erwarten, auf einen richtigen Bauernhof zu ziehen, mit Kühen und Schafen. Alles sah so wundervoll aus. Wir unterschrieben die Papiere, packten die Sachen in Kisten, das Tafelsilber, unser Hochzeitsgeschirr, die Leinenlaken von Großmutter Olga, den Schmuck, die Familienfotos.

Giorgio wollte unbedingt auch das Radio mitnehmen, obwohl ich versuchte, ihm das auszureden: Es war viel zu groß und schwer zu transportieren. Aber er lächelte nur und sagte, das sei für unsere Abende, dann wären wir nicht so von der Welt abgeschnitten. Was uns an Geld geblieben war, nähten wir vorsichtshalber in die Mäntel ein. Ein wenig in den deinen und ein wenig in den von Paolo, den Rest in den deines Vaters. Im Futter meiner Pelzjacke versteckte ich die Ringe und die Perlen und auch die Rubinbrosche meiner Mutter.

Wir waren so traurig, unser geliebtes altes Haus in Triest verlassen zu müssen, mit den Erinnerungen aus einem ganzen Leben, den Klängen, eurem ersten Lachen und dem Duft nach Bienenwachs, mit dem Signora Vera jeden Montag die dunklen Wohnzimmermöbel polierte.

Wir sahen uns an, Giorgio und ich, und es war, als schnitten wir unsere Wurzeln ab, es war wie ein Verrat. Giorgios Urgroßvater hatte die Villa Mitte des 19. Jahrhunderts erbaut, und ebendort hatten wir uns an einem Maiabend des Jahres 1935 verlobt. Wer würde nach uns kommen?

Aber es blieb keine Zeit für Klagen. Wir mussten uns in Sicherheit bringen, viele unserer Freunde waren bereits verhaftet worden, andere einfach verschwunden. Die Schweiz würde der perfekte Ort sein, um unsere Kinder vor dem Wahnsinn zu schützen, der sich in Europa auszubreiten begann …

Wir stiegen in jenen verfluchten Wagen, bei uns nur den Schmuck und das Tafelsilber, alles andere vertrauten wir Reiss an. Er würde es für uns in die Schweiz schicken lassen. Wir umarmten ihn sogar ganz bewegt und dankten ihm für alles, was er für uns getan hatte.

Wir Wahnsinnigen! Wir waren Wahnsinnige oder Dummköpfe, ich weiß es nicht. Blind auf jeden Fall. Die sich in dem Glauben wiegten, Universitätsprofessoren seien vor der Barbarei gefeit.

4

Sergio Cohen hatte noch nie gern hinterm Steuer gesessen, er überließ das lieber den Frauen. Nicht, dass er etwas gegen Autos gehabt hätte, im Gegenteil, aber für ihn waren sie nichts anderes als bequeme Fortbewegungsmittel.

An jenem Morgen war Irina jedoch nervös, schon beim Einbiegen in die Via Commerciale hatte sie fast einen Radler angefahren, und Sergio Cohen fragte sich, ob er nicht lieber doch selbst fahren sollte.

Er sah sie an. In ihrem Blick leuchtete nicht mehr die freudige Begeisterung, die ihn zu Beginn ihrer Beziehung so verzaubert hatte.

Irina war ihm damals wie ein frischer Wind erschienen, die Lösung, auf die er so lange gewartet hatte, um seinem Leben, in dem nichts vorwärtsging, einen neuen Impuls zu geben. Alles an ihr war frisch und vielversprechend, selbst ihre merkwürdigen Angstzustände. Sie fürchtete sich maßlos vor Hunden. Wenn sie auf der Straße einen sah, klammerte sie sich mit schreckgeweiteten Augen an Sergio und kreischte: »Bitte, Liebling, schick ihn weg! Schick ihn weg!« Und er rettete sie mit einer kleinen Armbewegung vor der »Bestie«, die oft nur eine harmlose, schwanzwedelnde Promenadenmischung war.

Er genoss dieses Allmachtsgefühl. Sie vertraute sich ihm an, bewunderte ihn, war ihm dankbar dafür, sie aus einem gewiss nicht einfachen Leben befreit zu haben. Bevor sie Sergio kennengelernt hatte, war sie als Messebegleiterin tätig gewesen, eine Art Hostess mit der unausgesprochenen Lizenz, ihre Dienste auch auf die Nacht auszudehnen, natürlich gegen eine Extrazahlung. Aber ihre Schüchternheit und ihr Stolz hinderten sie daran, sich eine Situation zunutze zu machen, die sich nach Angaben zahlreicher Kolleginnen überaus einträglich darstellte.

Irina dagegen hoffte noch immer, dem Mann ihres Lebens zu begegnen, zu heiraten und Kinder zu bekommen, und wollte sich das nicht verbauen. Deshalb war ihre finanzielle Lage ziemlich prekär, auch wenn sie alles tat, um das zu verbergen.

Vor fünf Jahren hatte sie dann auf einem Bauunternehmerkongress in Mailand Sergio Cohen kennengelernt, und das war ihr wie ein Wink des Schicksals vorgekommen. Er war so anders als die Managertypen, denen sie bisher begegnet war. Er hatte eine imposante Statur und strubbeliges Haar, trug immer leicht knitterige Anzüge, und sein Blick, der an einen geprügelten Hund denken ließ, schien zu sagen: »Ach, streichle mich doch, ich brauche so dringend Liebe.«

Später, als sie ihn näher kannte, begriff sie, dass er tatsächlich Liebe brauchte, denn in seiner Ehe herrschten seit Langem Entfremdung und Vorwürfe. Und sie überhäufte ihn mit Liebe, berührt von seiner Unbeholfenheit, seiner ewigen Zerstreutheit, seinem immer noch etwas kindlichen Gemüt.

Irina hatte Männer satt, die immer nur an das dachten, was sich unterhalb der Gürtellinie abspielte. Sergio war nicht so sexfixiert wie andere, manchmal wollte er einfach nur in ihren Armen schlafen, ihren Duft atmen und die Wunder aufzählen, die er in ihr gefunden hatte. Und ihr, Irina, erschien das alles wie die reinste Poesie. Geliebt zu werden, beschützt zu werden, behütet und respektiert, ohne sich jeden Abend ein neues erotisches Spiel ausdenken zu müssen – ganz anders als in ihren letzten Beziehungen, die eine nach der anderen in Gewalttätigkeiten geendet hatten.

Während sie jetzt die Via Commerciale hochfuhren, vertieft in Gedanken, was nach dem plötzlichen – wenn auch lange erwarteten – Tod der unverwüstlichen Tante Ursula passieren würde, brachten Irina und Sergio kein Gespräch zustande. Fast war es, als ob sie beide Angst hätten, sich die Erleichterung – und Hoffnung – anmerken zu lassen, die in ihrer Brust aufsteigen wollte.

Tante Ursula war zeitlebens ein unmöglicher Mensch gewesen, hart, streng, geizig und bösartig, ging Sergio durch den Sinn. Bestimmt würde niemand sie vermissen.

Aber auch das größte Ekel musste, wenn es starb, Hab und Gut den Erben überlassen, dachte unterdessen seine junge ukrainische Freundin.

Und Sergio war nun einmal der einzige Erbe.

»Jedenfalls waren wir gestern Abend beide zu Hause«, sagte Sergio unvermittelt, als sie den Wagen vor der Villa abstellten.

»Warum sollen wir sagen Lüge?«, widersprach Irina erstaunt.

»Weil es sonst gleich mit den Fragen losgeht. Dann wollen sie wissen, wo ich war und wo du warst und …«

»Aber es war doch Unfall …«

»Man kann nie wissen, wie die Polizei tickt. Die finden noch an einem Bergkristall Dreck.«

»Wenn du meinst …«

»Vertrau mir, Liebes. Das wird eine reine Formalität.«

Martin Skok, der Gärtner der Villa Cohen, war an diesem Vormittag etwas spät dran.

Er hatte bis in die Nacht in der Bar gehockt und sich den Zorn von der Seele getrunken. Die Alte hatte ihn wieder mal ganz schön auf die Palme gebracht. Hatte sich ins Theater fahren lassen und ihn angewiesen, an der Uferstraße auf sie zu warten, genauso wie sonst.

Nur war sie schon seit drei Monaten mit seinem Lohn im Rückstand, und da war er einfach zu *Pepi S'ciavo* gegangen, um etwas zu essen, hatte sich dann noch einen kleinen Grappa genehmigt und auf ihre Anweisung gepfiffen. Er konnte doch nicht den ganzen Abend im Auto sitzen. Auch wenn das der alten Cohen anscheinend nicht klar war – die Sklaverei hatten sie schon vor einiger Zeit abgeschafft. Trotzdem war er um 22.40 Uhr zurück zum Wagen gegangen, nur zehn Minuten nach der vereinbarten Zeit. Als seine Brötchengeberin auf sich warten ließ, war er ihr entgegengefahren, hatte dann aber beim Teatro Verdi festgestellt, dass das Konzert vorbei war und die Alte nicht mehr da. Die war glatt alleine heimgefahren, ohne ihm Bescheid zu sagen.

Vermaledeite Alte, was bildete die sich ein, dass alle nach ihrer Pfeife tanzen mussten? Zum Teufel mit ihr!

Ende September blieb im Garten nicht mehr viel zu tun, und so hatte Skok begonnen, den Werkzeugschuppen aufzuräumen. Das schob er schon seit mindestens drei Jahren vor sich her.

Drinnen lag noch der ganze Krimskrams herum, den sein Vater Toni in den fast dreißig Jahren angesammelt hatte, in denen er in der Villa tätig gewesen war. Alte Stühle, die nie jemand repariert hatte, Transistorradios, alle möglichen Lampen, Decken, Gummistiefel, Fahrräder, Pumpen, Autoreifen, Gartenschläuche, Vogelhäuschen, Bettroste und diverse weitere Gegenstände, deren Herkunft in Vergessenheit geraten war.

Martin hasste seine Arbeit, so wie er die Person, die seine Dienste in Anspruch nahm, von Herzen verabscheute. Als sein Vater vor vier Jahren gestorben war, just in diesem Schuppen von einem Infarkt niedergestreckt, da war es ihm ganz natürlich vorgekommen, das Angebot der Alten zu akzeptieren. Einer richtigen Arbeit war er nie nachgegangen, und die paar sicheren Groschen zum Monatsende kamen ihm gut zupass.

Er ging nun auf die vierzig zu und war es leid, abends beim Kartenspiel in Kneipen zu sitzen, um die Einsamkeit nicht so stark zu spüren. Seine Mutter lebte im Heim und konnte ihm nichts mehr von ihrer Rente abgeben, und so hatte er sich dazu herabgelassen, den Gärtner und Chauffeur zu spielen, ausgerechnet er, der sich im tiefsten Inneren als verkannten Maler sah, auch wenn er schon seit Jahren nichts mehr gemalt hatte: zu viele Enttäuschungen, zu viele Kränkungen durch Galeriebesitzer oder Kritiker, die unfähig waren, seine Kunst zu begreifen.

Wenn er durchhielt, dann ihretwegen, wegen Violeta.

Seit sie das Haus betreten hatte, war sein Leben ein anderes. Nicht, dass sie ihm Hoffnungen gemacht hätte, aber die bloße Tatsache, sie morgens das Fenster öffnen und zum Himmel hochschauen zu sehen, machte ihn glücklich wie ein Kind. Er vergaß dabei die Bosheiten der Alten, ihren Geiz, die ständige Meckerei, die absurden Regeln, die von Tag zu Tag wechseln konnten.

Wie oft hatte er sich nach einem besonders hitzigen

Streit mit der Cohen geschworen, am nächsten Tag nicht mehr zur Arbeit zu erscheinen und ihr eine Lektion zu erteilen. Aber wenn er dann in seine schäbige Einzimmerwohnung in San Giacomo kam, wo der Fernseher der Nachbarin bis tief in die Nacht durch die Wand dröhnte, sodass er kein Auge zutat, dachte er, dass die Wut am Ende besser war als nichts. Viel mehr hatte sein Leben ihm nicht mehr zu bieten: arbeiten, heimkommen, essen, zu viel trinken, bis früh am Morgen auf Porno-Websites surfen, ein paar Stunden schlafen und dann wieder arbeiten.

Das alles jedoch nur, bis Violeta gekommen war.

Violeta war die Frau, von der er immer geträumt hatte.

Violeta ging ihm nicht aus dem Weg wie die anderen, sie war freundlich zu ihm, erkundigte sich nach seiner Mutter, wie es ihr denn gehe, wann er sie besuchen fahre. »Es ist wichtig, ein gutes Verhältnis zu seinen Eltern zu haben, Martin. Denk dran. Wir verdanken ihnen schließlich das Leben, das Kostbarste, was es gibt.«

Aus Liebe zu Violeta hatte er tatsächlich den einen oder anderen Sonntag seine Mutter im Altersheim besucht. Aber die alte Frau erkannte ihn inzwischen nicht einmal mehr, verloren in ihrer Welt aus Gespenstern und fernen Erinnerungen. Sie verwechselte ihn mit ihrem Bruder, der in Russland gefallen war, stellte ihm Fragen wegen der Schule oder ihren Eltern, die seit fünfzig Jahren im Grab lagen, und das alles stürzte Martin in eine herbe Traurigkeit. Ihm wurde klar, dass er dabei war, einen Menschen zu verlieren, den er im Grunde nie richtig gekannt hatte.

Ein Geräusch in seinem Rücken ließ ihn herumfahren.

Er sah einen groß gewachsenen, korpulenten Mann vor sich, einen Hut auf dem Kopf und eine Pistole in der Hand.

»Keine Bewegung!«

Instinktiv riss er die Hände hoch.

»Immer langsam, Freund … Jetzt nimm erst mal die Pistole runter.«

Kommissar Benussi nahm das gedankenlose Duzen mit Missbilligung zur Kenntnis.

»Polizei. Was haben Sie hier zu suchen? Wie sind Sie hereingekommen?«

»Na, mit dem Schlüssel …«

Martin griff langsam und vorsichtig in die Tasche, zog einen Schlüsselbund hervor und hielt ihn hoch.

Benussi senkte die Pistole mit einem erleichterten Seufzen. Er nahm nur ungern die Waffe in die Hand und war dabei immer zögerlich.

»Dann sind Sie vermutlich …«

»Martin Skok.«

Benussi wählte eine Nummer auf dem Handy und sagte, ohne sein Gegenüber aus den Augen zu lassen: »Gargiulo, kommen Sie zur Villa Cohen. Der Gärtner ist hier. Oder wissen Sie was, nein, Sie suchen mir den Burschen, der das Anwesen gekauft hat, und reden zwei Takte mit ihm, und dann erstatten Sie mir Bericht.«

Er zog die Dienstmarke aus der Innentasche seines Jacketts und zeigte sie Skok: »Commissario Benussi, Fahndungsabteilung der Polizei Triest.«

Eine stärkere Windböe fegte ihm das Handy aus der Hand. Verflixte Bora, musste einem auch noch im September auf die Nerven gehen. Benussi zählte nicht zu den vielen Leuten, die diese Triester »Spezialität« zu schätzen wussten, im Gegenteil. Wenn es nach ihm gegangen wäre, hätte man gut darauf verzichten können. Der Nordwind brachte die Triester schier um den Verstand, taub und schroff machte er sie sowieso.

»Kommen Sie ins Haus, wir zwei müssen uns ein wenig unterhalten.«

Violeta betrat die Küche vor Elettra Morin und sah einen Unbekannten, der dasaß und Martin Fragen stellte. Der Gärtner stand auf und strahlte, als er sie sah, aber die Brasilianerin würdigte ihn keines Blickes. Sie wirkte erschüttert.

»Commissario, das hier ist Violeta Amado ...« Inspektor Morin hatte das kaum gesagt, da lief die Frau schon tränenüberströmt die Treppe zum ersten Stock hoch.

»Gehen Sie ihr nach, und stellen Sie sicher, dass sie nichts anfasst«, forderte Benussi sie auf.

Dann setzte er die Befragung des Gärtners fort, der aus seiner Ungeduld keinen Hehl machte.

»Habe ich doch schon viermal gesagt, was wollen Sie denn hören? Ich habe sie zum Verdi gefahren und bin dann 'nen Happen essen und was trinken gegangen. Und hinterher war sie auf einmal weg.«

»Und was haben Sie dann gemacht?«

»Ich bin noch mal auf ein Glas in die Altstadt gegangen. Da hat mich ein Haufen Leute gesehen, fragen Sie von mir aus Nicola, den Barmann ...«

»Wir werden das überprüfen.«

»Aber sind Sie da wirklich sicher? Dass sie hinüber ist? Haben Sie das selbst gesehen?«

»Signora Cohen wurde heute früh von einem Passanten am Molo Audace aufgefunden. Ertrunken.«

Martin Skoks ganzer Haltung war anzusehen, dass ihm ein Stein vom Herzen fiel. Er sprang auf und hob die gefalteten Hände gen Himmel.

»Herr, ich danke dir! Es gibt doch einen gerechten Gott!«

»Ich bitte Sie, setzen Sie sich wieder hin, und reißen Sie sich zusammen. Wie könnte Signora Cohen Ihrer Ansicht nach ins Meer gefallen sein?«

»Ach, wissen Sie, das war halt eine Verrückte. Sie hat gesagt, ich soll an der Uferstraße auf sie warten, vor dem Alten Fischmarkt, da musste ich immer auf sie warten, wenn sie in die Stadt ging. Sie wollte ja unbedingt zu Fuß gehen, um fit zu bleiben. Die mit ihrem Spaziergehfimmel! Die berühmten tausend Schritte! Wie oft habe ich mir das anhören müssen. ›Nach dem Essen darf man auf keinen Fall sitzen bleiben, man muss mindestens tausend Schritte tun, sonst kann der Magen nicht verdauen.‹ Tausend Schritte, so ein Blödsinn, das ist vielleicht was für Faschisten, die nix vom Leben haben wollen … Also, gestern Abend ging ein ganz schön böser Nordwind. Der wird sie halt runtergeweht haben. Sie war ja leicht wie ein Vogel.«

»Es ist wahrscheinlich, dass der Tod auf einen Unfall zurückzuführen ist, aber wir haben die Pflicht, sämtliche Möglichkeiten unter die Lupe zu nehmen.«

»Sie glauben doch wohl nicht, dass ich sie umgelegt habe? Nicht, dass ich dazu keine Lust gehabt hätte … Manchmal hätte man die Frau am liebsten erwürgt, aber ich …«

»Wie war denn Ihr Verhältnis zu der Verstorbenen?«

»Na, wie soll es schon gewesen sein? Für sie war ich nicht besser als ein Hund, sie hat mich immer nur angemeckert, war mit nichts zufrieden.«

»Hat sie ordentlich bezahlt?«

»Schön wär's! Ein paar Groschen, aber ich sage lieber nichts weiter. Und dann hat sie sich noch aufgeführt, als wenn sie einem mit diesem Hungerlohn Gott weiß was für einen Gefallen tut …«

»Warum sind Sie dann geblieben? Sie hätten sich doch eine andere Stelle suchen können.«

»Wo sollte ich denn hin? Ich muss auch essen, und mit

der Krise, die wir jetzt haben, muss man mit dem wenigen zufrieden sein, das man hat.«

Er sagte ihm nicht, dass er nur wegen Violeta geblieben war.

Benussi hielt viel auf seine Rolle als Polizist, aber letztlich war ihm das Ergebnis der Befragung des Gärtners ganz recht. Er hatte offenbar richtiggelegen, der Tod musste durch einen Unfall verschuldet worden sein, was auch immer Elettra Morin meinte, die überall nur Verbrechen sah.

Benussi fand seine Mitarbeiterin im Schlafzimmer der Verstorbenen; sie trug Handschuhe und war dabei, eine Kommode zu inspizieren.

»Das können Sie ruhig sein lassen …«

»Ich habe nachgeschaut, ob sie irgendwo Schmuck versteckt hatte. Alte Menschen haben häufig kein Vertrauen zu den Banken …«

»Sie bekommen bestimmt bald anderweitig Gelegenheit, ihren Ermittlerfleiß auszuleben, Morin. Das war ein Unfall. Aus der Aussage des Gärtners geht das zweifelsfrei hervor.«

Wenn Kommissar Benussi diesen genervten Vorgesetztenton annahm, brannten Elettra die Sicherungen durch, auch wenn sie versuchte, sich zu beherrschen.

Für ihren Chef schien die einzige Aufgabe der Polizei darin zu bestehen, Fälle so rasch wie möglich zu den Akten zu legen. Nicht zum ersten Mal fragte sie sich, wie er in der Hierarchie so hatte aufsteigen können. Jedenfalls war sie nicht der Typ, sich einschüchtern zu lassen: »Worauf gründen Sie diesen Schluss?«

»Nach Aussage des Gärtners sollte er am Alten Fischmarkt auf Signora Cohen warten, im Auto, aber sie ist nicht gekommen.«

»Und was soll das beweisen?«

»Sie muss über die Uferstraße gegangen sein, um zum Wagen zu kommen, der vor dem Alten Fischmarkt stand, so wie immer. Es war spätabends, der Nordwind blies, bestimmt ist ihr schwindlig geworden, und da wird sie der Wind ins Meer geweht haben.«

»Kommen Sie, Commissario, das glauben Sie doch selbst nicht. Und warum sollte sie überhaupt zum Fischmarkt laufen? Konnte sie den Wagen nicht vors Theater kommen lassen?«

»Weil sie nicht ganz bei Trost war, deshalb. Sie wollte ein paar Schritte gehen, um fit zu bleiben.«

»Bei dem Wind? Um die Uhrzeit? Das glauben Sie wirklich?«

»Schon gut, Morin, warten wir auf den Autopsiebefund und entscheiden dann, ob weiterermittelt werden muss oder nicht. Wo ist die Pflegerin?«

»Im Badezimmer …«

»Ich hatte Sie angewiesen, sie nicht allein zu lassen!«

»Ich halte sie kaum für eine Diebin.«

»Woher wollen Sie das wissen?«

»Sie weint immer noch.«

»Was Diebe bekanntlich nie tun …«

Verärgert über Benussis sarkastischen Ton, ging Elettra zum Bad und klopfte im selben Moment an die Tür, in dem Violeta sie öffnete und herauskam. Sie folgte ihr auf ihr Zimmer, den Kommissar im Schlepptau.

Die Brasilianerin hatte aufgehört zu weinen, sich das Gesicht gewaschen und das dichte Haar zu einem Pferdeschwanz zusammengebunden. Auf dunkler Haut, ging Elettra durch den Sinn, fiel Blässe noch viel stärker auf.

Die Pflegerin sah die beiden Ermittler bekümmert an: »Wie viel Zeit habe ich, um das Haus zu verlassen?«

»Soweit es uns betrifft, können Sie bleiben, solange Sie wollen«, antwortete Benussi und zeigte ihr seine Dienstmarke. »Commissario Benussi, Polizei Triest. Sie werden das mit dem neuen Eigentümer klären müssen.«

Die Inspektorin konnte den Blick nicht von der Frau lassen. Ihre Vorstellung von Pflegerinnen war ziemlich klischeehaft: Frauen mittleren Alters, geschlechtslos und von Einsamkeit zerfressen, die gierig von einem Haushalt zum nächsten zogen, einen Teil des Einkaufsgelds in die eigene Tasche steckten und über ihren gewerkschaftlich festgelegten Lohn hinaus, über den sie allerdings bestens informiert waren, auf einen Teil des Nachlasses spekulierten.

Diese Brasilianerin, der sicher noch so mancher Mann hinterherschaute, brachte ihre unreflektierten Vorurteile ganz schön durcheinander.

Elettra durchbrach das Schweigen: »Kennen Sie den Neffen von Signora Cohen?«

»Nicht näher. Wir haben uns ein paarmal Guten Tag gesagt.«

»Standen die beiden in einem guten Verhältnis?«

Violeta seufzte und strich sich eine Haarsträhne aus dem Gesicht, die sich aus ihrem Pferdeschwanz gelöst hatte.

»Niemand stand zu Signora Cohen in einem guten Verhältnis.«

»Sie selbst auch nicht?«, fragte Benussi.

»Ich hatte meine Arbeit zu tun.«

Elettra schlug ihr Notizbuch auf und zückte den Kugelschreiber.

»Seit wann waren Sie bei ihr?«

»Seit einem Jahr und drei Monaten.«

»Wie kamen Sie zu der Stelle?«

»Über die Agentur.«

»Und wo waren Sie vorher?«

»Bei einer anderen älteren Dame, die dann gestorben ist.«

»Waren Sie bei Signora Cohen regulär angestellt?«

Über Violetas Gesicht glitt ein Anflug von Stolz.

»Ja, das war ich, nur die Abgaben musste ich selbst übernehmen.«

»Warum denn das? Gehen die nicht zulasten des Arbeitgebers?«

»Sie sagte immer, sie hätte nicht genug Geld.«

Eine geizige Alte von der übelsten Sorte, dachte Elettra und war froh, keiner derartigen Arbeit nachgehen zu müssen.

Benussi begann, im Zimmer herumzugehen und die Fotos an der Wand sowie die anderen Gegenstände in Augenschein zu nehmen.

»Erzählen Sie uns etwas über den Neffen.«

Violeta zuckte mit den Schultern und sah zur Decke.

»Der ist mehr Kind als Mann. Eine Menge Träume und wenig Willenskraft.«

Elettra warf Benussi einen amüsierten Blick zu. Ihr Vorgesetzter errötete unwillkürlich und fuhr rasch mit den Fragen fort: »Kam er seine Tante häufig besuchen?«

»Nicht so oft wie Signora Marisa …«

»Wer ist das?«

»Seine Frau.«

»Offenbar ein Mensch, der sich gut mit der Verstorbenen verstand.«

»Sie wollte etwas von ihr.«

»Was denn?«

»Das weiß ich nicht. Das müssen Sie sie selber fragen.«

Benussi hielt vor dem Foto inne, das auf der Kommode stand, und konnte seine Neugier nicht zurückhalten: »Sind das hier Sie mit Ihrem Vater?«

Violeta trat lächelnd näher, nahm das Bild in die Hand und strich zärtlich darüber.

»Ja, das ist mein Vater.«

Dann zeigte sie auf das andere Foto, auf dem sie als Kind mit einer Frau zu sehen war, die eine gewisse Traurigkeit ausstrahlte.

»Und das meine Mutter.«

»Vermissen Sie Ihre Familie nicht?«

»Doch, immer, jeden Tag.«

»Warum kehren Sie dann nicht zurück?«

»Weil dort niemand mehr ist.«

Auf einmal explodierte Ravels *Boléro* im Raum. Sein Klingelzeichen verfluchend, durchwühlte Benussi seine diversen Taschen hektisch nach seinem Handy.

»Wer ist da?«, antwortete er gereizt. Die Unterbrechung ärgerte ihn. »Was? Ich hab's dir ja gesagt, die hat den Teufel im Leib … Ist gut, ich versuche vorbeizukommen … Ciaociaociaociao …«

Warum machten das die Leute nur?, dachte Elettra. Immer öfter hörte sie, wie sie das abschließende »Ciao« wie ein Mantra wiederholten, als könnten die Betreffenden sich auf ein einzelnes Wort nicht verlassen.

Das Gartentor quietschte und fiel krachend ins Schloss. Benussi trat ans Fenster und sah einen korpulenten Mann und eine zierliche Blondine durch den Vorgarten gehen. Dann stiegen sie die Treppe hoch.

Kurze Zeit später hörte man aus dem Erdgeschoss die Stimme von Martin Skok.

»Commissario, Signor Cohen ist da!«

Benussi ging zur Tür und winkte Elettra, ihm auf den Gang hinaus zu folgen. Als sie unter sich waren, senkte der Kommissar die Stimme.

»Führen Sie bitte die Befragung zu Ende, und vernehmen Sie anschließend den Neffen. Ich habe zu Hause ein Problem und muss über Mittag hin. Rufen Sie auch Gargiulo an. Wenn er den Käufer der Villa ausfindig gemacht hat, soll er ihn für nachmittags aufs Revier zitieren. Und wenn Sie sich mit dem Neffen unterhalten haben, sagen Sie ihm ebenfalls, er soll um 16 Uhr aufs Revier kommen.«

Elettra führte in Nachahmung eines soldatischen Grußes die Hand an die Schläfe.

»Wird gemacht, Chef.«

»Und machen Sie sich nicht über mich lustig.«

»Das würde ich mir niemals erlauben, Chef.«

»Ich sage es Ihnen noch mal, Sie schauen zu viele amerikanische Serien …«

»Und ich sage Ihnen noch mal, ich habe keinen Fernseher.«

»Wenn's nur das ist, die sieht man doch heute auch auf dem Computer.«

Und damit wandte er sich zum Gehen, zufrieden, für einmal das letzte Wort zu behalten.

Doch dann drehte sich Benussi doch noch einmal um.

»Jetzt hätte ich es fast vergessen … Gargiulo soll bitte beim Teatro Verdi vorbeifahren und fragen, wann das Konzert vorbei war. Und ob jemandem irgendetwas aufgefallen ist.«

»In Ordnung.«

»Männer …«, murmelte Violeta, die am Fenster stand, als Elettra wieder hereinkam. »Und die da hat keinen Fuß ins Haus gesetzt, als die Signora noch lebte.«

»Wen meinen Sie?«

»Die Russin, die Freundin von Signor Sergio.«

»Freundin im Sinn von Liebhaberin?«

»Ja.«

»Und die Frau wusste davon?«

»Natürlich, deshalb haben sie sich ja getrennt.«

Allmählich wird's kompliziert, dachte Elettra. Ein Neffe, eine Exfrau, die etwas will, und jetzt auch noch eine ausländische Geliebte. Interessant.

Elettra sah von ihrem Notizbuch auf und fragte: »Wissen Sie, mit wem Signora Cohen gestern Abend im Theater war?«

»Nein.«

»Hatte sie Freundinnen, Bekannte in ihrem Alter, mit denen sie sich verabredete, vielleicht in einem Café?«

»Nur eine, Signora Renate.«

»Könnte sie diejenige sein, mit der Signora Cohen im Theater war?«

»Ja.«

»Wir werden das anhand der Verbindungsdaten ihres Telefons überprüfen. Es ist ja nicht schwer herauszufinden, mit wem sie gesprochen hat, bevor sie ausging.«

»Signora Cohen hatte keinen Festnetzanschluss mehr. Sie fand das überflüssig.«

»Und ein Handy?«

»Das schon. So ein Seniorenmodell, grau, mit großen Tasten. Das hatte sie immer in der Handtasche, in einem Lederetui.«

»Leider wurde es bei der Verunglückten nicht gefunden.«

Elettra klappte ihr Notizbuch zu und ging zur Tür.

»Das genügt fürs Erste. Ich rufe Sie an, wenn wir noch weitere Fragen haben. Geben Sie mir bitte Ihre Nummer?«

Violeta nahm einen Zettel aus der Nachttischschublade und schrieb die Nummer auf.

»Danke. Was haben Sie jetzt vor?«

»Ich weiß es nicht.«

»Eine letzte Frage, nur der Form halber. Wo waren Sie gestern Abend?«

»Da, wo Sie mich heute Morgen angetroffen haben, bei Pater Florence.«

»Und da waren Sie die ganze Nacht?«

Violeta strich sich über die Stirn und seufzte.

»Wir hatten nach dem Abendessen einen Notfall. Ein Mädchen ist weggelaufen. Also sind wir losgezogen, um sie zu suchen.«

»Haben Sie sie gefunden?«

»Ja, zum Glück.«

»Und wo?«

Violeta hustete trocken, bevor sie antworten konnte.

»Entschuldigung …«, sagte sie erschöpft und fügte leise hinzu: »Hinter der Hafenmeisterei am Molo Audace.«

»Um wie viel Uhr war das?«

»Ich habe nicht auf die Uhr geschaut. Ich schätze, gegen neun, halb zehn …«

»Ihnen ist nichts Verdächtiges aufgefallen?«

»Nein, was denn?«

Elettra machte eine lange Pause und sah ihr dann in die Augen.

»Signora Cohen wurde ertrunken aufgefunden, und zwar auf Höhe des Molo Audace. Vermutlich hat sie jemand zwischen 22.40 und 23.00 Uhr ins Wasser gestoßen.«

»Um die Uhrzeit war ich schon wieder im Offenen Haus«, sagte Violeta mit Nachdruck.

Elettra riss ein Blatt aus dem Notizbuch, notierte darauf ihre eigene Nummer und gab es ihr: »Falls Ihnen noch etwas einfallen sollte, rufen Sie mich an.«

5

Die Notaufnahme des Cattinara-Krankenhauses war kein besonders einladender Ort. Aber welche Notaufnahme war das schon? Benussi betrat sie fast im Laufschritt, während er sich unter den Wartenden nach der vertrauten Gestalt seiner Frau umsah.

Wie immer, wenn er ein Krankenhaus betrat, kam er nicht um die Feststellung herum, dass die menschliche Spezies sich unvorteilhaft entwickelt hatte. Als Liebhaber amerikanischer Schwarz-Weiß-Filme trauerte er stets den Zeiten nach, in denen Ästhetik das oberste Gebot gewesen war, ob es um Kleidung oder um Automobile ging, ums Geschäftliche oder um die Gesichter der Menschen selbst. Eleganz – oder wenigstens ein anständiges Auftreten – war selbstverständlich geboten, wenn man anderen gegenübertrat. Dass er grundsätzlich einen Burberry-Mantel und einen Borsalino trug, war eine stille Hommage an jene glückliche Ära und gleichzeitig sein persönlicher Schutzwall gegen die Nachlässigkeit seiner Zeitgenossen.

Wie viele Menschen, die kein positives Verhältnis zum eigenen Körper haben, verachtete Benussi an anderen, was er sich selbst nur allzu gerne nachsah. In seiner Vorstellung war die eigene Neigung zur Dickleibigkeit ein provisorischer Zustand, baldmöglichst zu überwinden. Jedenfalls hatte er sich damit nie wirklich abgefunden, aber dass dieser provisorische Zustand seit nunmehr vierzig Jahren anhielt, schien ihn nicht sonderlich zu stören. Wie Scarlett O'Hara sagte er sich nur immer wieder: »Morgen ist ein anderer Tag«, der Tag nämlich, an dem er für alle Zeiten den Mund zuklappen und Essen als das behandeln würde, was es sein sollte: gesunde Nahrung. Anstatt weiter das daraus zu machen, was es für ihn leider noch war – ein dunkler Dämon, der in Sekundenbruchteilen sämtliche guten Vorsätze verschlang, die er für den Tag gefasst hatte, oder auch solche, die erst eine Stunde alt waren.

»Ettore! Endlich! Komm, der Arzt wartet schon!«

Eine Frauenhand krallte sich in Benussis Arm und zerrte ihn in ein kleines Besprechungszimmer, wo ein älterer Herr, dessen Kittel über dem umfangreichen Bauch beängstigend spannte, ihn zu erwarten schien.

Die Hand gehörte seiner Gattin Carla, die ihr langes weißes Haar an diesem Tag stolz als Pferdeschwanz trug.

»Commissario«, sagte der Arzt und kam gleich zur Sache. »Die Lage ist ernst. Wissen Sie, dass Ihre Tochter ein Alkoholproblem hat?«

Benussi starrte erst seine Frau an, dann den Arzt, dann abermals seine Frau.

»Was sagen Sie da? Das hätte ich doch gemerkt. Beim Essen habe ich sie noch nie trinken sehen …«

»Dann tut sie das vielleicht außerhalb der Mahlzeiten. Nach Angaben Ihrer Frau sind Sie nicht viel zu Hause …«

Der Blick, den Ettore Carla zuwarf, war beredt: Darüber sprechen wir noch.

»Wollen jetzt etwa auch Sie mir vorwerfen, dass ich arbeite wie ein Irrer? Glauben Sie, ich mache das zum Vergnügen, aus Spaß an der Gesellschaft von Kriminellen, Drogendealern und Mördern?«

»Beruhige dich, das war doch nicht so gemeint«, versuchte Carla ihn zu bremsen.

»Sag mir nicht, dass ich mich beruhigen soll! Bis auf Weiteres bist immer noch du die Mutter. Aber anstatt dich um deine Tochter zu kümmern, ziehst du ja immer nur herum, um die barmherzige Samariterin zu spielen …«

Der Arzt war keineswegs geneigt, sich einen Ehestreit anzuhören.

»Bitte, wir sind hier nicht vor dem Familiengericht. Ich muss Ihnen mitteilen, dass Ihre Tochter aufgrund einer akuten Alkoholvergiftung im Koma gelegen hat.«

Bei dem Wort »Koma« zuckte der Kommissar zusammen. Nervös packte er die Hand seiner Frau.

»Wie bitte, im Koma? Um Himmels willen, ist ihr Zustand bedenklich? Wie geht es ihr? Sie wird sich doch wieder erholen?«

»Sie ist glücklicherweise wieder bei Bewusstsein, aber sie ist noch sehr geschwächt. Sie können Ihre Tochter mit nach Hause nehmen. Aber meines Erachtens sollten Sie ernsthafte Vorkehrungen treffen, damit Ihre Tochter sich nicht die Leber ruiniert.«

An einem empfindlichen Punkt getroffen, ging Benussi in die Defensive: »Heißt das, wir sollen sie einsperren und nicht mehr aus dem Haus lassen? Bestimmt haben Sie selbst keine Kinder in dem Alter, sonst wüssten Sie, dass die jungen Leute auf niemanden hören. Wenn die sich dazu herablassen zu grüßen, ist es schon viel.«

Carla schaltete sich ins Gespräch ein, um einen sanfteren Ton bemüht.

»Livia ist in einem schwierigen Alter, und dass sie Einzelkind ist, macht es für sie nicht einfacher. Na gut, sie hat Probleme, aber wir werden versuchen, mehr für sie da zu sein, mit ihr ins Gespräch zu kommen …«

Der Arzt ging zur Tür, wo er sich nochmals umdrehte.

»Ich empfehle Ihnen, sich an Frau Dr. Ferrari zu wenden.«

»Und wer wäre das?«

»Eine kompetente Psychologin.«

Bei diesem Stichwort platzte Benussi der Kragen: »Was sollen wir mit einer Psychologin! Für das Mädchen bräuchte man einen Exorzisten!«

Der Arzt verließ kopfschüttelnd das Zimmer, und Carla musterte ihren Mann mit irritiertem Blick.

»Musste diese Szene denn sein?«

»Der Kerl hat mich genervt! Was fällt dem ein, uns zu sagen, wie wir unsere Tochter zu erziehen haben? Schau ihn dir doch an mit seinem fetten Wanst!«

»Na, da stehst du ihm nicht sehr nach, mein lieber Ettore.«

»Aber ich trage mein Übergewicht nicht vor mir her wie eine Trophäe, ich versuche es zu kaschieren, anstatt damit aufzutrumpfen.«

Carla schnaubte: »Können wir uns für einen Augenblick mit etwas anderem beschäftigen als mit deinen Pfunden? Gehen wir unsere Tochter holen.«

Ettore machte ein zerknirschtes Gesicht. Väterlich besorgt.

»Wie geht es ihr denn jetzt? Heute Morgen um halb sieben war sie noch nicht daheim …«

»Ein junger Kerl hat sie bei Tagesanbruch hierhergebracht, ist aber gleich wieder verschwunden. Und da Livia keinen Ausweis dabeihatte, wussten sie nicht, wen sie anrufen sollten.«

»Wie haben sie dich dann ausfindig gemacht?«

»Es war umgekehrt, ich habe Livia gefunden. Als sie nicht nach Hause kam, habe ich im Krankenhaus angerufen. Es gibt nicht so viele junge Frauen mit zwei Totenköpfen als Ohrclips und einem Nasenring.«

»Bist du sicher, dass es Alkohol war und keine Drogen?«

»Der Blutprobe nach hatte sie einen wahnsinnig hohen Alkoholpegel, über drei Promille. Aber zum Glück nichts sonst.«

Benussi seufzte und verdrehte die Augen.

»Und was machen wir jetzt mit ihr? Ich bekomme es langsam mit der Angst zu tun.«

»Das will sie ja gerade erreichen: dass wir Angst bekommen. Wir dürfen dieses Spiel nicht mitspielen.«

»Dabei war sie so ein süßes, braves Kind ... Was ist nur passiert?«

»Dasselbe wie bei allen Jugendlichen.«

»Und zwar?«

»Sie bauen eine aggressive Fassade auf, um ihre Zerbrechlichkeit zu verbergen, mit der sie nicht zurechtkommen.«

Livia hatte die Augen geschlossen. Sie lag in einem Zimmer mit noch sechs anderen Patienten. Das weiße Hemd, das man ihr übergezogen hatte, machte ihr Gesicht noch blasser und beunruhigender. Einer der beiden Totenschädel, die ihr die Ohren durchbohrten, lugte unter den langen roten Haaren hervor. Die Schminke auf ihrem Gesicht war verlaufen. Niemand hätte sie für sechzehn gehalten.

Als sie die Hand ihrer Mutter spürte, stöhnte sie und drehte sich zur anderen Seite.

»Komm, wir bringen dich nach Hause ...«

»Lasst mich in Ruhe.«

Ohne darauf einzugehen, holte Carla die Kleider aus dem kleinen Eisenschrank und bat Ettore, ihr beim Anziehen zu helfen. Das Mädchen entwand sich dem Griff der Mutter.

»Haut ab, ich will schlafen …«

Aber Carla ließ nicht mit sich reden.

»Schlafen kannst du zu Hause, das Bett wartet schon auf den nächsten Patienten.«

»Scheiß drauf.«

Der kleine Rest Geduld, den Ettore noch für seine Tochter übrig hatte, war aufgebraucht. Er packte sie unsanft am Arm und zog sie hoch.

»Jetzt hör mal zu, junge Dame, du stehst jetzt auf, ohne Theater zu machen. Du hast schon genug Unheil angerichtet.«

»Hör mit deinem ›junge Dame‹ auf, das kotzt mich an.«

»So redest du nicht mit mir!«

Carla fasste ihren Mann am Arm und sagte ärgerlich: »Jetzt fang bitte du nicht auch noch an.«

Livia die engen schwarzen Leggings überzuziehen, ohne dass ihre Tochter oder Ettore dabei halfen, war alles andere als einfach. Aber am Ende gelang es ihr. Das dünne, ärmellose weiße Top machte weniger Probleme.

Schließlich waren sie so weit.

»Sag mal, wie läufst du eigentlich herum?«, entfuhr es Ettore, als er sie bei dem Versuch beobachtete, schwankend in ihre paillettenbesetzten schwarzen Sandalen zu steigen, deren Absätze gut sieben Zentimeter hoch sein mussten.

»Das musst gerade du sagen mit deinem lächerlichen Hut!«

Er hätte ihr am liebsten eine gescheuert, war jedoch zu müde, um mit dem Streit weiterzumachen.

»Geh lieber zurück zu deiner Arbeit, Ettore«, seufzte seine Frau, der das alles zu viel wurde. »Du bist mir wirklich keine Hilfe. Ich kümmere mich schon um Livia, geh nur.«

Benussi versuchte zu widersprechen, wenn auch halbherzig.

»Ich wollte doch nur …«

Carla legte ihm die Hände auf die Schultern und schob ihn zur Tür.

»Jetzt mach schon, Ettore, bitte. Wir sehen uns nachher zu Hause.«

Benussi ließ es sich nicht nehmen, seine Autorität wenigstens dadurch zu unterstreichen, dass er die Tür hinter sich zuschlug. Livias bedauernswerte Zimmergenossen fuhren in ihren Betten hoch. Als hätten sie keine eigenen Sorgen, hatten sie dieser peinlichen Familienszene beiwohnen müssen.

Schon seit seiner Kindheit verabscheute Inspektor Valerio Gargiulo Fisch, insbesondere den Geruch, der in der Luft hing, wenn seine Mutter, eine fanatische Anhängerin von Meeresprodukten aller Art, selbige zubereitete. Was sie leider Gottes viermal pro Woche tat.

Als Gargiulo das Fischgeschäft von Danilo Ros betrat, gleich hinter der Sant'-Antonio-Kirche, hatte das für ihn daher die Wirkung einer unangenehm riechenden Madeleine. Valerio versuchte, dem entgegenzuwirken, indem er sich ein Taschentuch vor die Nase hielt und eine Erkältung vorschützte.

Hinter dem Tresen stand eine Frau um die vierzig, blond und überaus redselig, jedenfalls dem Wortschwall nach, den sie gerade auf eine pferdegesichtige ältere Dame richtete.

Valerio räusperte sich und sah sich nach dem Inhaber um.

»Entschuldigen Sie, Signora …«, versuchte er es schließlich, erntete jedoch lediglich ein hastiges: »Ich komme ja schon, junger Mann, nur eine Minute, bin gleich da.« Dann setzte sich der Wortschwall mit ungebremstem Elan fort. Diese Frau einfach so zu unterbrechen war ein Ding der Unmöglichkeit, und so verfiel Valerio darauf, seinen Dienstausweis zu zücken.

»Ispettore Gargiulo von der Polizei Triest. Ich hätte gern mit Danilo Ros gesprochen.«

Der Satz schlug ein wie ein Knallkörper. Die Blondine verstummte und fasste sich an die Brust.

»Ach du lieber Himmel! Was ist mit meinem *Giovanin*! Ich wusste es! Wo ist er? Geht es ihm gut?«

»Beruhigen Sie sich, Signora. Es ist gar nichts passiert. Ich wollte Signor Ros nur ein paar Fragen stellen. Können Sie mir sagen, wo ich ihn finde?«

Aber so leicht war die Fischverkäuferin nicht von ihrer Meinung abzubringen. Sie zählte zu den Menschen, die in ständiger Erwartung einer Katastrophe leben.

»Also wissen Sie, Sie brauchen das nicht vor mir geheim zu halten. Ich bin die Mama, und mein *Giovanin* ist heute nicht heimgekommen, das Handy war die ganze Nacht aus … Sagen Sie mir einfach, wo sie ihn hingebracht haben, dann fahre ich ihn abholen. Hauptsache, er ist nicht tot. Ach, ich Ärmste. Der Junge bringt es noch dazu, dass mir das Herz stehen bleibt.«

Valerio hob abwehrend die Hände, um dieser Kaskade haltloser Vermutungen Einhalt zu gebieten.

»Signora, jetzt beruhigen Sie sich doch bitte. Ich bin nicht wegen Ihres Sohnes hier, sondern um Signor Ros zu bitten, dass er heute Nachmittag aufs Kommissariat kommt.«

In diesem Augenblick trat ein groß gewachsener, hagerer Mann mit langen grauen Haaren und grau meliertem Bart in den Laden. Er trug eine farbenfrohe Strickweste im Ethnolook über einem ausgeleierten schwarzen T-Shirt, dazu lederne Mönchssandalen. Komische Aufmachung für einen nicht mehr ganz jungen Fischverkäufer, dachte Gargiulo.

»Das ist er«, sagte die Frau zu Valerio. Die ältere Kundin, die mit ausgestreckter Hand auf das Wechselgeld wartete, schien sie völlig vergessen zu haben. Erregt wandte sie sich an ihren Ehemann: »Die Polizei ist hier, Danilo. Mir schlägt das Herz bis zum Hals ... Er will mir nichts sagen, aber ich spür's, ich spür's genau ... *Giovanin*, mein *Giovanin* ... Aber ihr Männer könnt das besser bereden, jetzt hör dir mal an, was er zu sagen hat.«

»Sei endlich still! Mir platzt noch der Schädel von deinem Gerede!«

»Signor Danilo Ros?«, fragte Valerio, während er die Nase in ein neues Taschentuch steckte.

»Ja, das bin ich. Sie wünschen?«

»Können wir uns draußen unterhalten?«, sagte der Inspektor leise und versuchte, seine Übelkeit zu unterdrücken.

»Ja, das ist vielleicht das Beste, hier geht's ja zu wie in einem Irrenhaus.« Danilo Ros hielt ihm die Tür auf. Draußen auf der Straße fühlte Valerio sich gleich besser. Er sog die Luft ein wie einen Hauch Chanel N° 5.

»Gehen wir einen Espresso trinken?«, schlug Ros vor.

Aber Valerio wollte zum Ende kommen. »Ich bin etwas in Eile. Unseren Informationen nach haben Sie eine Immobilie von Signora Ursula Cohen erworben, die darauf ein Nießbrauchrecht hat. Können Sie das bestätigen?«

»Das schlechteste Geschäft, das ich in meinem Leben gemacht habe ...«

»Warum?«

»Na, warum wohl? Hunderttausend Euro habe ich vor zehn Jahren hingelegt, kein Pappenstiel, nur weil mir der Makler gesagt hat, die Alte hätte nicht mehr lange zu leben, und jetzt ist sie immer noch da … Unkraut vergeht eben nicht, verdammt noch mal. Ich bin doch kein Millionär, oder? Aber der Kredit läuft, für den ich noch zwanzig Jahre bluten muss. Den Makler habe ich verklagt. Ich will mein Geld zurück.«

»Signora Cohen wurde gestern Abend tot aufgefunden.«

Die Zigarette, die sich Danilo Ros gerade angesteckt hatte, fiel ihm aus der Hand.

»Was?«

»Genauer gesagt, sie ist im Meer ertrunken.«

Danilo bückte sich nach der Zigarette. »Ertrunken? Geschieht ihr recht! Geschieht ihr wirklich recht. Eine saubere Hexe war das …«

»Wo waren Sie denn gestern Abend?«

»Wieso? Sie glauben doch wohl nicht, dass ich sie umgebracht habe? Ich habe die Frau seit acht Jahren nicht gesehen. Wenn ich ihr über den Weg gelaufen wäre, hätte ich sie allerdings erwürgt, sie hat dem Makler ja weisgemacht, dass sie nicht mehr lange zu leben hätte … Eine Betrügerin, das war sie.«

»Können Sie mir trotzdem sagen, wo Sie sich gestern Abend aufgehalten haben?«

»Natürlich, ich habe nichts zu verbergen. Ich war im Chor. Ich singe im Ars-Nova-Chor mit, und jeden Dienstag haben wir Probe. Sie können das gern überprüfen …«

»Und Ihre Frau?«

»Die war auch dabei. Aus Eifersucht, weil sie denkt, die eine oder andere Chorkollegin könnte mir schöne Augen machen, und da kommt sie halt auch …«

»Und Ihr Sohn? Ihrer Frau zufolge ist er gestern nicht nach Hause gekommen. Wissen Sie, wo er sein könnte?«

»Was hat mein Sohn damit zu tun? Der ist achtzehn und denkt nur an die Weiber …«

»Mit ihm werden wir auch reden müssen.«

»Wie Sie meinen …«

»Und was ist mit Ihrer Tochter?«

»Wo soll die schon gewesen sein? Zu Hause bei ihren drei Kindern, da hat sie genug zu tun.«

»Kommen Sie bitte um vier aufs Kommissariat.«

»Und wozu?«

»Eine reine Formalität. Wird nicht lange dauern. Wir müssen Ihre Aussage zu Protokoll nehmen. Commissario Benussi wird noch mal hören wollen, was Sie mir erzählt haben. Ihren Sohn bringen Sie am besten gleich mit.«

»Glauben Sie denn, dass irgendwer sie umgelegt hat?«

»Das ist nicht auszuschließen.«

»Würde mich ehrlich gesagt nicht wundern. Der reinste Kalmar war das. Wo die hinkam, wurd's dunkel.«

»Wir sehen uns um sechzehn Uhr.«

Nachdem er sich von dem Fischverkäufer verabschiedet hatte, betrat Valerio das *Stella Polare*, um einen *capo in b* zu trinken. Hätte er so eine Bestellung in Neapel aufgegeben, wo er geboren war, man hätte ihn angestarrt wie einen Verrückten.

Die Triester hatten für vieles ganz eigene Bezeichnungen. Einen in der Tasse servierten Espresso macchiato als *capo* zu bezeichnen, denselben Macchiato jedoch, sobald er im Glas, »in bicchiere«, auf den Tisch kam, als *capo in b*, diese Tradition ging aufs frühe 20. Jahrhundert zurück und hatte bereits James Joyce amüsiert. Das Höchste freilich war der *capo deca in b*, ein wahres semantisches Meisterwerk: koffeinfreier Kaffee im Glas.

Als er vor drei Jahren von seiner Versetzung nach Triest erfahren hatte, war er zunächst froh darüber gewesen. Auf der Mittelschule war er einmal bei einer Klassenfahrt hierhergekommen, und die Stadt war ihm als das genaue Gegenteil von Neapel erschienen. Ruhig, elegant, lärmfrei, gerade das Richtige für ihn.

Da er im Spanischen Viertel geboren und aufgewachsen war, wo Stille ebenso ein Fremdwort war wie Ordnung, sagte ihm der Gedanke zu, an einem Ort zu leben und zu arbeiten, der einem längst vergangenen Kinoset glich.

Valerio Gargiulo war ein schmächtiges, schüchternes Kind gewesen, dem vorbestimmt zu sein schien, von seinen Altersgenossen verdroschen zu werden. Zur Zielscheibe wurde er durch die blonden Haare, die blauen Augen und die langen Pianistenfinger, wie seine Großmutter aus Oslo das immer genannt hatte. »Schwuchtel« zählte noch zu den freundlicheren Ausdrücken, die ihm in der Schule und in den engen Gassen des Viertels zugerufen wurden, nur weil er sich still verhielt, sich nicht gern prügelte und auf eine leicht nordische Weise gut aussah, Frucht der Verbindung seines Vaters mit einer Norwegerin: seiner Mutter, der Fischfanatikerin.

Aber von wegen »Schwuchtel«. Während des Studiums in Rom hatte er eine lange Beziehung mit einer Kommilitonin gehabt, Emma. Beide studierten an der Sapienza, und Valerio ging davon aus, dass sie nach dem Abschluss heiraten würden. Als er jedoch den Entschluss fasste, auf die Polizeischule zu gehen, verließ ihn die Freundin von einem Tag auf den anderen. Sie wollte keinen Polizisten heiraten. Für ihn war das ein harter Schlag gewesen.

Nicht, dass er Emma noch als die Liebe seines Lebens angesehen hätte, aber er hatte sich an sie gewöhnt. Und bekanntlich ist das Schwerste, wenn eine Liebesbeziehung endet, nicht der Verlust des anderen, dessen man möglicherweise auch müde geworden ist, sondern jener der Gewohnheit, in der man sich eingerichtet hat.

Doch seit Valerios Ankunft in Triest schlug sein Herz wieder hoch. Und es schlug für Elettra Morin, seine Kollegin, die jedoch wenig Notiz von ihm zu nehmen schien. Wenigstens nicht in dem Sinn, in dem er sich das gewünscht hätte.

Elettra war alles, was Emma nicht gewesen war. Mutig, direkt, geheimnisvoll. Sie war nicht im engeren Sinne schön, doch in ihrem Gesicht leuchteten zwei große Augen, schmerzerfüllt und tief. Ja, Elettra gefiel ihm, weil sie stets auf der Hut war, aufmerksam und präsent, das ganze Gegenteil zu der phlegmatischen, schicksalsergebenen, passiven Emma.

Ein paarmal waren sie zusammen ausgegangen, auf eine Pizza oder ins Kino am Viale XX Settembre. Aber für Elettra war Valerio nichts als ein guter Freund, ein Kollege, mit dem sie sich gegen Benussis Untätigkeit bei den Ermittlungen verbünden konnte. Und er brachte sie mit ein paar Scherzen zum Lachen, die er in seinem neapolitanischem Dialekt zum Besten gab, einer Mundart, die Elettra liebte, seit die Mutter ihr als Kind Roberto Murolos Lieder vorgespielt hatte.

Doch der größte Unterschied zwischen ihr und den wenigen anderen Frauen, mit denen er ausgegangen war, bestand in ihrem völligen Verzicht auf Koketterie und verführerische Gesten. Allem Anschein nach hatte das Wort »Liebesleben« in ihren Gedanken keinen Platz.

Valerio hatte schon begonnen zu mutmaßen, dass sie

nicht auf Männer stand, sie kleidete sich ja auch immer etwas maskulin, trug Hosen und Hemden, Sportschuhe und Kapuzenshirts.

Auch in Anwesenheit von Frauen verhielt sie sich nicht anders. Auf dem Kommissariat gab es eine junge Kollegin aus dem Friaul, die sie mit schmachtenden Augen ansah und auf jede nur erdenkliche Weise versuchte, ihre Aufmerksamkeit zu gewinnen, aber auch ihr gegenüber blieb Elettra gleichgültig.

Sie war einfach immer freundlich, distanziert, unerreichbar.

Während er gerade an sie dachte, rief Elettra an und wollte wissen, wie weit er gekommen sei. Valerio berichtete von seinem Gespräch mit Danilo Ros. Der Mann habe eine tiefe Abneigung gegen die Cohen gehegt, sagte er, er könne durchaus etwas mit der Sache zu tun haben. Auch der schwebende Rechtsstreit sei zu bedenken. Da sich das Verfahren ziemlich in die Länge zog, hatte Ros vielleicht die Nerven verloren. Schließlich erzählte Valerio von der klatschsüchtigen und nervösen Frau des Fischhändlers und dem achtzehnjährigen Sohn, der nachts zuvor nicht nach Hause gekommen war.

Elettra bat ihn, aufs Revier zu fahren, der Rechtsmediziner habe etwas Interessantes festgestellt.

»Ich muss noch auf einen Sprung ins Teatro Verdi, dann bin ich gleich da«, antwortete Valerio.

6 Violeta Amado saß auf dem Bett, völlig bewegungslos. Sie wusste, dass sie die Koffer packen musste. Sie musste sich eine andere Arbeit suchen, von hier weggehen. Aber die Ereignisse hatten ihr auf einen Schlag jede Energie geraubt. Über ein Jahr lang hatte sie jetzt in diesem Zimmer gewohnt, ein Jahr, das nicht leicht gewesen war, immer zusammen mit einer unmöglichen, egoistischen alten Frau.

Sie liebte ältere Menschen, respektierte sie, sie fühlte sich wohl im Umgang mit ihnen, deshalb hatte sie ja nach ihrer Ankunft in Triest beschlossen, Pflegerin zu werden. Für Violeta war das, als kümmerte sie sich weiter um ihre Eltern. So konnte sie anderen die Liebe zurückgeben, die sie zu Hause bekommen hatte.

Auf ihren ersten beiden Stationen war ihr das leichtgefallen. Für Signor Botteri da zu sein hatte etwas ausgesprochen Bewegendes gehabt, verloren, wie er war, in seiner nebelhaft-senilen Welt. Jeden Abend trug er ihr Gedichte von Umberto Saba vor, die er noch in der Kindheit gelernt hatte. Eines davon ging Violeta besonders nahe, sodass sie ihn darum bat, es ihr immer noch mal vorzutragen. Es war auch das Lieblingsgedicht ihrer Mutter gewesen, sie kannte es sogar auswendig.

Triest hat einen spröden
Charme. Nach Laune
gleicht's einem ungeschliffenen, hungrigen Lausbub
mit blauen Augen und viel zu plumpen Händen,
um eine Blume zu verschenken;
einer Liebe
mit Eifersucht.

Ihre Mutter war es gewesen, die sie in die Welt der Poesie eingeführt hatte, als sie noch klein war, doch später hatte Violeta das wieder vergessen. In ihrer Jugend hatten vor allem Lieder sie begleitet. Jetzt aber hatte Signor Botteri das alte Feuer wieder entfacht. Und so, mit Sabas Versen im Kopf, zog Violeta an ihrem freien Tag durch die Stadt und suchte in den Winkeln jene »seltsame Luft, eine quälende Luft, die Heimatluft«, die auch ihre Mutter Etty verspürt haben musste in ihrer eigenen Kindheit.

Etty sprach nie über Triest, aber Violeta wusste, dass das Herz ihrer Mutter ein Stück weit in dieser Stadt geblieben war, wo sie zur Welt gekommen und aufgewachsen war. Von einer Rückkehr hatte sie nie etwas wissen wollen, nicht einmal nachdem sie geheiratet hatte.

Ihr Zuhause war Rio de Janeiro, dort hatte Etty die Jahre verbracht, die sie den »glücklichen Teil meines Lebens« nannte. Über die Vergangenheit wollte sie nicht sprechen. Äußerlich zwang sie sich, unbeschwert zu wirken, aber in ihren tiefen dunklen Augen lag ein Schatten, der sie nie verließ.

Violeta war fünf Jahre alt gewesen, als sie zum ersten Mal den Fuß in das schöne, lichtdurchflutete Haus mit den großen Fenstern gesetzt hatte, die auf die Bucht von Guanabara nördlich von Rio de Janeiro hinausgingen. Mit dabei war ihre Schwester Inês, die zehn Jahre älter war. Violeta hatte noch nie einen Boden aus Keramikfliesen gesehen; sie waren so glänzend und bunt, dass sie sie am liebsten abgeschleckt hätte.

Die beiden Mädchen waren in Begleitung Pater Johans gekommen, des Missionars, der die beiden aus ihrer brennenden Hütte im Elendsviertel Rocinha gerettet hatte. Aber er war nicht rechtzeitig da gewesen, um auch ihre Mutter und den kleinen Bruder João herauszuholen. Den Vater hatte eine Abrechnung zwischen Drogenhändlern schon früher das Leben gekostet, und so waren die zwei nun allein auf der Welt.

Dank eines glücklichen Zufalls hatte kurze Zeit davor eine blonde Dame, gelassen und selbstsicher, Pater Johan in der Mission besucht und sich erkundigt, ob er ihr vielleicht eine zuverlässige junge Frau empfehlen könne. Ihre chilenische Zugehfrau sei schwanger geworden und von einem Tag auf den anderen ohne Vorwarnung gegangen.

Und so schlug ihr der Mönch nun Inês vor, verbunden mit der Bitte, ein gutes Werk zu verrichten und auch Violeta aufzunehmen. Der Ehemann wollte zunächst nichts davon wissen. Er traute der ganzen Sache nicht. Wer in einer Favela aufwächst, ist fürs Leben gezeichnet, sagte er zu Pater Johan. Er war sicher, dass sie das früher oder später bereuen würden. Aber seine Frau war sofort bezaubert von Violetas tiefen, leuchtenden Augen, ihrem Lächeln, das plötzlich auf ihrem Gesicht stand, und von der kleinen Hand, die sich während des Besuchs in der Mission still in die ihre geschoben und sie nicht mehr losgelassen hatte.

Diego Amado und Etty Brunner Amado waren seit vierzig Jahren verheiratet und hatten keine eigenen Kinder. Etty konnte keine bekommen. Ein paar Jahre lang hatten sie eine Adoption erwogen; genau genommen war das

Diegos Idee gewesen, um die anhaltende Trauer zu lindern, die seiner Frau das Herz zusammenschnürte, doch letztlich hatten die bürokratischen Hürden sie abgeschreckt.

Und so betrat Violeta dieses Haus, das aufs Meer hinausblickte, ohne zu wissen, dass sich an jenem kühlen Maimorgen des Jahres 1970 ihr Leben für immer verändern würde. Zwei Jahre später wurde Inês von einer giftigen Spinne gebissen und starb binnen zwei Tagen unter schrecklichen Schmerzen. Unter dem Schock des Ereignisses beschloss Etty Amado, dass Violeta kein weiteres Trauma zugefügt werden dürfe, und sie und ihr Mann adoptierten das Mädchen.

Mit sieben Jahren bekam Violeta also eine neue Mutter. Eine Mutter, die sie bis zu deren Tod innig lieben sollte.

Sie war dreizehn, als ihr zum ersten Mal die verblasste Nummer auf Ettys Haut auffiel. Tatsächlich trug ihre Adoptivmutter, seit Violeta sie kannte, stets eine große Zahl von Armreifen am linken Handgelenk, deren Klimpern im Haus zu hören war, was sie auf liebenswürdige Weise immer auffindbar machte.

An jenem Morgen jedoch ging es Etty nicht gut, und sie war daher länger als sonst im Bett geblieben. Es war Dezember, Violeta also in den Sommerferien, und so ging sie mit einem Tablett voller Köstlichkeiten – Mangostücke, *brigadeiro*-Kuchen, Erdnusspralinen, Açaí – ins Zimmer ihrer Mutter, in der Hoffnung, sie zum Essen bewegen zu können. Etty hatte seit zwei Tagen keinen Bissen angerührt.

Violeta fand sie schlafend, blass, die linke Hand kraftlos auf dem Laken, das Handgelenk unbedeckt. Und darauf die dunkelblau ins Fleisch geritzte Nummer.

Ihr war sofort klar, was das hieß. In der Schule hatten

sie gerade erst *Das Tagebuch der Anne Frank* gelesen, und die Lehrerin hatte ihnen von dem erzählt, was zwischen 1940 und 1945 in Europa vorgefallen war.

Sie hatte ihnen auch schreckliche Fotos von völlig abgemagerten Kindern gezeigt, geisterhaften Männern und Frauen hinter Stacheldraht, und sie alle trugen die eintätowierte Nummer am linken Handgelenk.

Also war ihre Mutter in einem dieser grässlichen Lager gewesen! Deshalb ihre Traurigkeit, deshalb ihre ständige Geistesabwesenheit, die Tränen, die plötzlich flossen, wenn sie keiner zu sehen schien, und deshalb sprach sie wohl auch immer so leise, als wollte sie nicht stören.

Als Violeta versuchte, mehr darüber in Erfahrung zu bringen, streichelte die Mutter ihr über den Kopf und sagte: »Nein, Schatz, bitte. Frag mich nicht danach.«

Später erfuhr sie von ihrem Vater Diego, dass Etty nach ihrer Befreiung aus Auschwitz zusammen mit ihrer Mutter Europa verlassen hatte. Nach Triest, ihrem Geburtsort, hatten sie nicht zurückkehren wollen. Zu viele schlimme Erinnerungen. In Brasilien, in São Paulo, lebte ein Cousin der Mutter, und so versuchten sie einen Neuanfang. Aber es war nicht leicht gewesen.

Um die Mutter aufzuheitern, sang ihr Violeta die italienischen Lieder vor, die sie selbst ihr als Kind beigebracht hatte. *Grazie dei fior, Signorinella pallida, Ma l'amore no*, alles in ihrem portugiesisch eingefärbten Italienisch. Auch in den zwei Monaten von Ettys langsamem Dahinsiechen sollte sie diese Lieder anstimmen.

Als der reizende Signor Botteri starb, trat Violeta in den Dienst von Maria Sartori, einer ehemaligen Lehrerin, die bereits hundert Jahre alt war. Sie konnte kaum noch klar denken und glich einem Kind, das man bei allem beaufsichtigen musste. Aber sie lächelte stets und bekam auch noch häufig Besuch von früheren Schülern. Nur dann setzte ihr Gedächtnis sich wieder in Gang, und sie erinnerte sich an Namen und Gesichter, um anschließend wieder melancholisch auf den Tod zu warten. Sie wollte mit ihrem Rollstuhl immer am Fenster stehen. Wollte die Turteltauben sehen, die am Sims ihr Futter aufpickten. Sie starb eines Nachts im Schlaf, im Alter von einhundertzwei, und Violeta dachte, dass sie sich diesen Tod verdient hatte. Ohne Schmerzen.

Und so erwartete sie, als die Agentur ihr die Stelle bei Ursula Cohen zuwies, das nächste freundschaftliche und interessante Zusammensein. Die Dame war angeblich neunzig und noch bestens in Form, sie hatte nur keine Lust mehr zu kochen und jeden Abend alleine zu sein. In der Anfangszeit versuchte Violeta, die Eigensinnigkeiten und Härten ihrer neuen Arbeitgeberin auf jede nur erdenkliche Weise zu rechtfertigen. Bestimmt liegt es an der Einsamkeit, sagte sie sich, an der Bitterkeit der Witwe und daran, dass sie keine Kinder hat.

Von ihrem Naturell her und dank ihrer Erziehung war Violeta stets bemüht, sich in die Lage des anderen zu versetzen und nicht vorschnell zu urteilen, doch mit der Zeit musste sie sich dem Eindruck beugen, dass Ursula Cohen ein bösartiger Mensch war und es schlichtweg genoss, ihre Umgebung leiden zu sehen. So zog sie sich innerlich von ihr zurück, erledigte ihre Arbeit und las in der restlichen Zeit auf ihrem Zimmer Gedichte. Ihre Leidenschaft für Lyrik hatte sich längst wieder vor die Lieder geschoben. Neben Saba las sie auch Rilkes *Duineser Elegien*, die sie an einem Straßenstand gekauft hatte. Viel verstand sie davon nicht, zugegeben, aber sie tat ihr Bestes. Die Tatsache, dass Rilke die Gedichte nur wenige

Kilometer entfernt im Schloss der Prinzessin von Thurn und Taxis verfasst hatte, stellte für sie einen ganz besonderen Bezug her.

Signor Botteri hatte ihr vor seinem Tod noch ein vom Autor unterzeichnetes Exemplar der Gedichte von Virgilio Giotti geschenkt, eines Triester Lyrikers, von dem auch ihre Mutter gelegentlich gesprochen hatte. Vor allem ein Gedicht von ihm hätte sie gerne Ursula Cohen vorgelegt, um den Eisklumpen zum Schmelzen zu bringen, den sie im Herzen hatte.

Ach, es gibt nichts Schlimmeres, glaub mir,
als nicht lieben zu können und in sich doch
den großen Wunsch danach zu spüren
und auch, dass alles verginge,
vermöchte man's nur ein wenig.
Doch dies mein Kreuz,
ich fühle es,
werde ich für immer tragen!

Das stimmte ganz genau, niemanden lieben zu können war wirklich ein Kreuz, und dem Dichter war es gelungen, in wenigen Sätzen greifbar zu machen, wie tieftraurig dieses Nichtkönnen war. Wenn Ursula Cohen das nur verstanden hätte, sie wäre nicht auf so ungute Weise alt geworden, ein Mensch, der Unwohlsein und Ressentiment verbreitete, wo immer er hinkam.

Nur donnerstags konnte Violeta aufatmen, wenn sie in Pater Florences Haus ging, wo es menschlicher zuging. Obwohl die Leute dort alles andere als Engel waren und unter ihnen Verzweiflung herrschte, war ihr Leben echter und vitaler als der eisige Sadismus, der in der Villa Cohen zu spüren war.

Aber sosehr Violeta auch achtgab und sich bemühte, keine Reibungsfläche zu bieten, der alten Frau war einfach nichts recht zu machen. Bald waren die Nudeln verkocht, bald fand sie eine Schmutzspur hinter der Toilettenschüssel, dann wieder missfiel ihr, dass Violeta gegenüber dem Gärtner, Martin, angeblich zu viel Vertraulichkeit aufbrachte.

Warum war sie geblieben? Es wäre ein Leichtes gewesen, zurück in die Agentur zu gehen und sich eine andere Stelle zuweisen zu lassen. Aber als zutiefst großzügiger Mensch dachte Violeta, dass auch Ursula Cohen im Grunde doch Gesellschaft brauchte und dass vielleicht auch sie, wie Giotti in seinem Gedicht, unter dem Gefängnis litt, das sie um sich herum errichtet hatte und aus dem sie keinen Ausweg mehr fand.

So war die Lage gewesen, bis Violeta vor fünf Tagen in den Keller gegangen war. Und da hatte sich alles verändert.

»Violeta?«, sagte die zögerliche Stimme von Martin Skok auf dem Gang. Die Brasilianerin erhob sich ruckartig und wischte sich die Tränen vom Gesicht. Sie wollte nicht, dass der Gärtner sie in diesem Zustand sah.

»Ich komme gleich, Martin…«

»Ist gut, ich warte unten.«

Sie mochte Martin gern, sie verstand seine Unzulänglichkeit, seine Unfähigkeit zu leben. Er erinnerte sie an ihren Vater. Auch der hatte sich als Künstler gefühlt, der jedoch genötigt war, einer ungeliebten Arbeit als Bankangestellter nachzugehen; manchmal war er davon ganz schweigsam und abwesend geworden.

Als sie in die Küche kam, stand Martin da und nestelte an seiner Schirmmütze herum. Doch kaum sah er sie, ging ein Leuchten über sein Gesicht.

»Wie geht's, Martin?«

Der Mann hob ratlos die Schultern.

»Wo wirst du jetzt hingehen?«

»Ich denke, erst mal zu Pater Florence, dann sehe ich weiter …«

Martin schluckte und sah zu Boden. Er wollte etwas sagen, fand aber keine Worte.

»Magst du was trinken?«

»Ja, vielleicht.«

»Es muss noch etwas Bier im Kühlschrank sein.«

Martin musste grinsen. »Jetzt kann sie uns nicht mehr anschnauzen, wenn wir uns eins aufmachen …«

»Sollen wir ein Omelett dazu essen? Was meinst du?«

Martin ließ sich das nicht zweimal sagen. Er setzte sich an den Tisch und rieb sich die Hände.

»Au ja, schlag ein paar Eier in die Pfanne, und hol vielleicht auch was von dem guten Wein, den die alte Hexe immer weggesperrt hat.«

Beim Essen fühlten sie sich wie zwei Schüler, die den Unterricht schwänzten. Kaum zu fassen, dass die vermaledeite Glocke ausnahmsweise einmal nicht schellte, um sie zum Rapport zu rufen.

»Wusstest du, dass die Villa verkauft worden war?«, fragte Violeta.

»Wirklich wahr?«

»Ich hab's von der Polizei gehört. Das Haus wurde vor zehn Jahren verkauft, sie durfte nur drin wohnen bleiben.«

»Stell dir vor, wie Signor Sergio schauen wird, wenn er das erfährt. Der kriegt doch 'nen Herzinfarkt.«

Violeta lächelte wider Willen.

Martin sprach weiter, jetzt mit einer gewissen Schadenfreude in der Stimme: »Und erst Signora Marisa! Die hat sich ja immer als Herrin aufgespielt …«

Violeta war aufgestanden, um abzuräumen. Sie zog die Schultern hoch. »Das ist nicht unsere Sache, Martin …«

Der Gärtner erhob sich, um mit anzupacken, und trug ihr die Gläser und die angebrochene Flasche Wein ans Spülbecken.

»Behalt ihn doch … Den kannst du mit nach Hause nehmen«, sagte Violeta, auf die Flasche zeigend.

Martin nickte, tief in Gedanken. Er sah sich um und stöhnte wie ein waidwundes Tier.

»Was ist denn los, Martin?«

Die gutmütigen Augen des Gärtners sahen sie Hilfe suchend an: »Was soll ich denn jetzt machen?«

In seinem Blick lag wirkliche Verlorenheit, die Unfähigkeit, sein Leben selbst in die Hand zu nehmen. Er war ein Mann, der es gewohnt war, geführt und umsorgt zu werden wie ein Kind. Solange die Mutter noch ihre Sinne beisammengehabt hatte, hatte sie das übernommen, dann Signora Cohen. Auch Martins Wutanfälle glichen denen eines Kindes, sie flammten auf, um gleich wieder zu erlöschen. Kleine stolze Regungen, weil er sich nicht eingestehen wollte, dass er alleine nicht zurechtkam.

Violeta verstand sehr gut, wie es ihm ging, und versuchte ihn zu trösten.

»Warum fängst du nicht wieder an zu malen? Du kannst das doch so gut …«

»Und wovon soll ich leben?«

»Vielleicht können die neuen Besitzer dich weiterhin brauchen.«

»Ach was, wer braucht schon so einen wie mich? Und außerdem habe ich keine Lust mehr, mich herumkommandieren zu lassen.«

Martin schenkte sich noch ein Glas Wein ein, während

er seinen Mut zusammennahm. Dann hielt er den Atem an und platzte heraus:

»Violeta, willst du mich heiraten?«

Elettra war fast durch damit, auf der weißen Tafel die Namen derer aufzulisten, die in irgendeiner Beziehung zu der Toten gestanden hatten, als Benussis Baritonstimme drohend über den Korridor hallte: »Ist denn in diesem Kommissariat keiner da?«

»Wir sind hier, Chef«, rief Elettra.

Der Kommissar stürmte herein und warf seinen Borsalino auf den Besprechungstisch in der Mitte des Raumes, wo auch Gargiulo am Computer saß. Amüsierte der sich schon wieder auf Facebook, anstatt zu arbeiten? Benussi blaffte ihn an: »Hören Sie auf, die Zeit zu verschwenden, Gargiulo! Die Pause ist schon eine Weile vorbei.«

Der junge Mann errötete bis in die Haarspitzen; er war gekränkt, ließ sich jedoch nichts anmerken. »Ich war dabei, den Stand der Causa Ros gegen Cohen zu überprüfen …«

»Wovon reden Sie da überhaupt?«

Wie immer sprang Elettra ihrem Kollegen bei.

»Ispettore Gargiulo hat sich vorher mit Signor Ros unterhalten, dem neuen Eigentümer der Villa, und dabei festgestellt, dass Ros sich als Opfer eines Betrugs sah und die Verstorbene deswegen verklagt hatte …«

»Aussichtslose Sache.«

»Sehe ich auch so, aber sein Anwalt hat ihm wohl weisgemacht, dass er den Prozess gewinnen könnte …«

»Die Anwälte sind das Krebsgeschwür Italiens.«

Gargiulo sah sich ein zweites Mal beleidigt – sein Vater und sein Onkel waren Anwälte.

»Gewisse Angehörige des Berufsstandes, Commissario, nicht alle.«

»Alle, glauben Sie mir, alle. Aber daran sind nicht sie selber schuld, Gargiulo, sondern die über hundertsechzigtausend Gesetze, die es in Italien gibt. Das muss man sich mal vorstellen! Einhundertsechzigtausend gegenüber dreitausend in Großbritannien, fünftausendfünfhundert in Deutschland und siebentausend in Frankreich. Was sollen wir denn mit den ganzen Regelungen, können Sie mir das erklären? Ich sag's Ihnen. Die sind nur dazu da, Einfaches kompliziert zu machen, Prozesse so weit in die Länge zu ziehen, dass es kein Mensch aushält, und denen Straflosigkeit zu garantieren, die einen guten Anwalt haben und keine Lust, für ihre Taten zu büßen. Irgendeine Klausel, die den Kriminellen rettet, findet sich in dem Ozean von Gesetzen zwangsläufig, die hier das Spiel bestimmen. Im italienischen Rechtssystem ist das wie beim Hütchenspiel: Immer nur die eine Seite verliert, und das ist die misshandelte Gerechtigkeit.«

Voller Genugtuung über die Brandrede, mit der er seine Autorität bekräftigt hatte, ließ sich Benussi auf den ledernen Drehstuhl am Fenster sinken und seufzte, die Hände hinter dem Kopf verschränkend.

»Der Polizeipräsident rückt mir auf die Pelle, wir müssen zusehen, dass wir zu einem Ergebnis kommen. Also lassen Sie mal hören, was Ihre Ermittlungen ergeben haben.«

»Der Rechtsmediziner hat am Kopf der Toten Spuren von zersplittertem Glas gefunden, dazu diverse Prellungen und Aufschürfungen am Rücken, im Beckenbereich und an den Beinen. Außerdem sind beide Oberschenkel gebrochen. Als hätte jemand in blinder Wut auf sie eingetreten, bevor er sie dann ins Meer warf. Die Glassplitter sind von dunkler Farbe, sie stammen mutmaßlich von einer Bierflasche. Es ist unklar, ob die Verletzungen beim

Aufprall entstanden sind oder ob jemand die Verstorbene mit der Flasche geschlagen hat. Die Spurensicherung hat alles gesammelt, was sie am Ort des Geschehens finden konnte, die Analysen laufen noch.«

»Das können irgendwelche dahergelaufenen Trottel gewesen sein, ein Raubüberfall, der nicht so läuft wie geplant … Soweit ich weiß, wurde die Handtasche nicht aufgefunden.«

»Die Froschmänner sind noch auf der Suche.«

»Wetten, sie finden sie nicht.«

Elettra berichtete weiter vom Neffen der Toten und seiner schwierigen Finanzlage. Er habe vor Kurzem sein Bauunternehmen abgewickelt und eine Menge Schulden.

»Wo war er gestern Abend?«

»Zu Hause, zusammen mit seiner Freundin.«

»Und das glauben wir ihm?«

Elettra seufzte: »Die Freundin hat seine Aussage bestätigt. Auch wenn sie mir dabei ziemlich nervös vorkam …«

»Wie meinen Sie das?«

»Sie wirkt nicht wie eine geübte Lügnerin.«

»Heißt das, sie hat Ihrer Meinung nach gelogen?«

»Ich würde die Hand dafür ins Feuer legen.«

»Ist er der einzige Erbe?«

»Laut gesetzlicher Erbfolge ja. Man wird die Testamentseröffnung abwarten müssen.«

»Mit dem möchte ich noch mal sprechen.«

»Ich habe ihn für sechzehn Uhr vorgeladen. Er muss jeden Moment hier sein.«

Benussi wandte sich abermals an Gargiulo.

»Und was ist mit unserem Neapolitaner? Haben Sie etwas in Erfahrung gebracht?«

Elettra fuhr auf, als sie ihren Vorgesetzten zum x-ten

Mal diese sarkastische Anrede verwenden hörte. Für wen hielt er sich eigentlich? Sie konnte das so nicht stehen lassen.

»Ispettore Gargiulo hat auch einen Namen, Signor Commissario.«

»Fahren Sie die Krallen wieder ein, Morin. Das war doch nur ein Scherz ...«

»Und mich behandeln Sie nicht als Kätzchen.«

Gargiulo war kein Freund von Streitigkeiten und versuchte in solchen Fällen, so gut er konnte, die Sache herunterzuspielen. Er schlug sein Notizbuch auf und begann mit seinem Bericht.

»Wie schon gesagt, Commissario, Danilo Ros, der Eigentümer der Villa, befand sich in einem Rechtsstreit mit der Verstorbenen. Seiner Ansicht nach war er einem Betrug aufgesessen. Schon bei der bloßen Erwähnung von Signora Cohen kommt ihm die Galle hoch. Ros hat eine Frau und zwei Kinder. Die Villa war für die Tochter gedacht, deren Hochzeit damals bevorstand. In der Zwischenzeit hat sie sich jedoch von ihrem Mann getrennt und lebt jetzt mit dem Vater ihrer jüngsten Tochter zusammen.«

»Wissen wir, wer das ist?«

»Noch nicht.«

»Worauf warten Sie dann noch?«

Elettra machte Valerio ein Zeichen, das ihr zu überlassen, und schaltete sich in das Gespräch ein.

»Moment mal. Bevor Sie uns neue Aufgaben zuteilen, Commissario, würde ich mit Ihrer Erlaubnis gerne die Lage zusammenfassen. So verschwenden wir nicht die wenigen Ressourcen, die uns zur Verfügung stehen. Wie es zurzeit aussieht, haben wir etliche mögliche Tatverdächtige.«

Benussi nickte mit einem Seufzen. Der Fall wurde immer komplizierter und würde wohl seine gesamte Aufmerksamkeit beanspruchen. Elettra trat mit einer Kreide an die Tafel und machte sich daran, die Namen der beteiligten Personen aufzuschreiben.

»Also gut. Ursula Cohen wohnte seit über fünfzig Jahren in ihrer Villa. Die Ehe mit ihrem Mann, der seit fünfzehn Jahren tot ist, war kinderlos. Der Neffe, Sergio, ist der Sohn des jüngeren Bruders von Herbert Cohen, hat aber bis zu seiner Eheschließung mit einer gewissen Marisa Kern, von der er seit fünf Jahren getrennt ist, bei dem Ehepaar Cohen gelebt. Derzeit wohnt er mit einer gewissen Irina Schatz zusammen, einer Ukrainerin, in einer Mietwohnung in Opicina.«

»Und was wissen wir über die Exfrau dieses Neffen?«

Elettra blätterte in ihren Aufzeichnungen. »Marisa Kern war als Krankenpflegerin bei dem verstorbenen Dr. Cohen angestellt, in seinem letzten Lebensjahr. Zwei Monate nach dem Tod seines Onkels hat sie dann Sergio Cohen geheiratet.«

»Da hat die junge Frau ja keine Zeit verloren! Sicher hatte das Techtelmechtel schon während der Krankheit begonnen«, sagte Benussi sarkastisch.

Elettra fuhr fort: »Violeta Amado, die Pflegerin von Signora Cohen, hat ausgesagt, dass Marisa Kern die Verstorbene häufig besuchen kam. Ihrer Meinung nach war sie dabei auf irgendetwas aus. Jedenfalls soll sie die Besuche nicht aus reiner Zuneigung unternommen haben.«

Benussi stand auf und begann, im Zimmer auf und ab zu gehen.

»Na gut, dann schauen wir mal, dass wir auch diese Marisa Kern so bald wie möglich auftreiben.«

»Bei ihr zu Hause meldet sich niemand, und das Handy

ist ausgeschaltet«, sagte Gargiulo. »Vielleicht kann uns der Exmann ihren aktuellen Arbeitgeber nennen.«

»Vergessen wir nicht den Gärtner, Martin Skok«, warf Benussi ein. »Noch einer, der die Cohen auf den Tod nicht leiden konnte.«

Elettra schrieb den Name Skok unter den von Marisa Kern.

»Und was halten Sie von der Pflegerin?«, fragte Gargiulo. »Könnte die es nicht auch gewesen sein?«

Elettra schüttelte den Kopf.

»Das würde ich ausschließen. Sie hat für den betreffenden Abend ein Alibi. Aber setzen wir sie mal mit auf die Liste. Man kann ja nie wissen.«

Gargiulo hob die Hand.

»Wir müssen zu den Verdächtigen auch Danilo Ros, seinen Sohn Giovanni und den Lebensgefährten der Tochter zählen, die alle noch zu befragen sind. Damit wären wir bei sieben.«

Benussi betrachtete eine Weile lang die Namen auf der Tafel. Dann seufzte er. Er musste sich wohl von seinem Wunsch verabschieden, den Fall schleunigst zu den Akten legen zu können, wie er es der Staatsanwältin Rosanna Guarnieri und dem Polizeipräsidenten zugesagt hatte.

»Die Oberschenkelfrakturen und Prellungen sowie die Glassplitter, die am Hinterkopf der Toten gefunden wurden, lassen auf einen tätlichen Angriff schließen. Und es fehlt nicht an Verdächtigen, die Signora Cohen aus dem einen oder anderen Grund tot sehen wollten. Entscheidend ist jetzt der Todeszeitpunkt und ob das Opfer schon tot war, als es ins Wasser geworfen wurde, oder ob es ertrunken ist. Was sagt Dr. Cerri dazu?«

Elettra schlug eine Akte auf, die auf ihrem Schreibtisch lag.

»Im Obduktionsbericht steht, dass das Opfer Wasser in den Lungen hatte, das heißt Tod durch Ertrinken. Der Todeszeitpunkt liegt zwischen … Moment, da haben wir's: zwischen 22.50 Uhr und 23.30 Uhr.«

Ungeduldig schlug der Kommissar mit der Faust auf den Tisch.

»Jemand muss doch etwas gesehen haben, verdammt! Sie war kaum zwei Schritte von der Piazza Unità weg, direkt gegenüber vom Hotel Savoia! Ich rede mal mit Agosti vom *Piccolo*. Er hat sowieso schon versucht, mich zu erreichen, weil er über die Sache schreiben will. Aber ich wollte erst Genaueres wissen. Wenn es Zeugen geben sollte, werden sie sich auf die Zeitungsmeldung hin melden.«

»Ich glaube nicht, dass um die Zeit allzu viele Leute unterwegs waren, der Wind war ja eiskalt«, sagte Gargiulo skeptisch.

»Sie sind halt aus Neapel, Gargiulo«, erwiderte Benussi höhnisch. »Sie haben keine Ahnung, wie gerne die Triester dem Nordwind trotzen, vor allem wenn er so richtig bläst.«

Oje, dachte Elettra. Jetzt hält er uns gleich einen Vortrag über den Einfluss der Bora auf die psychische Befindlichkeit der Triester. Gott bewahre! Sie ging erneut an die Tafel und setzte ihren Bericht fort, nicht ohne vorher durch ein kräftiges Räuspern die Aufmerksamkeit auf sich zu lenken.

»Freunde hatte die Verstorbene nicht. Der einzige Mensch, mit dem sie sich regelmäßig traf – abgesehen von Marisa Kern –, war eine Renate Soundso, eine Dame ungefähr im selben Alter, mit der sie häufig zum Essen oder ins Kino ging.«

»Ich habe mit den Leuten von der Theaterkasse geredet. Sie haben bestätigt, dass sie die Tote gut kannten und dass sie immer mit einer Freundin in ihrem Alter kam«, ergänzte Gargiulo. »Leider war ihnen der Name der Dame nicht bekannt.«

Elettra fuhr fort.

»Angesichts ihres Alters möchte ich ausschließen, dass diese Signora Renate zu den Verdächtigen zu zählen ist. Aber es wäre interessant, mit ihr zu sprechen. Nach Aussage von Violeta Amado war sie möglicherweise die Letzte, die Cohen lebend gesehen hat.«

»Es kann ja wohl nicht so schwer sein, sie ausfindig zu machen«, schaltete sich Benussi ein. »Wir können anhand der Verbindungsdaten feststellen, mit wem die Tote zuletzt telefoniert hat.«

»Da liegt der Hase im Pfeffer. Die Cohen hatte ihren Festnetzanschluss abgemeldet, und ihr Handy, das sie anscheinend immer dabeihatte, wurde bisher nicht gefunden. Wahrscheinlich liegt es auf dem Meeresgrund. Die Taucher sehen sich auch danach um.«

Benussi trat an die Tafel und zeigte mit dem Finger auf den Namen der Brasilianerin.

»Und was wissen wir über Violeta Amado?«

»Sie war seit einem Jahr und drei Monaten für die Cohen tätig. Gestern Abend war sie ebenfalls am Molo Audace, etwa eine Stunde vor der Tat, aber aus einem ganz anderen Grund. Sie war auf der Suche nach einem kurdischen Mädchen, das aus dem Offenen Haus von Pater Florence weggelaufen war. Und sie hat die Kleine auch gefunden. Angeblich ist ihr nichts Besonderes aufgefallen. Ihr Alibi wurde durch Pater Florence bestätigt.«

Benussi seufzte und schob sich ein zuckerfreies Bonbon in den Mund. »Mit Martin Skok, dem Gärtner, habe ich selbst gesprochen. Komischer Kauz, nicht gerade liebenswürdig. Er hat die Cohen ins Theater gefahren, sie aber beim Abholen nicht dort vorgefunden. Überzeugt mich nicht besonders. Angeblich hatte sie ihn seit drei Monaten nicht bezahlt … Gründe, ihr übelzuwollen, hatte also auch er.«

In diesem Augenblick platzte Pitacco herein, der neue Polizeihauptmeister.

»Die Herrschaften Cohen sind da, soll ich sie hereinbitten?«

»Lass sie warten …«

Erregte Schritte drangen vom Korridor aus ins Zimmer, und eine Stimme rief: »Entschuldigen Sie, Ispettore, aber ich kann nicht warten …« Sie gehörte einer Frau mit kurzen weißen Haaren, stämmigem Körperbau und vornehmer Haltung, die jedoch wie eine Furie hereingestürmt kam.

»Zunächst mal bin ich Commissario und kein Ispettore. Und wer sind Sie?«

»Verzeihung, aber auf Titel reagiere ich allergisch. Mein Name ist Marisa Kern Cohen.«

Hinter der Dame erschien nun auch ihr Exmann. Er strahlte die Hilflosigkeit eines Menschen aus, der nicht weiß, wie er einer Besessenen Einhalt gebieten soll.

»Ich weiß, wer sie umgebracht hat. Das war garantiert die Russin! Die wollte die Villa haben. Sergio ist naiv, wenn er glaubt, dass sie ihn sich nur wegen seines hübschen Gesichts geangelt hat …«

Sergio Cohen packte die Frau am Arm und sagte ganz außer sich: »Halt den Mund, du Hexe!«

»Oh nein, mein Lieber. Ich habe allzu lange geschwiegen. Aber jetzt, jetzt rede ich! Fragen Sie meinen Mann oder besser gesagt Exmann, das war seine Entscheidung, nicht wahr, von mir aus hätten wir uns nicht getrennt, ich glaube an die Ehe, das ist eine Verpflichtung, die wir vor Gott eingegangen sind …«

»Ich bitte Sie, Signora, bleiben Sie bei der Sache.« Benussi hob die Hand, um sie zu bremsen. »Sie sind aus freien Stücken hierhergekommen, um eine Aussage zu machen. Also tun Sie das.«

»Fragen Sie Sergio, wo seine Schlampe von Lebensgefährtin gestern Abend war.«

»Was erlaubst du dir? Irina ist alles andere als eine Schlampe! Sie ist eine ausgesprochen gefragte Dolmetscherin!«

Elettra warf dem Kommissar einen verschwörerischen Blick zu: »Signorina Irina Schatz hat ausgesagt, den gestrigen Abend zu Hause verbracht zu haben, zusammen mit Signor Cohen.«

»Ja, von wegen. *Signor* Cohen – der recht wenig von einem Herrn hat – war gestern Abend bei mir. Und wissen Sie, warum? Um mich um ein Darlehen zu bitten, so einer ist das nämlich. Seine Tante hatte es satt, ihn zu unterstützen, und jetzt sollte ich ihm einige Gemälde überlassen, die ich noch von seinem Onkel bekommen habe. Finden Sie das nicht auch dreist?«

»Ach, bitte! Spiel hier nicht das Opfer! Sag dem Herrn Commissario doch, was du für die Scheidung verlangt hast! Los, sag's schon, wenn du dich traust, du Blutsaugerin!«

»Das war nur mein gutes Recht! Die Gesetze habe nicht ich gemacht, mein Lieber!«

»Nur deinetwegen bin ich Konkurs gegangen. Ich hatte nicht genug Geld und musste einen Kredit aufnehmen, den ich jetzt nicht bedienen kann.«

»Wenn ich es nicht eingefordert hätte, hättest du mir nie im Leben Unterhalt gezahlt!«

»Ja, und warum auch? Wir haben keine Kinder, du bist selber berufstätig, und ich habe dir schon das Haus überlassen. Wozu brauchst du da auch noch Geld?«

Benussi riss der Geduldsfaden.

»Meine Herrschaften, lassen Sie dieses Theater sein, solange Sie sich hier aufhalten. Wir werden das Alibi der jungen russischen Dame überprüfen.«

»Sie ist Ukrainerin«, korrigierte Cohen.

»Russin, Ukrainerin, was auch immer. Jedenfalls haben damit sowohl Sie als auch die junge Dame aus der Ukraine ein falsches Alibi angegeben, Signor Cohen. Und ich möchte wissen, warum.«

»Ich wollte mir Komplikationen ersparen.«

»Die haben Sie sich dadurch erst recht eingehandelt. Auch Sie, Signora Kern, werden im Übrigen nachweisen müssen, dass Ihre Aussage der Wahrheit entspricht, solange die beiderseitigen Versionen nicht übereinstimmen.«

In den schon erregten Augen von Marisa Kern flammte ein Feuer auf, als wollte sie alle Anwesenden mit Blitzen durchbohren. »Ich soll etwas beweisen? Wie schon gesagt, Sergio war bei mir, Sie können das ja anhand seines Handys überprüfen, dann werden Sie schon sehen, wer von uns der Lügner ist.«

»Also gut, es stimmt. Ich war bei meiner Exfrau. Aber ich bin gleich wieder gegangen.«

»Das ist nicht wahr, du hast erst noch meine Portion Cevapcici runtergeschlungen, Hungerleider, der du bist.«

»Du bist einfach widerlich. Nicht einmal die Tante konnte dich noch ertragen.«

»So ein Unsinn! Ich war die Einzige, aber wirklich die Einzige, die dieser bemitleidenswerten alten Frau noch Gesellschaft geleistet hat.«

»Ja, du barmherzige Samariterin! Du konntest sie doch auch nicht leiden, du hast nur gehofft, dass sie dir etwas vermachen würde. Du bist diejenige, die immer die Villa gewollt hat. Gib's doch zu, du hast mich nur deswegen geheiratet. Aber das kannst du dir jetzt abschminken! Jetzt gehört die Villa mir, und ich mache damit, was ich will.«

Ein bösartiges, triumphierendes Lächeln zuckte über Marisa Kerns erregtes Gesicht.

»Freu dich nicht zu früh.«

Sergio Cohen trat ganz nahe an sie heran, packte sie, rot vor Wut, ein zweites Mal am Arm und schüttelte sie.

»Was soll das heißen? Hast du etwa auch die arme Alte unter deinen Einfluss gebracht? Ich könnte dich erwürgen ...«

Die Handgreiflichkeiten zwischen den Exeheleuten wären wohl noch weiter ausgeufert, wenn nicht Elettra rasch dazwischengegangen wäre. »Bitte, meine Herrschaften. Ihre persönlichen Streitigkeiten können Sie hinterher klären. Jetzt seien Sie so gut und erzählen Sie uns, wie lange Ihr gestriges Treffen gedauert hat.«

Plötzliches Schweigen senkte sich über den Raum.

»Ich höre?«

Marisa Kern warf ihrem Exmann einen Blick zu und antwortete dann mit ruhiger Stimme: »Bis halb elf«, während im selben Moment Cohen sagte: »Bis halb zehn.«

»Halb elf oder halb zehn?«, fragte Benussi.

»Auf der Küchenuhr war es halb zehn, ich habe draufgeschaut, als ich ging«, erklärte Cohen.

»Weil die Uhr stehen geblieben ist. Ich sage dir, es war halb elf.«

»Kann jemand anderes als Sie beide das bestätigen?«

»Nein.«

Agente Pitacco klopfte ein weiteres Mal an die Tür. »Entschuldigen Sie, Commissario, ich habe hier Signor Danilo Ros mit einem Jungen …«

Benussi seufzte. Er erhob sich und griff zu seinem Borsalino und dem Regenmantel.

»Übernehmt ihr das mal. Mein Blutzucker ist auf null, ich muss schnell hinüber in die Bar«, sagte der Kommissar leise zu Elettra, die nickte. Dann verließ er den Raum. Die Inspektorin nahm den Faden wieder auf.

»Und was war dann?«

»Wann dann?«

»Nachdem Sie Ihr Gespräch beendet hatten, was haben Sie dann gemacht?«

»Ich für mein Teil bin schlafen gegangen. Ich stehe ja auch um sechs Uhr auf«, sagte die Kern giftig.

»Und Sie?«, wandte sich Elettra an Sergio Cohen.

»Ich bin nach Hause gefahren.«

»Direkt?«

»Direkt.«

»Und Sie sind niemandem begegnet, der das bestätigen könnte?«

»Leider nein.«

Elettra nickte.

»Na schön. Sie, Signora Kern, können gehen. Aber halten Sie sich bitte zu unserer Verfügung. Signor Cohen, Sie müssten noch mit ins Leichenschauhaus gehen und die Verstorbene identifizieren. Valerio, kannst du den Herrn begleiten?«

»Ist das denn wirklich nötig?«, protestierte Cohen schwach.

»Ich fürchte, ja. Sie sind der nächste Angehörige.«

»Mir wird schon beim Gedanken an eine Leiche ganz anders …«

»Keine Sorge, es wird nicht lange dauern«, erwiderte Elettra mit einem aufmunternden Lächeln.

Während die beiden Exeheleute zusammen mit Valerio hinausgingen, trat Danilo Ros ein, unsicher wirkend und gefolgt von einem Jugendlichen, dessen Gesicht halb unter einer schwarzen Kapuzenjacke versteckt war.

Als sie sich in der Tür begegneten, wechselten der Fischverkäufer und die Krankenschwester einen langen Blick, der Elettra nicht entging.

Die Befragung von Danilo und Giovanni Ros zog sich nicht lange hin.

Auch Elettra saß der lange Tag ohne Pause allmählich in den Knochen. Der Fischverkäufer untermauerte sein Alibi, indem er Adresse und Telefonnummer des Chorleiters vorlegte, und der Junge sagte aus, mit Freunden ins Kino gegangen zu sein. Sie hätten sich im Torri-Einkaufszentrum *Transformers 3* angesehen und seien um zehn wieder herausgekommen.

»Deine Mutter hat ausgesagt, dass du die Nacht nicht zu Hause verbracht hast. Wo warst du anschließend?«

Giovanni schien die Frage nicht gehört zu haben.

Sein Vater stieß ihm den Ellbogen in die Rippen. »Jetzt sag was, du Schlafmütze.«

Der Junge wurde für einen Moment wach und antwortete, den Blick immer noch auf den Boden geheftet:

»Bei Flavio …«

»Das ist ein Freund von ihm, der dort in der Nähe wohnt«, erklärte der Vater.

Giovanni schien überhaupt nicht mitzubekommen, was um ihn herum vorging.

»Übernachtest du oft woanders?«, fragte Elettra.

Da der Junge weiter schwieg, setzte der Vater zu einem

Rechtfertigungsversuch an: »Das kommt schon vor, ja. Er versteht sich nicht besonders gut mit der Mutter. Sie treibt den armen Jungen in den Wahnsinn. Aber wir kennen seine Freunde alle, das sind ordentliche Kerle … Mit Flavio ist er seit der Grundschule befreundet. Sie sind wie Brüder.«

Elettra notierte sich die Nummer dieses Flavio, um das Alibi zu überprüfen, dann ließ sie die Aussagen unterschreiben und verabschiedete sich von den beiden.

Vater und Sohn waren am Gehen, als Elettra der Blickwechsel an der Tür wieder einfiel.

»Kennen Sie eigentlich Marisa Kern Cohen?«

Giovanni warf dem Vater einen Blick zu, und der schien zu erröten.

»Ähm, ja. In Triest kennt sich doch alle Welt. Sie kommt jeden Freitag ihren Fisch bei uns kaufen. Nichts weiter.«

»Und du, Giovanni, kennst du sie auch?«

»Nein.«

»Du bist ihr aber vor Kurzem schon mal begegnet?«

»Der Junge kommt praktisch nie in den Laden«, erklärte Ros.

»Also gut, Sie können gehen.«

Mit einem genuschelten »'n Abend« verließen die beiden den Raum.

Endlich allein, ließ sich Elettra auf den Stuhl fallen und schloss die Augen.

Sie war völlig erschöpft.

7 *Sie setzten uns zur Sortierarbeit ein. Wir mussten die Kleidung und den persönlichen Besitz der Ermordeten trennen. So erfuhr ich vom Tod deines Vaters. In einer Tasche seines Kamelhaarmantels befand sich noch die Hornpfeife, die er nie aus der Hand gab. Mit zitternden Händen tastete ich die Säume ab. Das Geld war noch da – nutzlose Fetzen Papier, mit denen wir uns bei der Ankunft in der Schweiz über Wasser halten wollten.*

Ich habe dir damals nichts davon erzählt. Ich versteckte den Mantel unter einem Haufen anderer Kleidungsstücke und machte weiter, in der Hoffnung, nicht auch noch die Sachen deines Bruders zu finden. Wir waren gleich bei der Ankunft im Hof der Reismühle getrennt worden. Ihr zwei habt euch weinend umarmt; um euch auseinanderzubringen, schlugen sie mit Stöcken auf euch ein. Giorgio brachte mich mit einem Blick davon ab, mich auf diese Unmenschen zu stürzen. Das wäre uns alle noch teurer zu stehen gekommen.

Ich habe dich angesehen in diesem Raum voller Koffer und offener Truhen. Du warst noch ein Mädchen, aber nichts an dir ließ einen an die Unbekümmertheit der Kindheit denken. Du sortiertest Besteck, Teller, Tafelsilber, als wäre das eine ganz normale Aufgabe, ohne an die gewalt-

sam beendeten Leben zu denken, an die Schreie hinter diesen Gegenständen.

Deine ehemals blauen Augen waren inzwischen fast weiß, die Lippen gesprungen von der Kälte, das Haar stumpf, schmutzig, zu einem traurigen Pferdeschwanz zusammengebunden.

Du warst zehn Jahre alt, meine Sara, aber man hätte dich für zwanzig Jahre älter gehalten.

Was ich dann hinter mir hörte, als ich gerade eine Pelzjacke aus einer Truhe zog, das war kein Schrei, sondern ein Röcheln wie das eines Tieres, das verendet.

Das warst du. Du hattest in dem Kleiderhaufen den karierten Mantel gefunden, der Paolo gehörte. Du hieltest ihn umklammert, und da rollte aus der Tasche die Glaskugel, die du ihm zum Geburtstag geschenkt hattest, und kullerte über den dreckigen Boden aus getretener Erde. Du liefst hinterher, als könnte dieser Lichtsplitter die geliebte Seele deines Bruders enthalten.

Von dem Tag an hast du nicht mehr gesprochen.

Nicht wenige Leute, die in der alten Reismühle arbeiteten, kollaborierten mit diesen Unmenschen. Juden wie wir. Erinnerst du dich an den alten Mann aus Sarajevo, der uns immer das Essen brachte, Joseph? Er leistete Küchendienst.

Joseph wusste über alles Bescheid, und er war es, der uns von dieser Familie aus Triest erzählte, Mutter, Vater und Sohn, die im Mai '44 verhaftet und in einen Saal im ersten Stock gebracht worden waren. Der Sohn ging nach Belieben ein und aus, er unterhielt sich mit den anderen Gefangenen und erstattete nachher den Deutschen Bericht. Ich habe später gehört, dass sie bis ganz zum Schluss in der Reismühle geblieben sind, bis die Garnison abzog.

Ich weiß nicht, ob er noch am Leben ist, ob sein Gewissen ihm erlaubt hat, in Ruhe alt zu werden. Ich hoffe es nicht. Verräter an seinen eigenen Leuten, nicht nur an den Juden, sondern an den Menschen überhaupt. Verflucht soll er sein, solange er lebt.

An dem Tag, an dem sie uns auf den Pritschenwagen trieben, um uns zum Bahnhof zu bringen, wurde mir klar, dass ich Triest nie wiedersehen würde. Deine Augen lagen tief in den Höhlen, du warst so abgemagert, dass es einem Angst machte, aber du bekamst das Essen nicht herunter, das harte Brot und die völlig gehaltlose Suppe.

Ich sagte, sei froh, wir fahren an einen besseren Ort, der Zug würde uns weit weg bringen, aufs Land, und dort gäbe es Hühnereier, Tomaten und Äpfel, wie du sie immer im Sommer bei Tante Esther gegessen hast, in den Bergen.

8

Um fünf Uhr nachmittags am ersten Tag seiner Proteindiät bekam Ettore Benussis Willenskraft die ersten Risse. Durch den Notfall mit Livia war er nicht dazugekommen, das T-Bone-Steak zu sich zu nehmen, das er sich zum Mittagessen gekauft hatte. Stattdessen hatte er sich mit zwei Packungen Bresaola begnügen müssen, die er sich rasch im Supermarkt besorgt hatte, dazu einen griechischen Joghurt als Dessert. Aber jetzt verlangte sein Magen nach einer Nahrung, von der einem warm wurde: Zucker, Süßspeisen, Kohlenhydrate gleich welcher Art.

Benussi betrat die Bar, die sich im Erdgeschoss des Kommissariats befand, und sein Blick fiel auf ein Stück Apfelkuchen, das einzig und allein ausgestellt zu sein schien, um ihn in Versuchung zu führen.

Dann sah er sein eigenes Mondgesicht im Spiegel hinter dem Tresen, und sein Stolz regte sich. Er durfte nicht schwach werden, der erste Tag war ja immer der schwerste, aber er würde es schaffen.

Er bestellte einen Espresso, den er ohne Zucker trank, mit einem Glas Wasser dazu, und fühlte sich wie ein Held. Dann ging er nach draußen, atmete tief durch und tätschelte sich den Bauch, der unter seinem Hemd hervorstach. »Tja, mein Guter, diesmal bist du fällig.«

Er sah sich unschlüssig um. Sollte er sich wieder an die Arbeit machen? Nein, die Kopfschmerzen waren zu stark. Besser, er ging die paar Schritte bis zum Supermarkt und beschaffte sich einen ordentlichen Proteinvorrat für die nächsten Tage.

Beim Betreten des Supermarkts machte er einmal mehr die bittere Feststellung, dass die modernen Zeiten des Überflusses demjenigen, der Diät halten musste, nicht gerade halfen. Aus jedem einzelnen Regal lachten ihn Produkte an, die nur eine einzige Daseinsberechtigung hatten: Anschläge auf sein Körpergewicht zu verüben.

Snacks, Gebäck, Eis, allerlei Dips, Kekse, Getränke mit Kohlensäure und Zuckerzusatz, Schokolade, Wurst und Käse aller Qualitätsstufen, Wein, Bier, Hochprozentiges ... Und in dieser Phase war ja selbst die harmlose Obst- und Gemüsetheke *off limits*. Dr. Dukan forderte einen tatsächlich dazu auf, sich eine Woche lang nur von Proteinen zu ernähren, ohne Obst und Gemüse. Später wechselten sich reine Proteintage mit solchen ab, an denen auch Gemüse auf dem Speiseplan stand. Obst konnte man erst in noch fernerer Zukunft anvisieren. Leicht zu lesen, schwer umzusetzen, dachte Benussi. Proteine durfte man zwar in rauen Mengen essen, aber davon wurde einem nicht so richtig warm, das wohlig-befriedigte Gefühl blieb aus, das sich nur durch die berüchtigten Kohlenhydrate oder gleich direkt durch Zucker herstellen ließ. Oder natürlich durch ein Glas Grappa.

Niedergeschlagen ging er zur Fleischtheke und legte einen Truthahnschlegel, ein ganzes Huhn, drei Filets von der Jungkuh und vier Packungen vorgefertigte Hamburger in seinen Wagen. Auch der Fischabteilung stattete er einen Besuch ab und ließ sich drei Scheiben Lachs sowie drei Kabeljaufilets geben – er wollte ja nicht übertreiben. Jetzt ging es erst einmal nur um die erste Woche. Dazu kam noch eine ordentliche Menge Bresaola und Räucherlachs – jeweils vier Packungen – für schwerere Krisenfälle. Schließlich schnappte sich der Kommissar sieben Becher griechischen Joghurt.

Dann schlenderte er, nun schon gelassener, zur Kasse, und ignorierte die Sirenen unter den hochprozentigen Getränken, die sich verführerisch in seine Richtung beugten.

Als er am Zahlen war, klingelte sein Handy.

Ein Wald von Köpfen drehte sich nach ihm um. Er musste wirklich den Klingelton ändern, Ravels *Boléro* bescherte ihm zu viel Aufmerksamkeit.

»Livia ist weggelaufen«, hörte er Carlas aufgeregte Stimme am Telefon sagen.

»Wie, weggelaufen? In ihrem Zustand?«

»Wir hatten eine Auseinandersetzung, und da ist sie einfach gegangen …«

»Konntest du ihr denn nicht hinterherlaufen?«

»Ich dachte, sie kommt gleich wieder. Wir saßen beim Essen …«

Benussi entfuhr ein gereiztes Seufzen.

»Hast du's auf ihrem Handy probiert?«

»Natürlich, aber es ist nicht an.«

»Na, sie wird schon zurückkommen, sie ist ja kein kleines Mädchen mehr.«

Die Stimme seiner Frau wurde schriller und bekam dabei etwas Anklagendes.

»Du kannst dir nicht immer die Hände in Unschuld waschen, Ettore. Der Arzt hat mir strikte Bettruhe für sie verordnet, sie sei noch akut gefährdet. Du musst sie suchen.«

»Kannst du das nicht selbst machen? Ich stecke mitten in der Arbeit …«

»Nein, ich kann es nicht selbst machen. Ich bin völlig fertig, mein Kopf ist kurz vorm Explodieren.«

»Wenn es das ist, Kopfschmerzen habe ich auch …«

Die Dame hinter ihm, um die sechzig und mit einem randvollen Einkaufswagen, sagte in genervtem Tonfall: »Sie sind dran. Mit Ihrem Schätzchen können Sie später reden …«

Ettore bemerkte, dass ihn auch schon die Kassiererin feindselig ansah, während sie darauf wartete, seine Einkäufe über das Band laufen zu lassen.

»Na gut, ich schaue gleich mal.« Damit legte er auf, ohne die sonstige Ciao-Orgie.

Die Piazza Oberdan füllte sich jeden Samstag am Spätnachmittag und Abend mit jungen Leuten. Durch ein ungeschriebenes und in seinen Ursprüngen unklares Gesetz war dieses von Säulengängen umstandene Halbrund, wo zahlreiche Autobuslinien ihre Endhaltestelle hatten, seit ein paar Jahren ein Lieblingstreffpunkt der Jugendlichen, die dort vor allem tranken und rumhingen.

Hier hatte Ettore seine Tochter häufig abends abgeholt, als sie noch auf ihn hörte. Oft fand er sie auf den Knien irgendeines Grünschnabels, lachend und mit zerlaufener Schminke und verwischtem Lippenstift.

Dass sie so viel trank wie ihre Altersgenossen, glaubte Benussi nicht. Ihr Atem roch nie nach Alkohol. Und außerdem hatte sie ihm geschworen, dass sie abstinent sei, sie werde sich niemals so zusaufen wie ihre Dumpfbacken von Klassenkameradinnen. Sie gehe dort nur hin, um ihren Spaß zu haben und irgendeinen Kandidaten für einen One-Night-Stand zu finden für den späten Samstagabend.

Als Ettore Benussi den Ausdruck zum ersten Mal gehört hatte, war er blass geworden. Was sollte das? Wollte sie ihn schocken, ihn provozieren? Für ihn war es tatsächlich ein Schock, dass ein fünfzehnjähriges Mädchen – so alt war Livia damals – sein Verhältnis zu den Vertretern des anderen Geschlechts auf bloße Gymnastik reduzieren könnte, die man ohne jede emotionale Beteiligung absolvierte. Aber vor lauter Überraschung hatte er nichts dazu gesagt.

Und doch war es so. Livia und ihre Freunde sahen Sex schlichtweg als eines der Mittel – neben Alkohol und Pillen –, um sich einen netten Abend oder Nachmittag zu machen. Sich zu verlieben stand überhaupt nicht auf dem Programm. Mit dreizehn war sie einmal kurzzeitig für einen Schulkameraden namens Mirko entbrannt, aber diese Leidenschaft hatte sie vor allem virtuell durchlebt, via SMS und Facebook. Die wenigen Male, die sie einander außerhalb der Schule getroffen hatten, hatten sie mit wilden Streitereien verbracht. Die Leidenschaft war dann zu einer Obsession geworden, als er nach ein paar Monaten das Interesse an ihr verlor und sich in ein anderes Mädchen verguckte.

Später war auch Mirko in der unterschiedslosen Gruppe junger Männer untergegangen. Dennoch steckte er weiterhin wie ein Stachel in Livias Selbstbild, und von Zeit zu Zeit weinte sie ihm noch hinterher, ohne allerdings auch nur einen Finger zu rühren, um ihn wieder für sich zu gewinnen. Aus irgendeinem Grund sah sie Mirko weiter als ihr Eigentum an, auch wenn sie gar nichts mehr mit ihm anzufangen gewusst hätte. Im Gegenteil, wenn sie ihm auf irgendeinem Fest begegnete, beschimpfte sie ihn vor allen anderen. Einmal hatte sie ihm sogar unter den erstaunt-bewundernden Blicken der übrigen Mädchen eine Ohrfeige verpasst.

So etwas war für Ettore unbegreiflich, der sich noch mit Herzklopfen an die ersten Rendezvous mit Alma erinnerte, seiner ersten festen Freundin, an all die Aufregung und wie ihm schon von dem Gedanken, in ihrer Nähe zu sein und sie zu küssen, die Hände feucht wurden. Am liebsten wäre er ihr gar nicht mehr von der Seite gewichen. Gleichzeitig hätte er es gar nicht gewagt, ihr zu nahe zu kommen. Vor dem Geschlechtsakt hatten sie beide Angst und schoben ihn gerne auf, nicht das Begehren wärmte ihnen das Herz, sondern dass sie sich als etwas ganz Besonderes für den anderen empfanden. Stunden um Stunden verweilten sie auf dem Molo Audace und redeten über alles Mögliche – über ihre Familien, die sie nicht verstanden, über die Zukunft, die sie sich erträumten, über die Reisen, die sie unternehmen wollten, den Rucksack auf dem Buckel, Zugfahrten, Zelt und Freiheit.

Wie sich die Zeiten seither verändert hatten.

Die *digital natives*, zu denen seine Tochter und ihre Freunde zählten, lebten in einer Welt, die unwirklich und ichbezogen war und sich überwiegend virtuell abspielte. Sie hatten keine Träume oder Projekte, bis auf den vagen Wunsch, aus der Anonymität herauszutreten, reich und berühmt zu werden, ohne etwas dafür tun zu müssen. Immer auf der Suche nach Geld, wie das bei Jugendlichen nun einmal war, erpressten sie ihre Eltern mit der alten Leier: »Alle meine Freunde haben Abercrombie-Kapuzenpullis und Converse-All-Star-Schuhe. Wie stehe ich denn da, wenn du mir keine kaufst?«

Und die Eltern, die ein schlechtes Gewissen hatten, weil es ihnen an Zeit und Lust fehlte, sich um sie zu kümmern, rückten das Geld dafür heraus. Sie mussten die Kinder ja wenigstens in gute Laune versetzen, wenn sie sie schon nicht verstanden oder zu erziehen wussten.

Ettore Benussi ging auf eine Gruppe von Jugendlichen zu, die auf der Treppe saßen und Cola-Flaschen herumgehen ließen, alle nach der neuesten Mode gekleidet: die Jungs in weiten Jeans, die ihnen kaum den Hintern bedeckten, D&G-Unterhosen, Marken-T-Shirts und konsequent ungeschnürten Vans an den Füßen; die Mädchen in Leggings oder Miniröcken, unter denen ebenfalls die Unterwäsche hervorlugte, fast unsichtbaren Trägertops und Ballerinas oder bunten Turnschuhen.

Die individuell ungekämmten Köpfe waren fast ausnahmslos über ein Handy oder Smartphone gebeugt, und ihre Besitzer fingerten in Hochgeschwindigkeit darauf herum.

Als Benussi näher kam, stieß ein hoch aufgeschossener Junge mit einer blauen, tief in die Stirn gezogenen Seemannsmütze seine Nachbarin an.

»Vorsicht, Leute, da kommt Montalbano …«

Die Flaschen verschwanden hinter dem Rücken, während die jungen Leute mit spöttischer Miene aufstanden, bereit für die unvermeidliche Untersuchung.

Livia hatte ihm einmal gesagt, dass sie ihn nach Camilleris Ermittler benannt hatten, und Benussi nahm das mit einem gewissen Stolz zur Kenntnis: Offenbar respektierten, ja fürchteten sie ihn. Schließlich war er ein echter Kommissar und konnte sie nach Belieben verknacken.

Er wusste schon lange, dass sich in den Cola- und Saftflaschen vor allem Alkohol befand – Wodka aus dem Supermarkt, aber auch Wein oder Spritz. Aber an diesem Nachmittag war Benussi nichts als ein müder, mit den Nerven fertiger Vater, der so rasch wie möglich seine Tochter wiederfinden wollte, um sie nach Hause zu verfrachten und endlich vor dem Fernseher zwei hübsche Rinderfilets und etwas geräucherten Lachs zu sich zu nehmen.

»Hat einer von euch Livia gesehen?«, fragte er ohne Umschweife.

Die jungen Leute wechselten unbeteiligte Blicke, zuckten mit den Schultern.

»Die hat sich hier nicht sehen lassen.«

»Wisst ihr, wo sie sonst sein könnte?«

»Nö«, sagte der Junge, der anscheinend die Gruppe anführte. »Ihr vielleicht?«

Alle schüttelten etwas allzu überzeugt den Kopf. Es lag auf der Hand, dass sie Livia deckten.

»Jetzt hört mal zu, Leute, eure liebe Livia wäre gestern Nacht fast an dem Mistzeug gestorben, das ihr euch so lässig hinter die Binde gießt. Sie lag schon in einem ethylischen Koma. Weiß einer von euch, was das heißt? Nein? Dann solltet ihr euch mal besser informieren, bevor ihr euch mit diesem Dreck zusauft … Livia hätte draufgehen können. Und das könnte auch jetzt noch passieren, wenn ich sie nicht ganz fix wiederfinde. Wenn sie auch nur ein weiteres Glas trinkt, könnt ihr eurer Partygesellin Adieu sagen. Und ich zeige euch wegen Beihilfe zum Selbstmord an, und das meine ich ernst.«

Unschlüssig kam ein Mädchen auf ihn zu. Mikrotop, Hot Pants, Sandalen mit sieben Zentimeter hohen Absätzen und braunes Haar mit grünen Strähnchen.

»Wird wohl bei Giò sein.«

»Wer ist Giò?«

»Ihr Typ.«

Dass seine Tochter einen Freund haben sollte, überraschte ihn, und keineswegs negativ. Es hieß, dass sie dabei war, zu einer jungen Frau zu werden wie alle anderen.

»Und wo findet man diesen Giò?«

»Keine Ahnung …«

»Wie heißt er noch?«

»Woher soll ich das wissen.«

»Handynummer?«

Sie sahen einander an und schüttelten den Kopf. »Der ist keiner von uns. Wir kennen ihn nicht näher.«

Der Junge, der offenbar der Chef der Gruppe war, hob die Stimme.

»Versuch's mal im *Pinguino*, da treffen die sich meistens.«

Benussi musterte ihn mit eisigem Blick. »Das ›du‹ spar dir für deine Freunde, Kumpel! Ich bin locker vierzig Jahre älter als du und Kommissar bei der Polizei.«

Der Junge kehrte ihm beleidigt den Rücken zu, wobei er eine unschöne Geste machte.

Ettore hätte die jungen Leute am liebsten angebrüllt: ›Was habt ihr eigentlich im Kopf, wenn man fragen darf? Wie stellt ihr euch das vor? Ihr habt keinen Respekt vor irgendwem, lauft in Klamotten rum, dass alles zu spät ist, hängt wie die Deppen am Handy …‹ Aber er sagte nichts.

Es hätte sich nicht gelohnt.

Die Schlacht war verloren.

In der Bar und Eisdiele *Pinguino* an der Uferstraße, direkt beim Alten Fischmarkt, hatte keiner Livia gesehen, und ebenso wenig diesen schwer zu fassenden Giò. Am Molo Audace und in Ponterosso, zwei weiteren beliebten Treffpunkten der Triester Jugend, waren die beiden auch nicht zu finden.

Kommissar Benussi wusste nicht mehr weiter. Wütend stieg er in den Wagen. Es war fast acht Uhr abends, er war müde, hatte einen Mordshunger und musste einer unerträglichen Göre hinterherlaufen, die ihm eine lange Nase drehte.

Er hätte seine Frau umbringen können. Das war alles

ihre Schuld, sie war es, sie hatte die Tochter vernachlässigt und sich lieber irgendwelchen verkrachten Existenzen gewidmet. Wenn er in den letzten Jahren zu Hause angerufen hatte, hatte er das Mädchen immer wieder alleine angetroffen, zusammen mit Elda, der Frau aus dem Friaul, die bügeln und kochen kam. Carla war nie da gewesen, sie war ständig eingespannt im Rehabilitationszentrum für Drogenabhängige oder einem der anderen der Orte, an denen sie Freiwilligenarbeit verrichtete.

Ein Fieber der guten Tat, das Ettore nicht nachvollziehen konnte. Als wollte sie für etwas Buße tun. Nicht selten hatte sie ihn bei Ermittlungen behindert, nur um irgendeinen Junkie zu schützen, der beim Klauen erwischt worden war. »Der arme Kerl, das ist doch nicht seine Schuld, er hatte so ein schweres Leben, da muss man Verständnis haben …«

Für Carla war das Gesetz nur dazu da, hilflose Menschen zu quälen. Nie sah sie an anderen das Böse, immer nur das Unglück, die Einsamkeit, den Schmerz.

In den ersten Ehejahren war er von dieser Haltung fasziniert gewesen – stets kämpferisch und bereit, den Benachteiligten zu helfen, ihnen neuen Lebens- und Durchhaltewillen einzuflößen. Auch er hatte dadurch einen anderen Blick auf seine Mitmenschen gewonnen, der weniger schwarz-weiß war und vieles als nicht gegeben ansah. Sie hatte ihm beigebracht, erst zu überlegen und dann zu urteilen. Als junger Kommissar hatte er auf diese Weise zahlreiche Fälle gelöst, indem er nicht beim ersten Anschein stehen blieb, sondern nach der versteckten Seite der Dinge suchte.

Doch seit mehreren Jahren ging ihm die zwanghafte Einstellung seiner Frau, die immer nur daran dachte, die Welt zu retten, ohne je in Betracht zu ziehen, dass ein

Drogenabhängiger auch böse oder kriminell sein könnte, nur noch auf die Nerven.

Carla hatte eigentlich keine Kinder gewollt. Sie hatte ihm das auch klar gesagt, als sie sich verlobt hatten. Ihr fehle es an mütterlichem Instinkt. Nicht alle Frauen hätten den, hatte sie betont. »Mir bist du genug. Ich habe im Leben so vieles vor, und ich will nicht meine besten Jahre damit verschwenden, Windeln zu wechseln und mit Grundschullehrerinnen zu diskutieren. Versprichst du mir, dass wir keine Kinder in die Welt setzen?«

Benussi wusste noch genau, wo dieses Gespräch stattgefunden hatte, bei einer Fahrradtour zur Isonzo-Mündung. Sie waren noch nicht einmal dreißig Jahre alt. Damals war er noch recht schlank und körperlich aktiv.

Es war ein Tag im Spätfrühling.

Sie hatten die Fahrräder abgestellt und sich auf eine der sechseckigen Pfahlbauten hochgestemmt, von denen aus man die Vögel in dem Naturschutzgebiet beobachten konnte. Außer ihnen war weit und breit niemand da, und in der Ferne, hinter der Lagune, erahnte man immer mal wieder das zartblaue Profil der Insel Grado. Benussi war völlig verrückt nach der leidenschaftlichen, energiegeladenen jungen Frau, verblüfft und dankbar, dass sie seine Gefühle erwiderte. Er hatte sich immer für einen relativ langweiligen, vorhersehbaren Menschen gehalten. Er las und schrieb gerne, davon abgesehen hatte er keine besonderen Interessen oder Passionen. Er sah sich als Beobachter des Lebens, weniger als Akteur. Vielleicht hatte er sich deshalb entschlossen, in den Polizeidienst einzutreten. Dort hatte seine Neugier auf das Leben einen praktischen Nutzen, und er war der lästigen Pflicht enthoben, sich mit dem eigenen Leben zu beschäftigen.

Damals hätte er für Carla alles getan. Er war sich sicher,

dass ihre Liebe mehr als ausreichen würde, um gemeinsam ein erfülltes Leben zu führen, auch wenn er sich als traditioneller italienischer Mann eigentlich schon einen Stammhalter wünschte. Letztlich war der Gedanke, sein Erbgut und seinen Namen weiterzugeben, ein uraltes Mittel gegen die Angst vor dem Tod.

Aber er erhob an dem Tag keine Einwände.

Als Carla drei Jahre später dann doch schwanger wurde, sah das Ganze längst nicht mehr so idyllisch aus. Sie hatten häufig Streit, aus den nichtigsten Gründen. Vielleicht lag es daran, dass Carla es sich anders überlegte, als sie in das Krankenhaus kam, wo sie eigentlich abtreiben wollte. Womöglich half ein Kind ja, ihre Ehe zu retten, dachte sie wohl in den langen Minuten, in denen sie auf die routinemäßige Ultraschalluntersuchung warteten, die der Operation vorausging.

Und als sie dann das kleine Herz schlagen sah, das in ihr heranwuchs, war es auf einmal völlig ausgeschlossen, dieses Leben auszulöschen.

Inzwischen war dieses kleine Herz vielleicht nicht ohne Grund zu einem jungen Mädchen herangewachsen, das voller Wut und Groll steckte, ging Benussi jetzt durch den Sinn. Er und seine Frau waren nicht darauf vorbereitet, sich dem zu stellen.

Bevor er die Suche aufgab, wollte er es noch in dem Kiefernwäldchen von Barcola versuchen. Als Livia noch klein war, hatte sie diesen Park am Meer geliebt, sie konnte Stunden dort verbringen. Benussi stellte den Wagen an der Uferstraße ab und betrat dann das in Dunkelheit gehüllte Wäldchen. Die unter den Kiefern verstreuten Spielgeräte aus Holz und Plastik wirkten verlassen und geisterhaft. Es schien niemand da zu sein. Er war schon drauf und dran kehrtzumachen, da sah er sie plötzlich. Sie saß an dem runden Springbrunnen in der Mitte des Parks, vertieft ins Gespräch mit einem jungen Burschen.

Auf das Gefühl der Erleichterung folgte sogleich Ratlosigkeit. Was jetzt? Auch wenn er es niemals zugegeben hätte, er hatte Angst vor seiner Tochter. Wie sollte er sie ansprechen? Sollte er von Weitem nach ihr rufen?

Was, wenn sie wieder weglief?

Er rief Carla an. »Ich habe sie gefunden. Sie ist mit einem Jungen zusammen. Was soll ich machen?«

»Was heißt da, was sollst du machen?«, brach es aus Carla heraus. »Du gehst hin und bringst sie nach Hause.«

»Und wenn sie wegläuft?«

»Ettore, bitte. Sie ist deine Tochter!«

»Schon gut, ich werd's versuchen«, sagte er und legte auf.

Wortlos ging er auf die beiden jungen Leute zu und wappnete sich innerlich gegen einen plötzlichen Wutausbruch, doch als er dann hinter ihnen stand, sah er, dass der Junge weinte und Livia versuchte, ihn zu trösten.

9 Als Elettra die Wohnung betrat, stieg ihr ein beißender Geruch in die Nase. Ihr Geruchssinn war hypersensibel, schon seit der Kindheit. Wenn etwa Kleidung eine Zeit lang in der Waschmaschine gelegen hatte, bevor sie zum Trocknen aufgehängt wurde, dann weigerte sie sich, sie anzuziehen: Die Kleidung roch »vergammelt«; und wenn sie in ein Auto stieg, von dessen Rückspiegel einer von diesen berüchtigten Wunderbäumen baumelte, kurbelte sie das Fenster auch mitten im Winter herunter, um nur ja nicht den Chemieduft einatmen zu müssen, von dem es ihr schier den Magen umdrehte.

An diesem Abend überfiel sie der Gestank von Katzenpisse.

Ein unverwechselbarer Geruch und leider nur schwer zu neutralisieren. Sicher hatte sich mal wieder Romeo hereingeschlichen, der große Macker unter den Katzen im Viertel, um sich an Perlas Tugend zu vergehen. Wobei Elettras schwarz-weiße Katze herzlich wenig Interesse an seinen Avancen zeigte – sie war sterilisiert.

Das kleine Apartment, das Elettra sich im San-Vito-Viertel gemietet hatte, war eigentlich eine ehemalige Portiersloge, die nach hinten zu auf ein kahles Gemeinschaftsgärtchen hinausging. Um das Katzenklo nicht im Haus haben zu müssen, hatte sich Elettra am Badezimmerfenster eine Katzenklappe einbauen lassen, durch die Perla in den Hof gelangen und dort ihr Geschäft verrichten konnte. Aber durch diese kleine Schwingtür schlichen sich nun Romeo, der häufigste Besucher, und auch andere Katzen ein. Schließlich winkte die Chance, sich an dem Futterspender zu bedienen, den Elettra immer schön brav füllte.

Als Erstes riss sie nun also das einzige Fenster in ihrem Zimmer auf, das auf die Straße hinausging. Dazu ließ sie die Wohnungstür offen. Dann holte sie Bikarbonat und Weißweinessig und schüttete beides in einen Eimer, nahm den Wischmopp und reinigte mehrmals hintereinander sorgfältig den in der Farbe von Terrakotta gefliesten Boden. Schließlich nahm sie sich auch noch das winzige Badezimmer vor, wo sie nicht nur den Boden wischte, sondern auch noch Wände und Dusche mit einem Mikrofasertuch säuberte.

Am Ende der Operation zündete sie eine Duftkerze an und streckte sich zur Entspannung auf dem Samtsofa aus, das ihr nachts als unbequemes Klappbett diente.

Erschöpft schloss sie die Augen, und Perla nutzte die Gelegenheit, um ihr auf den Schoß zu springen und loszuschnurren wie ein kleiner Motor. Während Elettra sie streichelte, dachte sie an ihre Mutter.

Die liebe, sanftmütige, geduldige Aurora, die zu dieser Stunde bestimmt dabei war, ihren Fisch in Salzkruste zu verspeisen, den sie ohne die Tochter auf dem Markt von Grado gekauft hatte. Die Zubereitung hatten die liebevollen Hände ihres Vaters vorgenommen: Der ehemals nach Strich und Faden verwöhnte Ehemann hatte sich in einen eifrigen Diener seiner Frau verwandelt, die ihn sonst immer liebevoll umsorgt hatte. Elettra hätte sie anrufen sollen, sich erkundigen, wie es ihr ging. Aber sie wollte nicht beim Abendessen stören. Besser, sie meldete sich später.

Der Tag hatte sich ganz schön in die Länge gezogen. Aufgewacht mit der Aussicht, sich etwas auszuruhen und dann zu lernen, hatte Elettra eine endlose Reihe von Begegnungen und Befragungen absolviert, von denen sie jetzt buchstäblich erschöpft war.

Die Bücher, mit denen sie sich auf die Prüfung vorbereitete, lagen noch aufgeschlagen auf dem einzigen Tisch im Raum, eine mahnende Erinnerung an den Prüfungstermin, der immer näher rückte. Aber Elettra hatte keine Kraft, sich damit zu beschäftigen. Der Plan, den sie sich für die Vorbereitung zurechtgelegt hatte, war genau ausgetüftelt, und bis heute hatte sie ihn erfolgreich eingehalten. Doch als sie an diesem Abend auf die Skizze auf dem Magnetboard starrte, das neben dem Tisch hing, schien ihr, dass die Aufgabe ihre Kräfte überstieg.

Sie schlug den Wälzer mit dem Themenkatalog auf und versuchte, ein paar aufs Geratewohl herausgesuchte Fragen zu beantworten. Aber der Kopf verweigerte ihr den Dienst.

Als es an der Tür klingelte, stöhnte sie. Wer konnte das zu dieser Stunde sein? Die Witwe aus dem Stockwerk über ihr, die sich immer über die Katze beschwerte, weil sie ihr Geschäft nach Meinung der Nachbarin an unerwünschten Orten verrichtete? Oder der Lehrer aus dem vierten Stock, der zum x-ten Mal die Meldung loswerden wollte, dass sich verdächtige Gestalten im Gebäude aufhielten? Wie viel Geduld bedurfte es mit diesen Menschen, die im Leben nur das Negative sahen und jede Gelegenheit nutzten, um andere ins Unrecht zu setzen.

Gähnend ging Elettra zur Tür, mit dem festen Vorsatz,

die Schlacht irgendwie aufzuschieben, und sah in Valerio Gargiulos strahlendes Gesicht. Er hatte zwei Pizzaschachteln und zwei Flaschen Bier in der Hand.

»Ich wette, du hast nichts im Kühlschrank ...«

Obwohl sie sich freute, dass er an sie gedacht hatte, versuchte Elettra kurz, Widerstand zu leisten: »Valerio, ich bin völlig am Ende, ich habe nicht mal mehr Kraft zum Essen ...«

»Ich gehe auch gleich wieder, wenn wir fertig sind, versprochen! Aber jetzt lass mich mal rein, die Pizza wird kalt. Für dich die Margherita, stimmt's?«

Elettra nickte mit einem Lächeln.

Valerio schob die Bücher auf dem Tisch beiseite und stellte die Pizzakartons ab.

»Seit drei Jahren will ich diese verflixte Prüfung machen. Aber es hilft nichts, ich bleibe wohl bis an mein Lebensende Ispettore ...«

»Ist die Prüfung wirklich so schwer?«

»Auf jeden Fall. Wenn sie wenigstens mündlich wäre, dann könnte man den Dozenten erklären, wie das läuft, man könnte von den Fällen erzählen, die man gelöst hat, und damit Eindruck machen, aber nein. Diese Multiple-Choice-Tests sind zum Wahnsinnigwerden. Damit hatte ich schon bei der Führerscheinprüfung Schwierigkeiten.«

Elettra lächelte und ging Teller, Besteck und Gläser holen.

Gargiulo wusste nicht, wo er sich hinsetzen sollte. Auf den beiden einzigen Stühlen stapelten sich die Bücher.

»Die kannst du ruhig wegräumen, lass sie von mir aus auf dem Boden. Und entschuldige das Durcheinander, ich bin es halt nicht gewohnt, Besuch zu bekommen.«

»Du hast es doch hübsch hier, gemütlich«, sagte Gargiulo ohne allzu viel Überzeugung.

»Das war das Erste, was ich gefunden habe. Mir reicht es, ich bin ja sowieso nicht viel hier …«

»Wie geht es deiner Mutter?«

»Unverändert. Gestern hatte sie Geburtstag.«

»Schade, dass es dir den freien Tag verhagelt hat. Du hättest etwas Zeit mit ihr verbringen können.«

»It's my job«, sagte Elettra, während sie sich an den Tisch setzte.

Gargiulo nahm Gabel und Messer und schnitt sich unbeholfen ein Stück Pizza ab. Dann nahm er es, ausgehungert, wie er war, in die Hand und schob es sich gleich ganz in den Mund.

Elettra brach in Gelächter aus. »Jetzt kau halt wenigstens. Sonst verschluckst du dich noch.«

»Tut mir leid«, antwortete Valerio mit vollem Mund. »Ich habe einfach einen Mordskohldampf!«

Während sie aßen, dachte Elettra weiter über den Fall nach.

»Ist dir aufgefallen, wie Marisa Kern und dieser Ros sich auf dem Kommissariat angeschaut haben?«

»Ehrlich gesagt nein. Glaubst du, die kennen sich?«

»Ros behauptet, er würde sie nur vom Sehen kennen, als Kundin aus dem Laden. Aber für jemanden, der nichts zu verbergen hat, sind das schon arg viele Zufälle.«

Valerio trank einen Schluck Bier direkt aus der Flasche und kaute weiter.

»Die Kern ist ein bisschen unheimlich. Findest du nicht auch?«

»In Triest gibt es viele solche Frauen. Energisch, taff, zu allem bereit, um ein Ziel zu erreichen …«

»Und was, glaubst du, wäre das bei ihr?«

»Wahrscheinlich ist es so, wie ihr Exmann sagt. Sie will die Villa oder hat sich da jedenfalls Hoffnungen gemacht.«

»Und warum?«

»Keine Ahnung.«

»Meinst du, sie hat gehofft, dass sie sie von Ros übernehmen kann? Verstehe ich nicht …«

»Ich auch nicht. Aber hast du gehört, was sie zu ihrem Exmann gesagt hat? ›Freu dich nicht zu früh.‹ Da steckt doch noch irgendetwas Größeres dahinter.«

»Könnte es sein, dass Sergio Cohen gar nicht weiß, dass die Villa schon vor Jahren verkauft worden ist?«

»Das kann sehr gut sein, wenn man bedenkt, was seine verstorbene Tante für ein Luder war. Bestimmt hat sie ihn an der Kandare gehalten, indem sie ihm immer wieder die Erbschaft vor die Nase hielt.«

»Eine richtige Cruella De Vil, diese Cohen …«

Elettra schmunzelte über die Anspielung ihres Kollegen; bei Filmen kannte er sich aus.

»Wenn sie nicht Jüdin gewesen wäre, könnte man sie nach all den Aussagen für eine richtige Faschistin halten.«

Elettra stand auf, um abzuräumen. »Als Nachtisch hätte ich nur Viennetta mit Cappuccinogeschmack. Möchtest du?«

»Nach einer Pizza in deiner Gesellschaft ist Viennetta die reinste Symphonie …«

Elettra konnte ein Lachen nicht unterdrücken. Valerios Leichtigkeit, sein neapolitanischer Singsang, der wie ein endloses Lied auf sie wirkte, das alles versetzte sie immer wieder in fröhliche Stimmung. Ihr gefiel seine Neigung, die Gemüter zu beruhigen, die Dinge nicht so wichtig zu nehmen, über alles zu scherzen. Wie gerne hätte sie wenigstens ein bisschen von seinem Optimismus und seiner natürlichen Begeisterungsfähigkeit gehabt. Doch seit sie auf der Welt war, spürte sie in sich eine Schwere, einen tauben Schmerz, den nichts und niemand wegnehmen konnte. Nicht einmal ihren Adoptiveltern war das gelungen, bei aller Liebe und Aufmerksamkeit, die sie ihr geschenkt hatten.

Von ihrer leiblichen Mutter blieben ihr nur wenige Erinnerungen, das eine oder andere bruchstückhafte Bild. Sie wusste, dass sie sehr jung gewesen war und dass ihre eigenen Eltern sie genötigt hatten, das Kind abzugeben.

Und sonst nichts.

Die Schwestern in dem Heim, wo sie ihre ersten sechs Lebensjahre verbracht hatte, waren auf ihre Fragen nicht eingegangen. Sie hatten ihr nur gesagt, dass eines Tages eine Mama und ein Papa kommen und sie mit zu sich nehmen würden.

Tatsächlich waren zweimal ein Papa und eine Mama gekommen, um sie mitzunehmen, aber beide Male hatten sie sie nach ein paar Wochen ins Heim zurückgebracht. Sie sagten, sie sei ein unmögliches Kind, das kein Wort rede und nicht essen wolle, und sobald man versuche, sie in den Arm zu nehmen, trete sie um sich und verstecke sich unter dem Bett.

Die Schwestern wussten nicht, wie sie mit ihr umgehen sollten, sie war einfach viel zu empfindlich. Manchmal lief sie ohne erkennbaren Grund zu Schwester Maria, der ältesten und geduldigsten unter den Nonnen, und klammerte sich an ihre Beine; bei anderen Gelegenheiten kroch sie, wieder ohne ersichtlichen Grund, unters Bett, weigerte sich stundenlang hervorzukommen und weinte und schrie. Schwester Emilia, die Leiterin, verlor dann die Nerven und sperrte sie zur Strafe in ein dunkles Kabuff. Was Elettra, wenn sie herausgelassen wurde, nur noch widerspenstiger und verschlossener machte als zuvor.

Aurora und Claudio aber ließen sich von diesem wilden

Mädchen nicht abschrecken. Sie waren entschlossen, sie zu adoptieren, und nichts konnte sie von diesem Vorhaben abbringen. Sie selbst hatten eine zehnjährige Tochter durch eine seltene Form von Leukämie verloren und dabei eine Geduld und Hingabe entwickelt, die sich nicht so leicht unterminieren ließen. Und sie verstanden, dass Elettras Verhalten aus der tiefen Verletztheit einer empfindsamen Seele hervorging und keinesfalls nur Launen entsprang.

So kamen die sechsjährige Elettra und ihr Kuschelhase Tobia, von dem sie sich niemals trennte, an einem windigen Januarmorgen in das weiße Häuschen mit Garten in Monfalcone, in der Gewissheit, bald wieder fortgejagt zu werden, wie es ja schon zweimal passiert war.

Aber diesmal blieben sie für immer.

In den ersten Zeiten ihres gemeinsamen Lebens wandte Aurora eine Technik an, die sie aus *Der kleine Prinz* gelernt hatte. Anstatt Elettra zu etwas zu zwingen, ließ sie sie in Frieden. Wenn sie sich nicht waschen wollte, wurde sie nicht dazu gezwungen; wenn sie bei Tisch keinen Bissen anrührte, stellte Aurora ihr Gebäck und Fruchtsaft ins Zimmer. Wenn sie sich weinend unters Bett verkroch, ließ sie sie dort in Ruhe. Sie spielte ihr in ihrem Zimmerchen die Musik aus den Disneyfilmen vor, die sie nach Angaben der Schwestern am liebsten mochte, und gab ihr alle Zeit der Welt, um sich an die neue Umgebung zu gewöhnen und Vertrauen zu den Adoptiveltern zu fassen.

Sie ging von Anfang an davon aus, dass es nicht leicht werden würde.

Und das wurde es auch nicht.

In den ersten drei Jahren ihres Lebens mit Claudio und Aurora schlief Elettra fürchterlich schlecht. Wenn die beiden nachts in ihr Zimmer gingen, fanden sie sie auf dem Teppich, neben sich Tobia, damit beschäftigt, ihre Buntstifte zu zählen, sie nach Farben zu ordnen oder unverständliche Zeichnungen auf Papier zu kritzeln.

In der Schule verstand Elettra nicht, was die Lehrerin von ihr wollte. Wurde sie ausgefragt, so brachte sie kein Wort hervor. In den Pausen stellte sie sich, anstatt mit ihren Kameraden herumzurennen und zu spielen, in eine Ecke des Hofs und beobachtete die Ameisen, die über den Rasen krochen, oder die Vögel, die die Krümel der Pausenbrote von den Pflastersteinen pickten.

Nach Ansicht der Lehrerin litt Elettra unter einer leichten Form von Autismus. Aber Aurora und Claudio wussten, dass Elettra nicht krank war. Sie war einfach ein traumatisiertes, hypersensibles Kind. Und heilen lassen würde sich das nur durch Liebe.

Nachdem er sein Bier ausgetrunken hatte, erhob sich Valerio von seinem Stuhl. In seinem Blick stand zu lesen, dass er lieber geblieben wäre, aber er hatte es versprochen und wollte Elettra nicht unter Druck setzen.

Elettra brachte ihn zur Tür. »Danke, wenn du nicht wärst, wäre ich ohne Abendessen ins Bett gegangen …«

»Das dachte ich mir! Du hast in letzter Zeit ganz schön abgenommen.«

»Ich weiß, aber das werden wir ändern, ja?«

Dieses »wir« erschien ihm als positives Signal, und so fasste er sich ein Herz und küsste sie zum Abschied sanft auf die Lippen. Elettra wich nicht aus und erhob auch keinen Einspruch.

»Bis morgen, Valerio«, sagte sie lächelnd. »Und danke noch mal.«

10

Am nächsten Tag stand im *Piccolo* nur eine Todesanzeige für Ursula Cohen, geborene Flores. Unterzeichnet war die Anzeige von ihrem Neffen, Sergio Cohen, ohne weiteren Kommentar. Als weitere Trauernde war nur noch Marisa Kern Cohen angegeben.

Benussi wunderte das nicht, angesichts der geringen Beliebtheit der Verstorbenen.

Der in derselben Ausgabe veröffentlichte Artikel des Journalisten Agosti hingegen stand an prominenter Stelle in den Vermischten Meldungen. *Ältere Mitbürgerin am Molo Audace ertrunken.* Unter dieser Überschrift wurde in zwei kurzen Spalten von dem Ereignis berichtet und angedeutet, dass es sich wahrscheinlich um einen Freitod handle. Wer über möglicherweise weiterführende Informationen verfügte, wurde gebeten, Kommissar Benussi zu kontaktieren, den Leiter der Ermittlungen.

Na gut, jetzt konnte er nur noch warten.

Benussi trank in der Bar im Erdgeschoss des Kommissariats seinen Espresso, in blendender Laune ob der morgendlichen Rückmeldung, die ihm seine Körperwaage gegeben hatte. An einem einzigen Tag Diät hatte er bereits zweieinhalb Kilo abgenommen. Ein Hoch auf Dr. Dukan und die glänzende Zukunft, die er ihm eröffnete.

Der Abend zuvor war nicht leicht gewesen. Als er im Kiefernwäldchen von Barcola zu seiner Tochter gegangen war und nach ihr gerufen hatte, war der Jungspund, in dessen Begleitung sie sich befand, ins Dunkel der Nacht verschwunden. Fast hätte Benussi geglaubt, er habe nur ein Gespenst gesehen. Livia war ohne Widerrede mitgekommen, hatte sich aber während der gesamten Rückfahrt geweigert, mit ihm zu sprechen.

Zu Hause angekommen, hatte sich das Mädchen dann, ohne auch nur einen Happen zu essen, in ihrem Zimmer eingeschlossen. Carla hatte an die Tür geklopft, erst unter Drohungen, dann begütigend, am Ende flehentlich, doch die Tür war verschlossen geblieben.

»Wenigstens ist sie zu Hause, in Sicherheit«, versuchte Ettore ihr gut zuzureden, während er eine ganze Packung Bresaola direkt aus dem Kühlschrank vertilgte.

»Und wenn sie Alkohol auf dem Zimmer versteckt hat?«

»Wie kommst du denn darauf?«, sagte er hustend und mit vollem Mund.

»Ich hab's gestern gesehen, unter dem Bett.«

»Was hast du gesehen?«

»Eine leere Wodkaflasche. Was, wenn sie noch eine hat?«

Ettore riss eine Packung Räucherlachs auf und verschlang auch diesen, was seine Frau offenbar kaltließ, die nichts anderes mehr im Kopf zu haben schien als die in ihrem Zimmer eingeschlossene Livia.

Nachdem sein Hunger besänftigt war, ließ sich Ettore ächzend aufs Sofa fallen und rülpste unwillkürlich. »So viel, wie sie gestern Abend getrunken hat, glaube ich kaum, dass ihr schon wieder danach ist.«

»Ich halte es nicht mehr aus, Ettore.«

Er klopfte mit der Hand auf den freien Platz auf dem Sofa. »Komm her.«

Carla ließ sich neben ihn sacken und schloss die Augen. Ihr Mann zog sie an sich und küsste sie auf die Stirn.

»So sind die jungen Leute heutzutage eben.«

»Das ist ein schwacher Trost«, seufzte Carla.

Als sie eine Weile später im Bett lagen, wurde Carla wieder zu der leidenschaftlichen Frau, die Ettore einst geheiratet hatte. Sie gaben sich nicht der Illusion hin, dass hier ihre Liebe wieder aufflammte, bestenfalls war das der Versuch zweier Schiffbrüchiger, festen Boden unter die Füße zu bekommen. Carla hatte das Bedürfnis, sich wieder als Frau zu fühlen und nicht nur als gescheiterte Mutter. Und Ettore hoffte, noch einmal etwas von der Manneskraft in sich zu finden, die ihm in allzu langen Jahren des unfruchtbaren Grübelns über den Sittenverfall abhandengekommen war.

»Commissario, da ist eine Dame, die Sie sprechen will«, vermeldete in diesem Moment Agente Pitacco vom Eingang der Bar aus.

Benussi bezahlte seinen Espresso und ging zurück ins Kommissariat.

Die alte Frau, die ihn dort erwartete, erwies sich als eine Art Klon der Verstorbenen. Dünn, von einer nüchternen, vage österreich-ungarischen Eleganz und den neunzig näher als den achtzig, hatte sie Gargiulos Aufforderung, Platz zu nehmen, keine Folge geleistet, sondern empfing Benussi im Stehen, auf einen Gehstock mit Horngriff gestützt.

Als der Kommissar eintrat, gab sie ihm nicht die Hand.

»Rheumatoide Arthritis, ich würde Sie nur ungern harpunieren.«

Benussi konnte ein Lächeln nicht unterdrücken. »Bitte, setzen Sie sich.«

»Wenn Sie nichts dagegen haben, bleibe ich lieber stehen. Das Aufstehen wird sonst zu mühsam. Mein Rücken ist ein Minenfeld.«

Inspektor Gargiulo stellte die Besucherin vor: »Signora Renate Stein ist eine Freundin der verstorbenen Ursula Cohen. Signora Stein war vorgestern Abend mit ihr im Theater.«

Die alte Dame nickte, und ihre Verärgerung war ihr deutlich anzumerken.

»Ich habe heute Morgen im *Piccolo* die Todesanzeige gesehen. Niemand hat mir Bescheid gesagt, nicht einmal diese Brasilianerin.«

»Signora Cohens Handy wurde bisher nicht gefunden. Vielleicht hatte sie keine Nummer von Ihnen …«

»Na gut, es ist, wie es ist«, unterbrach ihn Signora Stein. »Inzwischen habe ich sie meinerseits erreicht, und sie hat mir alles erzählt. Sie hat mir auch gesagt, dass Sie mich sprechen wollten, und hier bin ich also.«

»Sie waren vorgestern Abend mit Signora Cohen im Teatro Verdi?«

»Ja, wie immer. Wir hatten ein Abonnement. Früher gingen wir mit unseren Männern hin, später dann eben allein. Musik ist eines der wenigen Felder, auf denen diese Stadt etwas Brauchbares zu bieten hat.«

»Ist Ihnen vorgestern Abend an Signora Cohen etwas aufgefallen, das anders war als sonst? Hat sie Ihnen etwas anvertraut, das ihr Sorgen machte?«

»›Anvertrauen‹ ist kein Wort, das man im Zusammenhang mit Ursula gebrauchen würde. Aber nein, sie wirkte nicht sonderlich besorgt. Müde war sie, das schon. Sie wollte endlich sterben. Das sagte sie seit Monaten immer wieder. Nichts auf der Welt konnte sie noch überraschen. Ich glaube, wer sie ins Meer gestoßen hat, hat ihr einen Riesengefallen getan.«

Benussi sah sie an. Der unverhohlene Zynismus der alten Dame amüsierte ihn. Keine Spur von Bedauern, gerade als wäre eine Fliege gestorben und nicht etwa eine lebenslange Freundin.

»Sie kannten einander schon sehr lange, nicht wahr?«

»Oje!«, sagte Signora Stein und vollführte eine kreisförmige Geste mit dem Stock. »Schon ewig. Wir haben uns in Polen kennengelernt, während des Krieges.«

»Um wie viel Uhr war das Konzert zu Ende?«

»Um halb elf.«

»Wie kommt es, dass Sie nicht zusammen nach Hause gefahren sind?«

»Das haben wir nie so gemacht. Sie hatte diesen Martin, und ich fahre sowieso immer mit demselben Taxi. Der Fahrer bringt mich hin und holt mich wieder ab. Das ist das Bequemste.«

»Hätte Ihr Taxifahrer nicht auch Signora Cohen in die Villa bringen und Sie dann anschließend nach Hause fahren können?«

»Junger Mann, anscheinend müssen Sie nicht so aufs Geld schauen wie wir Normalsterblichen. Ich wohne oben beim Obelisken, und Ursulas Villa liegt am anderen Ende der Stadt in San Vito. Das hätte mich ja ein Vermögen gekostet.«

»Haben Sie vorgestern Abend, als Sie aus dem Theater kamen, zufällig Martin Skok auf sie warten sehen?«

»Nein, sicher nicht. Er war nie da. Sie hat ihn immer an der Uferstraße warten lassen.«

»Hatte sie denn keine Angst, um die Uhrzeit allein über die Straße zu gehen?«, fragte Benussi.

»Ursula hatte vor gar nichts Angst. Und wenn jemand sie umgefahren hätte, dann hätte er ihr damit nur einen Gefallen getan, habe ich Ihnen ja schon gesagt.«

»Gab es Ihres Wissens noch jemand anderen als sie selbst, der ihr vielleicht den Tod wünschte?«

Renate Stein dachte einen Moment lang nach, dann seufzte sie: »Ich glaube nicht, dass sie irgendwer sonderlich gernhatte, aber sie umzubringen, ich weiß nicht. Das hätte er dann auch schon früher tun können, oder?«

Benussi streckte den Arm aus und machte Miene, sie zur Tür zu begleiten.

»Ich danke Ihnen, Signora Stein. Wenn wir noch Fragen haben sollten, wenden wir uns an Sie. Gargiulo, haben Sie die Personalien aufgenommen?«

Valerio Gargiulo, der Renate Steins Aussage am Computer protokolliert hatte, nickte.

»Was ist denn das für eine Art?«, protestierte Signora Stein gegen die unverhoffte Verabschiedung. »Ich bin doch nicht hierhergekommen, um Ihnen zu sagen, wann das Konzert vorbei war oder bis wann Ursula mit mir zusammen war. Das hätten Sie ja wohl hoffentlich auch selbst herausgefunden. Ich habe Ihnen etwas anderes mitzuteilen.«

»Entschuldigen Sie … Ich dachte …« Benussi fühlte sich beim Ton der alten Dame wieder wie ein Schüler, der sich unvorbereitet den Fragen einer Lehrerin ausgesetzt sieht. »Ja, dann sagen Sie mal …«

»Als ich schon im Taxi saß, habe ich Sergio gesehen, Ursulas Neffen. Er ging gerade über die Straße und direkt auf sie zu.«

Sergio hatte sich irgendwie verändert, er war nicht mehr derselbe.

Irina Schatz war beunruhigt. Seit er sie gebeten hatte, über vorgestern Abend die Unwahrheit zu sagen, konnte die junge Frau nicht umhin, an ihrem Freund zu zweifeln. Aber dass er ein Mörder sein könnte, das konnte sie nicht glauben.

Sie wusste, dass er bei seiner Exfrau gewesen war. Sie hatte das akzeptiert, wenn auch nur widerwillig. Immerhin waren die beiden zehn Jahre verheiratet gewesen, und sie hatte gewisse Schuldgefühle, der Grund für die Trennung gewesen zu sein. Sergio hatte immer wieder beteuert, die Beziehung habe schon seit Längerem im Argen gelegen, es wäre nur eine Frage der Zeit gewesen. Allenfalls habe die Begegnung mit ihr, Irina, ihm den Mut verliehen, die Aufführung eines Stückes abzubrechen, an das keiner von beiden noch glaubte.

Doch als sie nun das Misstrauen spürte, das zwischen ihnen offenbar gewachsen war, musste Irina unwillkürlich wieder an ihre Zukunft denken.

Und da befiel sie eine große Müdigkeit.

Wenn Sergio nicht der Mann war, für den sie ihn gehalten hatte, wenn ihre Beziehung nicht der sichere Hafen war, in den einlaufen zu können sie gehofft hatte, um für immer zu bleiben, dann hieß das, dass sie schon wieder alleine war. Würde sie sich ein weiteres Mal aufmachen und ihren Platz in der Welt suchen müssen?

Wäre sie so gewesen wie ihre Freundin Sonja, die nach Triest gekommen war, um mit einem Lkw-Fahrer zusammen zu sein, den sie in Odessa kennengelernt hatte, und die, als diese Beziehung zu Ende ging, als Physiotherapeutin auf einer Schönheitsfarm angeheuert hatte und jetzt in einer sehr hübschen kleinen Wohnung in Roiano wohnte, alleine – wäre sie so gewesen, sie hätte nicht mit solcher Angst in die Zukunft geblickt.

Aber sie war eben nicht wie Sonja, sie brauchte einen Mann an ihrer Seite, um sich vollständig zu fühlen und ihr gesamtes verborgenes Potenzial ausschöpfen zu können. Alleine zu wohnen, einen Allerweltsjob herunterzureißen, nur um über die Runden zu kommen, und dann abends alleine nach Hause zu gehen, zurück in ein stilles Zimmer, das war für sie kein Leben.

Alleine kam sie nicht zurecht, das war noch nie anders gewesen.

Als Sergio ihr von der Villa erzählt hatte, die er von seiner Tante erben würde, da hatte Irina sofort angefangen nachzudenken, wie man daraus eine kleine Einkommensquelle machen könnte. Sie hatte ihm vorgeschlagen, ein Bed-and-Breakfast-Hotel daraus zu machen, wobei sie sich ganz besonders um den *breakfast*-Aspekt zu kümmern gedachte: Sie würde allerlei süße Leckereien servieren, vor allem Syrniki und Kiewer Torte, von der Sergio nicht genug bekommen konnte, und auch den aus Brot gemachten Kwas, dessen Zubereitung ihre Mutter ihr beigebracht und der zu Hause nie gefehlt hatte. Wenn dann die Kinder kämen – Irina träumte davon, mindestens drei Kinder zu haben –, könnte sie von daheim aus arbeiten und bei ihnen sein.

Sergio hatte auf ihre Idee begeistert reagiert. Die Villa war viel zu groß und teuer, um sie nur als Eigenheim zu verwenden. So würde es ihnen gelingen, die laufenden Kosten zu bestreiten und vielleicht auch noch etwas dazuzuverdienen. Sie hatten sich schon bei verschiedenen russischen Agenturen informiert, über die sie ihr neues Angebot bewerben konnten, und dabei festgestellt, dass es mit dem Plan klappen könnte.

Aber jetzt brach dieser ganze Traum in sich zusammen.

Sergio betrat die Küche mit einer Ausgabe des *Piccolo* in der Hand. Er warf die Zeitung auf den Tisch, ging zum Kühlschrank und nahm sich wortlos ein Bier.

»Wo warst du denn?«, fragte Irina schüchtern.

Sergio durchbohrte sie mit seinem Blick und blaffte: »Was ist los, ist das mit dir jetzt schon wie mit meiner Frau? Musst du alles über mich wissen?«

Verletzt von Sergios unfreundlichem Ton, hörte Irina auf, das Gemüse zu schneiden, das sie zum Mittagessen zubereiten wollte. Still verließ sie den Raum.

»Wo gehst du hin? Komm zurück! Fang jetzt nicht du auch noch an!«, brüllte ihr Sergio wütend hinterher.

Aber Irina kam nicht zurück.

Eine Weile lang tat Cohen so, als sei nichts. Sie wird sich schon wieder einkriegen, dachte er. Er schlug die Zeitung auf und begann zu lesen, aus dem Augenwinkel die Tür im Blick. Aber die junge Frau kam nicht wieder, anscheinend war sie wirklich gekränkt. Schnaubend wuchtete er seinen schwerfälligen Körper aus dem Stuhl und ging nach ihr schauen. Er fand sie zusammengekauert in dem Wohnzimmersessel, der am Fenster stand. Sie weinte. Gerührt und reumütig setzte er sich auf den kleinen Sessel neben ihr und ergriff ihre Hand.

»Jetzt sei doch nicht so ...«

»Was habe ich dir getan?«

»Getan? Gar nichts, mein Vögelchen. Es ist einfach keine leichte Zeit, das verstehst du doch. Die ganze Sache mit meiner Tante ... Es ist nicht leicht.«

»Warum? Ich kapiere nicht. Du hast sie nicht gerngehabt ...«

Sergio Cohen, dem schon wieder der Geduldsfaden riss, erhob sich und begann, auf und ab zu gehen. »Warum, warum, warum! Du immer mit deinem Warum!«

Er machte das Fenster auf und holte tief Luft, um sich zu beruhigen.

»Stimmt schon, ich hatte sie nicht gern, aber sie war meine letzte lebende Verwandte. Du wirst mir nachsehen, wenn ich mich ein wenig komisch fühle …«

Irina brach erneut in Tränen aus. »Siehst du, du wirst immer wütend auf mich.«

»Nein, ich werde nicht wütend, du raubst mir nur den letzten Nerv, so wie du mich mit diesen Rehaugen anstarrst. Wie du mich als Märchenprinz siehst, der alle deine Probleme lösen und dir eine glänzende Zukunft schenken wird und einen Haufen Kinder. Es wird Zeit aufzuwachen, Irina. Ich bin nicht der, für den du mich hältst. Ich bin ein Versager, eine halbe Portion, ein Loser. Du solltest besser gehen, solange noch Zeit dazu ist.«

»Was sagst du da? Du bist doch nicht Versager, du bist nur sehr verletzt …«

»Schau mich doch an, ich bin zweiundfünfzig, habe keinen Heller in der Tasche, keine Arbeit, nur Schulden – wenn ich mich anschaue, wird mir schlecht. Wie nennst du so einen wie mich?«

»Ich nenne dich Mann, der Liebe braucht, ganz viel Liebe.«

Ein sarkastisches Lächeln huschte über Sergios Gesicht. »Du bist unverbesserlich! Wir leben doch nicht in einem Disney-Film, Irina.«

Die junge Ukrainerin wischte sich die Tränen ab, stand auf und kehrte ihm den Rücken zu. Jetzt konnte sie auch die Karten auf den Tisch legen.

»Ich habe dich gestern Abend gesehen, an Uferstraße.«

»Wie meinst du das?«

»Ich habe dich gesehen, du warst bei Streit mit deiner Tante.«

»Und das hast du der Polizei gesagt?«

»Nein. Ich habe gesagt, ich war den ganzen Abend mit Sonja zusammen.«

»Aber das stimmt nicht?«

»Nein, Sonja war krank.«

»Und wo warst du dann?«

»Vor Haus von deiner Exfrau, im Auto.«

»Warum denn das?«

»Weil ich war eifersüchtig.«

»Willst du mir allen Ernstes erzählen, dass du zwei Stunden im Auto gewartet hast, nur um zu sehen, ob ich die Wahrheit sage?«

Irina nickte. »Ja. Ich hatte solche Angst …«

»Wovor?«

»Dich zu verlieren …«

Sergios ganze Wut sackte angesichts dieses neuerlichen Liebesbeweises in sich zusammen.

»Komm her, Vögelchen …«

Irina drehte sich um und schmiegte sich sofort in seine Arme.

»Du bist ein Dummchen, wie kannst du nur denken, dass ich zu dieser Xanthippe zurückwill …«

»Was ist Xanthippe?«, fragte die junge Frau unter Tränen.

»Eine Frau, die einem das Leben zur Hölle macht. Ich wollte nur, dass sie mir die Bilder zurückgibt, die sie aus der Villa mitgenommen hat.«

»Und warum bist du dann zu Tante gegangen?«

»Das hatte ich eigentlich gar nicht vor. Aber als ich bei meiner Exfrau losgefahren bin, fiel mir ein, dass Dienstag ist und meine Tante im Theater sein müsste. Und da kam mir die Idee, sie abzuholen. Ich habe gehofft, dass sie mir hilft. Wenn sie Musik gehört hatte, war sie nicht ganz so gnadenlos …«

»Und hat sie geholfen?«

»Nein.«

Ein langes Schweigen breitete sich im Zimmer aus.

Irina konnte sich nicht dazu durchringen, die Frage zu stellen, die ihr auf dem Herzen lag.

Marika Ros wohnte über ihren Eltern, in einem Haus in Barriera Vecchia. Ein heruntergekommenes Gebäude, das bereits ihren Ururgroßeltern gehört hatte und vom Vater auf den Sohn weitergegeben worden war. Die Familie hatte allen Versuchungen widerstanden, es zu verkaufen, war aber auch der dringenden Notwendigkeit nicht nachgekommen, es zu sanieren und zu einem weniger einsturzgefährdeten und riskanten Zuhause zu machen.

Das Schloss der hölzernen Eingangstür schnappte auf, und Elettra trat in den schmalen, im Halbdunkel liegenden Hausflur. Sie bahnte sich ihren Weg an zwei Buggys, einem Kinderwagen und zwei kleinen Fahrrädern vorbei, ging die marode Treppe hoch, ohne das Geländer anzufassen, das wie ein Sammelbecken für alle möglichen Keime wirkte, läutete wie angegeben im zweiten Stock und wartete. Von drinnen kam der Lärm zu Boden fallender Teller, gefolgt von Geschrei und bitterem Weinen.

Nach drei Minuten geduldiger Wartezeit öffnete eine zerzauste und ungeschminkte junge Frau die Tür. Sie trug einen fuchsiafarbenen Chenille-Overall und rosa Pantoffeln von *Hello Kitty* und ging zusammengekrümmt, die eine Hand auf der Nierengegend, offenbar unter Schmerzen.

»Marika Ros?«, fragte Elettra und hielt ihre Dienstmarke hoch. »Ich bin Ispettore Morin.«

»Bitte, kommen Sie nur rein … und entschuldigen Sie das Durcheinander … Ich werde noch wahnsinnig mit den Gören. Dayana, Christian, lasst endlich die Kleine in Ruhe!«

Durcheinander war ein barmherziger Ausdruck, um zu beschreiben, was Elettras verblüffte Augen sahen.

Der große Raum, der als Küche, Ess-, Wohn- und Spielzimmer diente, war buchstäblich übersät mit Spielzeug aller Art – von einem kleinen rot-gelben Auto mit Pedalen, an dem ein Rad fehlte, über eine halb abgebaute Lego-Konstruktion, eine Unzahl allesamt nackter Barbiepuppen, ein halb offenes Disney-Traumschloss und eine Plastikküche mit über den Boden verstreuten Tellerchen, Minipfannen und -besteck bis hin zu einem Holzpuppentheater, das wohl noch den Großeltern gehört hatte.

Über all dem Chaos thronte ein Plasmafernseher von stratosphärischen Ausmaßen, auf dem mit maximaler Lautstärke ein japanischer Zeichentrickfilm lief, unbeachtet von den Anwesenden.

Offensichtlich hatte es gerade einen Nachmittagsimbiss gegeben. Der Tisch in der Küchenecke war voller angeknabberter Schokoriegel und nur halb ausgetrunkener Safttüten.

In einer Babyschale, die an einem schwarzen Kunstledersofa lehnte, plärrte ein noch ganz kleines Kind. Die beiden Geschwisterchen amüsierten sich damit, ihm den Schnuller wegzunehmen und dann wieder in den Mund zu stecken, offensichtlich ein großer Spaß.

Scheinbar unbeteiligt an allem, was ihn umgab, hockte in einer Ecke des Sofas ein Typ um die dreißig in T-Shirt und taubengrauer Dreiviertelhose. Er hatte Kopfhörer auf und hielt einen Laptop auf den Knien, in den er sehr schnell etwas eintippte. Als Elettra eintrat, sah er nicht einmal vom Bildschirm auf.

»Igor, jemand von der Polizei …« Marika hob die Stimme, um seine Aufmerksamkeit zu erregen, aber es kam keine Antwort.

»Mein Freund arbeitet auf dem Computer«, versuchte die junge Frau ihn zu rechtfertigen, doch gleich darauf riss ihr der Geduldsfaden: »Jetzt lass doch die Kiste, Igor, komm her …«

Widerwillig klappte Igor den Laptop zu, nahm die Stöpsel aus den Ohren und schlenderte mit einem schiefen Grinsen zum Tisch.

»Entschuldigen Sie die Störung. Ich wollte Ihnen nur ein paar Fragen stellen.«

Vom Sofa kam ein Aufschrei, der Elettra zusammenzucken ließ.

»Mammaaa! Christian will mir den Schnuller nicht geben!«

Mit einem Satz stürzte sich Igor auf den Jungen, riss ihm den Schnuller aus der Hand und verpasste ihm eine Ohrfeige. »Jetzt reicht's mit dem Schnuller! Kapiert endlich mal, dass der Michelle gehört! Da hast du ihn wieder, Mäuschen.«

Er hielt den Schnuller unter den Wasserhahn und gab ihn überraschend sanft der Neugeborenen zurück, die glücklich daran zu nuckeln begann. Die zwei Geschwisterchen beförderte der Stiefvater per Fußtritt in ihr Zimmer. »Und kommt ja nicht wieder raus, sonst setzt's was, verstanden?«

Marika versuchte, ein gutes Wort für die beiden einzulegen: »Sie sind doch noch klein, Igor. Reg dich nicht auf, sie spielen nur.«

»Von wegen spielen, Scheiße noch mal! Die ärgern immer bloß die Kleine!«

Elettra verlor allmählich die Geduld. Marika sah sie an und lächelte verlegen.

»Worum geht's, Ispettore? Wir hören.«

»Wo waren Sie vorgestern Abend gegen halb elf?«

Marika brach in Gelächter aus. »Wo war ich da wohl? Sehen Sie nicht, wie ich dastehe? Das geht schon seit drei Tagen so, ein Hexenschuss. Ich war seit Sonntag nicht vor der Tür …«

Elettra wandte sich an den Freund. »Und Sie?«

»Ich war auch hier.«

Das kam ein wenig zu schnell, um wahr zu sein. Aber Elettra konnte nichts dagegen sagen.

»Kannten Sie Ursula Cohen?«

Die beiden wechselten einen Blick.

»Ich kannte sie vom Hörensagen«, sagte Marika. »Wegen der Villa … Aber persönlich kennengelernt habe ich sie nicht.«

»Und Sie, Igor?«

»Hab sie auch nie gesehen.«

»Nach Angaben Ihres Vaters war die Villa für Sie bestimmt. Haben Sie da nicht ungeduldig gewartet, dort einziehen zu können?«

»Am Anfang schon, da konnte ich's kaum erwarten. Ich war frisch verheiratet, mein Mann verdiente gut, und ich hoffte, die Kinder würden dort aufwachsen können, Dann ging alles den Bach runter, die Ehe, die Arbeit … Was soll ich jetzt noch mit der Villa? Das war so eine unsinnige Idee von meinem Vater, der dachte, er macht ein Schnäppchen, und dabei gab's nur Ärger …«

Igor hörte zu, ohne sie anzusehen, er wollte zurück an seinen Computer. Elettra kam zu dem Schluss, dass sie hier nichts erreichen würde, bis auf wahnsinnige Kopfschmerzen, die sich wie eine Explosion in ihrer Stirn anbahnten.

Bevor sie sich zum Gehen wandte, stellte sie noch eine letzte Frage: »Und wie sieht es mit Ihrem Bruder aus?«

»Wie meinen Sie das?«

»Hat ihn das mit der Villa vielleicht auch so geärgert?«

Marika schüttelte entschieden den Kopf. »Ach was, der lebt in einer ganz eigenen Welt. Er merkt noch nicht mal, was zu Hause los ist …«

Ein besonders heftiges Kreischen, begleitet vom Scheppern von zerspringendem Glas, drang aus dem Kinderzimmer. Marika sprang auf und lief los, ohne an ihren Hexenschuss zu denken.

Elettra entging das nicht, aber sie hatte keine Lust, es anzusprechen. Sie wollte nur noch so rasch wie möglich weg von diesem Höllenlärm, der ihr schier den Schädel platzen ließ.

11 Lucio Dallas raue und doch warme Stimme klang durch die Fahrerkabine des allradbetriebenen weißen Panda, den Danilo Ros vor einer geschlagenen Dreiviertelstunde in der Tiefgarage der Torri d'Europa abgestellt hatte.

Mit geschlossenen Augen folgte Ros den zeitlosen Klängen und imitierte, so gut er konnte, diesen größten Liedermacher aller Zeiten, wie er fand, der in ihm noch als Kind die Leidenschaft für das Singen geweckt hatte.

Obwohl er wusste, dass *4 marzo 1943* in Genua spielte, sah er dabei jedes Mal sein altes Haus am Kanal von Triest und die morschen Fischerboote vor sich, die dort vertäut waren, und dann stellte er sich vor, das Lied sei für ihn geschrieben. Er war das Jesuskind, er der Junge mit der jugendlichen Mutter, der seinem Vater nie begegnet war. Und er war auch derjenige, der bei jeder Gelegenheit zum Kartenspielen in die Altstadt ging und Wein trank.

Als er vom Tod des Cantautore erfahren hatte, war es gewesen, als würde ihm ein Arm oder ein Bein ausgerissen werden. Lucio Dalla war sein bester Freund gewesen, sein treuer Begleiter ein Leben lang, die Inspiration für den Dreitagebart und die extravaganten Ethnoklamotten, die seiner Frau so auf die Nerven gingen.

Wenn er sie in ihrem unerträglichen Redeschwall unterbrechen wollte, begann Danilo, leise *Attenti al lupo* zu singen, und kam mit drohender Gebärde auf sie zu, den Rücken krumm, die Arme und Hände vor sich hergestreckt wie ein Wolf, der gleich über sein Opfer herfällt …

Die ersten Male hatte Albina gelacht und sich eilends hinter dem Sofa oder hinter dem Aquarium versteckt, wenn sie im Geschäft waren, aber inzwischen verlor sie schon seit vielen Jahren die Geduld. »Nein, nicht schon wieder der Wolf! Werd endlich erwachsen, du bist doch kein kleiner Bub mehr!«

Die letzten Töne des Songs verklangen, und Danilo Ros sah auf die Uhr, atmete tief durch und ließ den Motor an. Im selben Moment öffnete sich die Tür zur Garage, und Marisa Kern kam herein, im Gehen die Sonnenbrille abnehmend.

»Ich wollte gerade fahren«, sagte er grußlos.

»Entschuldige, aber dieser Neapolitaner, der Inspektor, war hinter mir her … Ich musste den Wagen stehen lassen und mit dem Bus herkommen …«

»Hast du ihn abgehängt?«

»Ja, ich habe genau geschaut.«

»Wenn er dir gefolgt ist, heißt das, sie verdächtigen dich.«

Marisa sah in den Rückspiegel und strich sich die weißen Haare glatt.

»Sie verdächtigen jeden, auch dich.«

Danilo ließ die Faust aufs Lenkrad knallen und verzog dann vor Schmerz das Gesicht. »Verflucht sei der Tag, an dem ich diese Villa gekauft habe! Was wollen die von mir? Die sollen mich bloß in Ruhe lassen, sonst bringe ich sie alle um! Ich meine es ernst. Und du bist auch dran, du hast mich zu dem Prozess überredet! Weißt du, wie mir das die Jahre vergällt? Besser gar nicht dran denken.«

Marisas Blick wurde weich. Sie beugte sich zu ihm, legte ihm eine Hand in den Nacken und begann ihn zu streicheln.

»Das habe ich doch für dich getan, Liebster. Das Maklerbüro hat dich übers Ohr gehauen, die haben dich angelogen.«

Danilo zog unwillig den Kopf weg.

»Du hast gesagt, der Anwalt holt mir mein Geld zurück, und wir erklären den Vertrag für ungültig. Aber von wegen!« Nervös ließ er den Motor an und fuhr Richtung Ausfahrt. »Ich habe die Schnauze voll. Weißt du was, ich verkaufe die verdammte Villa, sobald ich kann. Mitsamt der Hypothek und allem, was drin ist. Dann mache ich halt Miese, mir doch egal, ich will davon nichts mehr wissen!«

Er verschaltete sich, und das Knirschen der Kupplung verstärkte seine Gereiztheit noch weiter.

»Erst heiratet meine Tochter einen Vollidioten und kriegt zwei Kinder, dann tut sie sich mit einem noch Schlimmeren zusammen. Der Nichtsnutz von meinem Sohn lässt sich in der Schule, wenn's hoch kommt, zweimal im Monat blicken. Von meiner Frau rede ich erst gar nicht, die lässt mich ja nicht mal scheißen gehen, ohne zu fragen, wo ich hin will! Und jetzt noch du mit deiner ewigen Villa! Schert euch doch alle zum Teufel!«

Sie kamen aus der Tiefgarage und bogen auf die Stadtautobahn Richtung Muggia ein.

Wenn Danilo die Sicherungen durchbrannten, ließ man ihn besser in Ruhe, das wusste Marisa aus Erfahrung. Sie kramte in ihrer Handtasche nach den Zigaretten, steckte sich eine in den Mund und kramte weiter nach einem Feuerzeug, aber Danilo fasste sie am Arm.

»Was machst du da? Spinnst du? Das ist Albinas Auto …«

Marisa steckte die Zigarette zurück in die Schachtel und sah aus dem Fenster. Auch die Geschichte mit Danilo ging ihrem Ende entgegen, so wie damals mit Sergio. Und sie wusste nicht, wie sie ihn halten sollte.

All die Jahre war ihr das so gut gelungen. Es hatte gereicht, jedes Mal, wenn sie sich in ihrer kleinen Zweitwohnung in Muggia geliebt hatten, seine Frustration und seine Eitelkeit anzutippen und ihm eine andere Zukunft in Aussicht zu stellen, eine Zukunft, in der er endlich in den Pianobars singen würde, so wie er es sich schon als Junge erträumt hatte. Das Fischgeschäft und die unglückliche Ehe hätte er dann endlich hinter sich und könnte einen Neuanfang machen – mit ihr in der Villa, die Ursula gehört hatte.

In jenen Jahren hatten sie sich alles genau ausgedacht.

Wenn er sich von Albina trennte, könnten die beiden Wohnungen in Barriera Vecchia für die Frau und die beiden Kinder bleiben, ebenso das Fischgeschäft. Er würde die Villa behalten und mit Marisas Hilfe die Hypothek abzahlen. Damit bräuchte er an Frau und Kinder keinen Euro Unterhalt zahlen und wäre frei von jeder Verpflichtung.

Nur dass die Zeit verging und die alte Cohen einfach nicht sterben wollte. Und Jahr für Jahr wurde Danilos Enthusiasmus weniger. Die Idee, einen Prozess zu führen, hatte Marika nach einem besonders heftigen Streit ins Spiel gebracht. Wenn er mich verlässt, hatte sie sich gesagt, sitze ich zwischen allen Stühlen, von meinen Träumen kann ich mich dann verabschieden. Und so hatte sie mit ihrem Cousin Aldo gesprochen, der in Udine als Anwalt tätig war.

Eigentlich hatte Aldo den armen Teufel nicht über den Tisch ziehen wollen. Wenn man einen Vertrag unterschrieb, konnte man ihn später nicht ändern. Und die Behauptung, der Makler habe ihn mit der Aussage betrogen, dass die Verkäuferin sterbenskrank sei, war in keiner Weise nachweisbar. Was der Makler auch wusste. Doch am Ende hatte Marisas Cousin sich breitschlagen lassen, als sie ihm den wahren Grund für ihren Wunsch erklärte. Nach allem, was sie durchgemacht hatte, wäre er sich schäbig vorgekommen, wenn er ihr nicht geholfen hätte.

Marisa entschloss sich, die Strategie zu wechseln. Nach ein paar Minuten des Schweigens seufzte sie und sah Danilo liebevoll an.

»Ich verstehe dich doch. Ich hätte ja auch nicht ausgehalten, was du in all den Jahren ertragen musstest.«

Während Marisa sanft und mitfühlend mit ihm sprach, begann sie ihn wieder zu streicheln. Jetzt nicht mehr den Nacken, sondern das Bein, am rechten Oberschenkel beginnend, um sich immer weiter zu den Lenden vorzutasten, wo die zerrissenen Jeans ein Stück nackte Haut sehen ließen.

»Aber genau deshalb musst du jetzt durchhalten, Liebling. Die Sache ist gelaufen. In wenigen Wochen gehört die Villa dir. Dann kannst du entscheiden, was du tun möchtest, ob du sie verkaufst oder nicht. Du hast ja recht, du Ärmster, ich war in der ganzen Zeit sicher auch eine Belastung … Du brauchst es mir nur zu sagen, und ich verschwinde ohne ein weiteres Wort. Du bist ein Mann in den besten Jahren, und ich werde allmählich alt. Wie sollte ich hoffen, dich an mich binden zu können? Du hast mir schon so viel gegeben. Ich will dir nicht weiter zur Last fallen, ich will nur eines, das, was ich immer gewollt habe: dass du zur Ruhe kommst und endlich dein großes Talent als Sänger ausleben kannst. Denn ich liebe dich. Ich habe nie jemanden so geliebt wie dich, das weißt du doch, nicht wahr?«

Entflammt von den Signalen, die von der Leistengegend aus sein Gehirn erreichten, schmolz Danilo dahin wie Schnee in der Sonne.

Er hatte noch nie eine Frau wie Marisa gehabt, eine echte Dame, eine Geliebte, die frei war von Hemmungen und Vorurteilen, eine Frau, die so gut mit Worten umgehen konnte, dass es einem die Gedanken im Kopf durcheinanderwirbelte. Er fühlte sich dann wie ein ahnungsloser Bauernbursche, voller Undank für sein Glück.

Er drehte sich zu ihr, lächelte, ganz rot im Gesicht, und drückte ihr fest die Hand, die auf seinem Schenkel lag. »Entschuldige, Schatz. Ich bin einfach mit den Nerven am Ende.«

»Wenn du ein bisschen schneller nach Hause fährst, fällt mir schon was ein, um dich zu beruhigen«, antwortete Marisa. Ihre Hand wanderte noch ein wenig höher.

Valerio Gargiulo saß gern hinterm Steuer des Streifenwagens. Er hatte dazu nicht oft Gelegenheit, aber an diesem Tag war sein eigener Wagen nicht angesprungen, und so saß er jetzt in einem Dienstfahrzeug.

Den Streifenwagen zu fahren gab ihm ein Gefühl von Sicherheit. Er musste schmunzeln, wenn er sah, wie die Autofahrer herunterbremsten, sobald er im Rückspiegel auftauchte. Unschuld und Respekt vor den Regeln zu simulieren war eine der beliebtesten Übungen der Leute. Es dauerte ja auch nur wenige Minuten, so lange halt, bis man wieder das Gesichtsfeld dessen verlassen hatte, der Unregelmäßigkeiten hätte ahnden können; sobald das der Fall war, brach der jeweilige Fahrer seine Darbietung ab, und zwar ruhigen Gewissens.

Der Gedanke, sich zum eigenen Nutzen und zum Nutzen der Allgemeinheit an das Gesetz zu halten, erschien einem Großteil der Italiener als so extravagante wie kindische Schwäche; so etwas zog man gar nicht erst in Betracht.

Für den Durchschnittsitaliener galt das Motto: »Aus dem Auge des Gesetzes, aus dem Sinn.« Und wenn jemand, beispielsweise ein Polizist im Streifenwagen so wie er oder Elettra, die gerade neben ihm saß, dieses Verhalten infrage stellte, erblühte ein bunter Strauß von Ausflüchten und Rechtfertigungen – *Ich hab's nicht gemerkt, ich muss ins Krankenhaus, meine Großmutter liegt im Sterben … Mein Flugzeug geht in einer halben Stunde … Der Tacho ist im Eimer* – und so weiter. Die größten Schauspieler wären vor Neid erblasst.

Als der Streifenwagen anfing, seltsame Geräusche zu machen – sie waren schon auf der Stadtautobahn Richtung Muggia und folgten aus einer gewissen Entfernung dem weißen Panda von Danilo Ros –, stellte Elettra fest, dass in diesem Fall nicht der Tacho hinüber war, sondern irgendetwas Grundlegendes.

Der Motor pfiff auf dem letzten Loch, als es ihnen gelang, die Ausfahrt an der Via Caboto zu nehmen. Mit freundlicher Unterstützung der Schwerkraft rollten sie dann unter die Pfeiler der Hochstraße und blieben dort endgültig stehen.

»Verdammte Schrottkarre«, Gargiulo schlug mit der flachen Hand aufs Steuer. »Wir hatten uns so schön an ihn drangehängt.«

»Ich rufe in der Zentrale an«, sagte Elettra und griff zum Funkgerät.

»Die werden auch nur sagen, dass wir uns was einfallen

lassen sollen. Du weißt doch, dass kein anderer Wagen frei ist …«, seufzte Gargiulo resigniert.

»Gib dich doch nicht schon vor dem Kampf geschlagen«, widersprach Elettra und wechselte dann, als sich die Zentrale meldete, zu einem ernsten und zugleich dringlichen Tonfall. »Hier Ispettore Morin. Wir haben ein Problem. Unser Streifenwagen hat plötzlich den Geist aufgegeben. Wir dürfen keine Zeit verlieren. Können Sie uns einen Kollegen mit einem Ersatzwagen schicken? Es ist wirklich sehr wichtig … Wir folgen gerade einem Verdächtigen. Wir stehen auf Höhe der Ausfahrt Via Caboto, unter den Pfeilern der Stadtautobahn … Danke …«

Valerio Gargiulo sah sie fassungslos an. »Die haben keine Einwände?«

»Warum sollten sie? Hängt nur davon ab, wie man fragt. Du verlierst zu viel Zeit mit Erklärungen.«

Diese Beobachtung traf ihn wie ein Blitzschlag. Was wollte sie ihm damit sagen? War er vielleicht auch ihr gegenüber zu zögerlich und zurückhaltend? Gab er sich auch da zu früh geschlagen? Das Blut schoss ihm ins Gesicht, wie jedes Mal, wenn er an sie dachte. Er musste ins kalte Wasser springen, entschlossener sein, weniger Angst haben. Vielleicht war der rechte Moment gekommen.

»Elettra …«

Die Art, in der die junge Frau seinen Blick erwiderte, jagte ihm einen Schauer über den Rücken. Noch nie hatte er in so klare und arglose Augen gesehen.

»Ja?«

»Fühlst du dich … also … fühlst du dich denn nie allein?«

Sie antwortete nicht gleich.

Als sie es schließlich tat, sprach sie sehr leise. »Manchmal ja. Aber es ist eine Einsamkeit, in der ich gut aufgehoben bin.«

»Was heißt das?«, fragte Valerio erstaunt.

»Ich habe immer so viele Fragen im Kopf, ich muss so viel bedenken. Wenn ich allein bin, versuche ich, Antworten zu finden.«

»Und wie machst du das?«

»Indem ich Tagebuch schreibe.«

Die Antwort überraschte ihn, und er wusste nicht, wie er darauf reagieren sollte.

»Ich finde es wichtig, Tagebuch zu führen. Da vergisst man nicht, wer man gewesen ist, und es hilft auch, wenn man nicht einfach faul nachplappert, was andere gedacht haben. Eine gute Übung in Bescheidenheit und Selbsterkenntnis. Besser als ein Psychoanalytiker. Du solltest das auch machen, es würde dir guttun …«

»Wieso, glaubst du, ich bräuchte eine Therapie?«, fragte Valerio alarmiert.

»Aber nein! Das war nur so dahingesagt. Ich mag einfach keine Leute, die rumbeachen und warten, dass ihnen jemand auf die Beine hilft …«

»Die … rumbeachen?«, wiederholte Valerio und grinste.

»Ja, wie die meisten Leute, wenn sie sich ihren Gespenstern nicht stellen wollen. Die liegen quasi am Strand herum und braten in ihrem Leiden und warten immer nur darauf, dass jemand kommt und sie rettet. Verstehst du?«

Gargiulos Gesichtsausdruck glich dem des Briefträgers im Gespräch mit Pablo Neruda in dem Film *Der Postmann*, der Elettra begeistert hatte. Vielleicht brach sie deshalb in Gelächter aus.

»Du hältst mich wahrscheinlich für völlig verrückt, was?«

Valerio schüttelte energisch den Kopf. »Nein, woher denn?« Dann versuchte er es weiter. »Und was machst du, wenn du mal nicht Tagebuch schreibst? Hast du Freunde … vielleicht ist da jemand …?«

»Was soll das werden, ein Verhör?« Elettra lächelte.

»Nein, ich … Oh Mann, ich konnte mich noch nie so ausdrücken, wie ich will …«

»Also, ich bin mit niemandem zusammen. Früher ja, aber wir haben vor zwei Jahren Schluss gemacht. Und du?«

»Ich? Nein, überhaupt nicht. Um Himmels willen!«

Elettra musste lachen. »Um Himmels willen! Du sagst das ja, als wäre es etwas Schreckliches.«

»Nein, also … es ist nur …«

Die Vorführung hatte sich lange genug hingezogen, dass Elettra wusste, worauf Valerio hinauswollte. Sie legte ihm eine Hand auf die Brust, auf Höhe des Herzens, und sagte: »Möchtest du wissen, was ich für dich empfinde?«

Ausgerechnet in diesem Moment klingelte Gargiulos Handy und unterbrach ihn.

»Mama? Ich bin bei der Arbeit …«

Valerio stieg aus dem Wagen, um mit seiner Mutter zu sprechen, und Elettra nützte die Gelegenheit, um die Fassung zurückzugewinnen. Sie hatte nicht vor, sich in eine Liebesgeschichte verwickeln zu lassen, nicht jetzt und schon gar nicht mit einem Kollegen. Auch wenn sie sich nicht verhehlen konnte, dass dieser lustige Bursche aus Neapel eine verborgene Saite in ihr zum Klingen brachte.

»Schöne Grüße von meiner Mutter.«

»Danke. Aber jetzt machen wir uns mal wieder an die Arbeit. Marisa Kern zu folgen war wirklich eine gute Idee.«

Gargiulo schlüpfte zurück in seine Rolle als Inspektor

und nickte. Aber in seinen Augen funkelte ein anderes Licht als zuvor.

»Jetzt haben wir die Information, die wir gesucht haben. Die beiden kennen sich, und zwar sehr gut ...«

»Diese Marisa Kern hat etwas zu verbergen«, stimmte Elettra zu. »Violeta Amado meint, sie hätte es irgendwie auf die Villa abgesehen. Wenn man sich's überlegt, sind das schon ganz schön viele Zufälle. Erst lässt sie sich vom Ehemann der Cohen als Krankenpflegerin anstellen, dann heiratet sie den Neffen, und als sich die Cohen entschließt, das Anwesen zu verkaufen, wenn auch mit Nießbrauchrecht, umgarnt sie den neuen Eigentümer ...«

Valerio zog sein Notizbuch aus der Tasche. »Das ist noch nicht alles. Ich habe ein paar Erkundigungen eingeholt. Sie ist gar keine staatlich geprüfte Krankenschwester, sie hat nur einen Abendkurs beim Roten Kreuz besucht, so einen kostenlosen für ein Jahr.«

»Und laut eigener Aussage hat sie noch nicht mal ein Alibi.«

In Elettras Tasche klingelte das Handy. Es war Kommissar Benussi.

»Ja, Commissario?«

Elettras schönes, leuchtendes Gesicht verdunkelte sich. »Verstehe. Wir fahren gleich hin.« Ihr Blick traf auf den von Valerio. Als ihr Kollege auf den defekten Streifenwagen zeigte, verbesserte sie sich:

»Also, wir warten hier noch auf Pitacco und einen Ersatzwagen, unserer hat den Geist aufgegeben. Kann aber nicht mehr lang dauern. Sobald er da ist, fahren wir.«

Gargiulos Neugier war mit Händen zu greifen. »Was ist los?«

»Der Neffe der Cohen wurde vor dem Theater zusammen mit ihr gesehen.«

»So was aber auch, der Neffe«, sagte Valerio mit einem Lächeln.

»Benussi sagt, wir sollen persönlich bei ihm vorbeifahren. Er befürchtet, es könnte Fluchtgefahr bestehen.«

Im selben Moment rollte Pitaccos weißer Fiat 600 neben sie.

»Tut mir leid, Ispettore. Sie werden hiermit vorliebnehmen müssen. Die Streifenwagen sind alle im Einsatz.«

Gargiulo grinste. »Das ist doch kein Auto, das ist eine Sardinenbüchse!«

»Der Wagen ist wunderbar«, schnitt ihm Elettra das Wort ab. »Danke, Pitacco. Und rufen Sie bitte noch den Abschleppdienst.«

Gargiulo, dem immer noch nach Scherzen zumute war, klopfte dem Agente auf die Schulter. »Sag mal, der Bolide hat doch bestimmt sechs Gänge?«

12

Der Durst.

Dieser schreckliche, unlöschbare Durst.

Das ist das Einzige, was ich noch von der endlosen Reise in dem Viehwagen weiß, der uns nach Auschwitz brachte.

Viehwagen, sage ich, denn genau das waren wir für sie, Vieh, und so fühlten wir uns auch.

Fleisch auf dem Weg zum Schlachthof.

Nur dass sie uns nicht den Gefallen taten, uns einfach zur Schlachtbank zu führen – ein Schuss in den Kopf und aus. Nein, sie hatten uns etwas Schlimmeres zugedacht, etwas, das keiner von uns auf dieser Erde auch nur für möglich gehalten hätte. Ein Leben ohne die geringste Spur von Würde, ein Leben, das nicht mehr Leben war, sondern bloßer Überlebenstrieb, ein Leben voller Demütigungen und Erniedrigungen, mit Füßen getreten.

Warum nur?

Wie oft habe ich mich in all den Jahren nach dem Warum gefragt. Wenn sie uns vom Antlitz der Erde tilgen wollten, warum haben sie uns nicht gleich alle umgebracht? Das wäre doch auch für sie günstiger gewesen. Im ökonomischen Sinn, meine ich. Sie hätten sich sparen können, die Baracken zu bauen, die Brennöfen, sie hätten sich selbst erspart, in so engem Kontakt mit Menschen zu stehen, die sie für einen Fehler der Schöpfung hielten, für Abschaum, den sie zu allem Überfluss auch noch ernähren mussten, wenn auch nur dürftig.

Warum uns diese Folter auferlegen, die Nacktheit, das Scheren der Haare, den Hunger, den Durst, warum uns auspeitschen, wenn sie uns entkräftet in den Schlamm sinken sahen, warum diese erbitterten Misshandlungen?

Was für ein unmenschlicher Sadismus wohnte in diesen Wesen, die ich nicht als Personen bezeichnen kann? Natürlich gibt es Sadisten, die gab es schon immer, aber es waren stets nur vereinzelte Individuen, jenseits der Norm einer Gesellschaft. Wie war es möglich, dass eine ganze Nation zu mitleidlosen Henkern wurde, die Millionen von Unschuldigen dahinschlachteten?

Von Unschuldigen. Ja, denn wer zur Welt kommt, ist immer unschuldig.

Man kommt nicht »gegen« jemanden zur Welt, sondern für eine geheimnisvolle Absicht, die in unseren Chromosomen liegt. Welche Schuld kann dem Blut oder der Geschichte eines Volkes innewohnen? Wie kann aus einer Rasse die Schuld der Gene werden?

Das ist es, was ich nicht zu begreifen vermag. Wie das möglich war. Was ist im Herzen des Menschen, das ihn fähig macht, seinem Nächsten etwas anzutun, das er selbst auch nicht eine Minute lang ertragen könnte? Was treibt ihn dazu, zum Henker zu werden? Ist unser Leben auf Erden nicht kurz genug? Siebzig, achtzig Jahre, maximal neunzig. Wozu sich in blinder Wut auf andere stürzen, um dieses Leben vor der Zeit auszulöschen? Wem nützt das? Was hat man davon?

Ich weiß es nicht.

Und spüren diese Unmenschen nicht denselben Schmerz wie wir, wenn ihnen ein Kind stirbt, wenn sie die Frau oder die Mutter verlieren? Schlägt in ihnen nicht dasselbe Herz wie in uns? Warum tun sie das dann? Warum hat sich keiner von ihnen dagegen aufgelehnt, frage ich mich immer noch. Ich begreife es nicht. Alle haben sie blind gehorcht. Ich könnte begreifen, wenn einer von ihnen aus reinem Pflichtgefühl gehandelt hätte. Vielleicht gab es auch solche Fälle. Aber die Mehrzahl fand Gefallen daran. Das ist es, was mich in den Wahnsinn treibt. Wie zerbrechlich ist im Menschen die Grenze zwischen seinem Gewissen, das ihn bremst, und seinem Instinkt, über den Schwächeren herzufallen. Die Regung des Kain ist wohl immer stärker als die des Abel.

Weißt du, Sara, ich bin froh, dass ich alt bin und dem Ende nahe. So kann ich aufhören, darüber nachzugrübeln und mir den Kopf zu zerbrechen. Denn das ist ein weiteres Verbrechen, das diese Unmenschen zu verantworten haben. Sie haben uns auch daran gehindert, unsere Zukunft zu leben. Keinem von uns Überlebenden ist es je gelungen, dieses verfluchte Lager zu verlassen, den beißenden Gestank der Öfen, den Schlamm, die Demütigung, den Hunger und den Durst, der einem die Knochen zernagte.

Ich weiß nicht, ob es ein ewiges Leben gibt. Ich hoffe es nicht.

Ich hoffe, die Augen schließen und ausruhen zu können.

Wirklich ausruhen.

Für immer.

13 In dem Reihenhaus, wo Sergio Cohen in Opicina zur Miete wohnte, fanden Elettra und Valerio niemanden vor.

Die Wohnung des Pärchens befand sich im Erdgeschoss eines Vierfamilienhauses, umgeben von weiteren derartigen Bauten, die in den letzten zehn Jahre im Karst wie Pilze aus dem Boden geschossen waren. Der Traum, »draußen im Grünen zu leben« – ein Traum, der in vielen Triestern aufgekommen war, die den Qualm der Eisenhütte und die unmögliche Parksituation in der Stadt satt hatten, war mit der Zeit einer weit weniger idyllischen Wirklichkeit gewichen.

Zwar verfügte die Mehrzahl der Häuschen, die in einem geschmackvollen und harmonischen, entfernt habsburgisch anmutenden Stil errichtet waren, über einen eigenen Garten, doch die berühmten Schwarzkiefern, die zusammen mit den steinigen Wanderwegen maßgeblich zur Faszination des Karsts beitrugen, waren fast alle gefällt worden, um Platz für Straßen, Garagen und immer neue, noch ausgefallenere Siedlungen zu schaffen.

Nach wenigen Jahren sahen zahlreiche Familien sich denselben Ärgernissen ausgesetzt, die das Leben in der Stadt zu bieten hatte – lärmende oder feindselige Nachbarn, ständig loskläffende Hunde, Kindergeplärr, der durch höhere Neubauten verstellte Blick auf die Pineta –, nur ohne die Annehmlichkeiten, mit denen man in einer mittelgroßen Stadt rechnen konnte.

Vom Tor aus erhaschten Elettra und Valerio einen Blick auf zwei grüne Plastikstühle, die in dem winzigen, von einer Bambushecke abgegrenzten Garten gegen einen niedrigen Tisch gelehnt standen. Kletterrosen und bunte Dahlien verbreiteten einen gewissen Charme. Auf dem Tisch zeugten zwei Sektflöten und eine leere Flasche Champagner von einer noch nicht lange zurückliegenden Festlichkeit.

In einem Winkel, neben noch immer blühenden Geranien, verriet ein Schälchen voller Trockenfutter die Anwesenheit einer Katze. Hinter der kleinen verglasten Veranda, die auf den Garten hinausging, war eine Stube im Tiroler Stil zu erkennen, in der sich Kissen mit Blümchenmuster stapelten. Die Wohnung signalisierte etwas Harmonisches: Offenbar waren die Menschen, die hier lebten, sorgenfrei und glücklich.

Valerio rief in der Zentrale an und ließ sich die Handynummern von Sergio Cohen und Irina Schatz geben, doch wie sich herausstellte, hatten beide ihre Mobiltelefone ausgeschaltet.

»Ich rufe mal Benussi an.« Elettra wählte die Nummer und sprach, als sie die Stimme des Kommissars hörte, energisch auf ihn ein. »Hier Morin. Es ist keiner zu Hause, und auf dem Handy können wir sie auch nicht erreichen. Was machen wir? Einverstanden.«

»Was sagt er?«, fragte Gargiulo ungeduldig. »Wir sollen reingehen … Er besorgt uns den Durchsuchungsbeschluss.«

Ohne es sich zweimal sagen zu lassen, kletterte Gargiulo

über das Törchen und drückte auf der anderen Seite auf einen Schalter, um Elettra einzulassen.

Die Verandatür war nur angelehnt, und Gargiulo durchquerte sie mit gezückter Pistole. Elettra folgte ihm, ebenfalls ihre Dienstwaffe in der Hand. Ihr war es noch nie geheuer gewesen, ins Haus eines Verdächtigen einzudringen, sie hatte dann immer eine Heidenangst, ihre Waffe benutzen zu müssen.

Aber sie mussten sich vor etwaigen Überraschungen schützen.

Aus einem Zimmer am Ende der Diele drang ein immer wieder abbrechendes Miauen. Valerio winkte Elettra, ihm Deckung zu geben, und rückte vorsichtig vor.

Plötzlich ließ ein dumpfes Geräusch sie zusammenzucken.

Elettra fuhr herum und wandte sich schussbereit in die Richtung, aus der das Geräusch gekommen war. Das dumpfe Klopfen wiederholte sich etwas leiser. Sie riss die nächstbeste Tür auf und fand sich in einem ordentlich aufgeräumten, in hellen Farben gehaltenen Badezimmer wieder. Der Wind ließ den Laden gegen das Holzfenster schlagen.

»Elettra, komm …«, schrie Gargiulo aus dem anderen Zimmer. Sie lief zu ihm und sah eine schreckliche Szene.

Irina Schatz lag auf dem Bett, die Handgelenke aufgeschlitzt. Ihr Blut hatte die Laken durchtränkt und war bis auf den ehemals elfenbeinfarbenen Teppich gelaufen. Sie trug ein altrosa Seidennachthemd, das ihre Arme unbedeckt ließ. Eine schwarze Katze strich um sein Frauchen herum und stieß hin und wieder erschrockene Klagelaute aus.

Valerio trat ans Bett und fühlte ihr den Puls, während Elettra schon die Notrufnummer wählte.

»Schnell, wir brauchen einen Krankenwagen. Ein Selbstmordversuch. Beeilen Sie sich …«

»Sie atmet noch«, flüsterte Valerio.

Elettra eilte ins Bad, um nach etwas zu suchen, womit sie die Blutung aufhalten könnte. Gargiulo hielt Irinas Arme in die Höhe.

Schnell war es ihnen gelungen, mithilfe von sterilen Binden und Elastikverbänden wenigstens den Blutverlust zu stoppen, aber es sah nicht gut aus für die junge Frau. Ihr Atem wurde immer schwächer, ihre Blässe war geradezu geisterhaft.

Die Katze schlich still von dannen, mit aufgestelltem Schwanz.

Elettra wusch Irina mit kaltem Wasser das Gesicht und versuchte sie mit ein paar sanften Ohrfeigen wieder zu Bewusstsein zu bringen, doch es kam keine Reaktion.

Wie lange brauchte dieser verdammte Krankenwagen denn noch?

Valerio war in der Zwischenzeit auf den Gang hinausgetreten, um Benussi zu informieren. Elettras Blick fiel auf einen zusammengeknüllten Zettel, der auf dem Fußboden lag. Sie nahm ihn, faltete ihn auseinander und las.

»So ein Mistkerl!«, zischte sie und dachte wütend an Sergio Cohen. Mit einem Mal sah sie wie in einem Film die Geschichte der beiden vor sich, ein allzu vorhersagbarer Verlauf. Junge Osteuropäerin kommt auf der Suche nach einem besseren Leben nach Italien und begegnet einem Mann in mittleren Jahren, der von seinem Leben müde und enttäuscht ist. Jeder von beiden hofft, beim anderen die Lösung für seine Probleme zu finden. Aber das Leben hat für solche Schleichwege wenig übrig, und nach der ersten Entflammtheit sind die Probleme bald wieder da, wie man sie kannte. Verschärft werden sie durch die Frustration, sich von dem Traum verabschieden zu müssen, der einen Augenblick lang Rettung versprochen hatte.

In diesem Moment kam Valerio zurück ins Zimmer.

»Martin Skok hat sich erhängt«, sagte er betroffen.

Draußen kam die Sirene des Krankenwagens immer näher.

Die Leiche des Gärtners hing noch an dem rostigen Eisenbalken, der sich quer über die als Abstellraum genutzte Garage der Villa Cohen zog. Die Spurensicherung war dabei, ihre Arbeit abzuschließen, um dann grünes Licht für den Abtransport des Leichnams zu geben.

Es schien keinen Zweifel zu geben. Der umgetretene Hocker sprach für einen Selbstmord, was wiederum, Benussi hatte es am Telefon vorweggenommen, einem Schuldeingeständnis an Ursula Cohens Tod gleichkam.

Auch ohne Abschiedsbrief oder Geständnis konnten sie den Fall als abgeschlossen betrachten. Elettra teilte die hastigen Hypothesen ihres Vorgesetzten wie üblich nicht. Das Verschwinden Sergio Cohens und der Selbstmordversuch der jungen Ukrainerin warfen viele Fragen auf.

Sie überließ Gargiulo die undankbare Aufgabe, den Kollegen von der Spurensicherung zu helfen und auf Benussis Eintreffen zu warten, und machte sich auf die Suche nach Violeta Amado. Sie war es gewesen, die auf dem Kommissariat angerufen und von dem dramatischen Fund berichtet hatte.

Elettra fand sie in der Küche vor einer Tasse Kamillentee, wie versteinert. Die erneute Tragödie hatte sie schlagartig altern lassen. Ein ums andere Mal schüttelte sie den Kopf, als wollte sie sich den Anblick des Mannes, der wie eine Marionette von der Decke baumelte, aus dem Gedächtnis tilgen.

»Violeta ... Möchten Sie reden?« Elettra trat vorsichtig näher und nahm ihr gegenüber Platz.

»*Warum?*«, sagte die Brasilianerin und starrte die Inspektorin aus ihren feuchten, dunklen Augen an. »*Warum* hat er mir das angetan?«

»Wie meinen Sie das?«

Violetas Kummer war so tief, dass es einem das Herz abschnürte. Offenbar fühlte sie sich für Skoks Tod verantwortlich, aber Elettra konnte sich nicht vorstellen, aus welchem Grund.

»Können Sie mir erzählen, was passiert ist?«

Violeta stand auf, schwenkte im Spülbecken ihre Tasse aus und suchte nach Kraft, um zu sprechen. Aber die Stimme versagte ihr. Der Knoten im Hals war zu groß, zu schmerzhaft. Sie brach in Tränen aus.

»In diesem Haus wohnt der Teufel.«

Sie war offensichtlich außer sich. »Haben Sie etwas gesehen? Oder irgendwelche Geräusche gehört?«, fragte Elettra sanft nach.

»Ich bin dumm gewesen, so dumm ... Man darf nicht mit den Gefühlen eines Menschen spielen, der sich sowieso schon von der Welt verlassen fühlt.«

»Sie sprechen von Martin Skok?«

Der Blick, mit dem Violeta die Frage beantwortete, ließ es Elettra kalt den Rücken hinunterlaufen.

»Er hat mich gefragt, ob ich ihn heiraten will.«

»Und Sie haben Nein gesagt«, schloss Elettra.

»Wenn es nur das wäre!«

»Ich verstehe nicht ...«

»Ich habe angefangen zu lachen.«

Daher also die Schuldgefühle.

»Ich wusste, dass er in mich verliebt war, ich habe ihm zwar nie Hoffnungen gemacht, aber ich mochte ihn gern. Die Signora hat ihn wie einen Hund behandelt, wenn nicht noch schlimmer. Er war ein so einsamer Mensch, ein Kind, das nicht erwachsen werden wollte, und mit mir konnte er reden. Ich habe ihn tödlich verletzt … gerade so wie diese herzlose Alte. In diesem Haus ist etwas, das die Leute in den Wahnsinn treibt. Ich muss hier weg, und zwar bald.«

»Es war nicht Ihre Schuld, Violeta. Ich hätte mich an Ihrer Stelle wahrscheinlich genauso verhalten. Wie Sie selbst sagten, er war ein unglücklicher Mann …«

»Aber ich habe sein Unglück zu etwas Tödlichem gemacht. Das werde ich mir nie verzeihen. Nie.«

Elettra hörte Schritte auf dem Gang. Sie schob die Empathie, die sie für die Brasilianerin empfand, beiseite und schlüpfte zurück in ihre Rolle als Polizistin.

»Glauben Sie, dass er es war, der Ursula Cohen ermordet hat?«

»Martin? Nie und nimmer!«

»Aber Sie sagten doch gerade, dass sie ihn wie einen Hund behandelte. Ein Moment der Wut, ein Glas zu viel …«

»Es gibt Hunde, die bellen, aber nicht beißen. Sie lassen sich schlagen, weil sie denken, sie hätten es nicht anders verdient. Er war so einer.«

Kommissar Benussi, der die letzten Sätze von draußen gehört hatte, betrat die Küche, Gargiulo folgte ihm.

»Es nützt nichts, wenn Sie ihn in Schutz nehmen wollen, Signorina Amado. Das hier haben wir in der Garage gefunden«, sagte der Kommissar und legte ein Lederköfferchen auf den Tisch. Als er es aufklappte, blitzten Silberbesteck und Gold.

»Zweifellos ist ihm Signora Cohen auf die Schliche

gekommen, und um einer Anzeige zu entgehen, hat er sie dann ins Meer gestoßen …«

Die Geringschätzung in Violetas Stimme war unüberhörbar. »Martin war kein Dieb!«

»Warum hatte er dann das alles in dem Eisenschrank in der Garage versteckt?«

»Das weiß ich nicht.«

»Ich werde Ihnen sagen, warum. Er hoffte, es halbwegs einträglich zu verkaufen, weil Signora Cohen ihn seit Monaten nicht bezahlte. Sozusagen als Abschlagszahlung auf den Lohn, den er nie erhalten hätte?«

Elettra sah, wie ein spöttisches Lächeln über Benussis Gesicht zog, und fühlte sich aufgerufen, eine Lanze für den bedauernswerten Gärtner zu brechen.

»Es ist nicht erwiesen, dass er die Sachen gestohlen hat, Commissario. In dem Fall müsste eine Anzeige vorliegen oder was weiß ich … Valerio, kannst du mal in der Zentrale nachfragen, ob Signora Cohen in letzter Zeit einen Diebstahl zur Anzeige gebracht hat?«

Gargiulo ging hinaus, um den Anruf zu machen.

Benussi zuckte die Achseln. »Vielleicht hat sie's einfach nicht gemerkt. Sie war alt, es dürfte nicht allzu schwer gewesen sein, ein paar Dinge aus dem dunklen Mausoleum zu entfernen.«

Violeta unterbrach den Wortwechsel, indem sie eine Porzellantasse auf den Boden warf.

»Das reicht jetzt! Sie haben ja vor überhaupt nichts Respekt! Martin war ein guter Mann, und mit Geld wusste er nichts anzufangen. Er wollte einfach nur geliebt werden, so wie wir alle.«

Damit stürmte sie aus der Küche, ohne die Scherben zusammenzukehren.

Sie war wirklich außer sich.

Violeta Amados Reaktion traf den Kommissar wie ein Peitschenschlag. Mit so etwas hatte er nicht gerechnet. Die Frau verwirrte ihn, in ihrem Blick lag eine Würde, eine ungezähmte Würde, die all seine gedankenlosen Vorurteile zerfallen ließ.

Einen Moment lang fragte er sich unwillkürlich, wie sein Leben wohl verlaufen wäre, wenn er eine Frau wie Violeta geheiratet hätte. Eine Frau, die keine Kompromisse zu kennen schien, die vor nichts Angst hatte, so stolz und doch voller mütterlicher Sanftheit. Er wäre gerne in ihrer Umarmung versunken und so eine Weile geblieben, um sich an dieser großzügigen Brust trösten zu lassen.

Weswegen, das wusste er nicht.

»Commissario … Hören Sie?«

Die Stimme von Inspektor Morin kam aus einer fernen Welt. Er schüttelte seine Tagträume ab, sah seine Untergebene an und versuchte, Autorität und dienstliche Strenge auszustrahlen.

»Ja, Morin? Was gibt es?«

»Ich sagte, dass es neue Entwicklungen gibt, über die wir Sie informieren wollten.«

»Entwicklungen bezüglich …?«

Valerio und Elettra wechselten einen amüsierten Blick. Ganz offensichtlich war der Kommissar mit seinen Gedanken woanders gewesen.

»Bezüglich des Todes von Ursula Cohen.«

Benussi winkte ab, als wollte er eine Fliege verscheuchen.

»Der Fall ist abgeschlossen, Morin. Martin Skok hat Ursula Cohen ermordet, weil sie seinen Diebstahl entdeckt und ihm mit einer Anzeige gedroht hatte. Die Fakten sprechen eine klare Sprache.«

»Ich habe nachgefragt. Eine Anzeige liegt nicht vor«, gab Gargiulo zu bedenken.

»Sie wird es halt nicht rechtzeitig geschafft haben …«

Doch Elettra hatte weiterhin ihre Zweifel.

»Glauben Sie nicht, Martin Skok hätte das Diebesgut verschwinden lassen, wenn es so gewesen wäre?«

»Wenn er schon entschlossen war, sich umzubringen, kam es darauf auch nicht mehr an. Sein Alibi hatte überall undichte Stellen. Also wirklich, seine Arbeitgeberin bezahlt ihn, damit er auf sie wartet, und er haut einfach ab, nur weil sie zur verabredeten Zeit noch nicht da ist? Wenn das stimmte, hätte er sich doch wenigstens Sorgen machen und nach ihr suchen müssen. Aber nein. Ich sage Ihnen, was passiert ist. Er war betrunken, und als sie ihm dann in der Dunkelheit entgegenkam, hat er ihr die Bierflasche an den Kopf geknallt, die er in der Hand hatte, und dann hat er sie ins Meer gestoßen.«

Elettra wirkte nicht überzeugt.

»Also, ich weiß nicht … Sehen Sie, das Opfer hat sich beide Oberschenkel gebrochen, es muss also erst auf festen Boden gefallen sein und nicht etwa direkt ins Meer. Das lässt sich kaum durch den Wutanfall eines Betrunkenen erklären. Jemand hat sie grausam misshandelt. Und wir sollten eines nicht vergessen: Der Letzte, der Ursula Cohen lebend gesehen hat, war ihr Neffe Sergio, und der hat uns einen Haufen Lügen aufgetischt. Bevor wir den Fall für abgeschlossen erklären, wäre es hilfreich, ihn ausfindig zu machen und uns seine Version anzuhören.«

»Sie glauben also nicht, dass Martin Skok der Täter ist?«

Elettra lächelte. »Nein, Signor Commissario. Und ich bin sicher, dass Sie das auch nicht glauben.«

»Da täuschen Sie sich, Morin. Manchmal haben wir die Wahrheit direkt vor Augen, aber wir suchen sie stur woanders. Aber gut, um jeglichen Zweifel aus der Welt zu schaffen, lasse ich noch die Fingerabdrücke auf den Glassplittern untersuchen, die am Tatort gefunden wurden.«

»Ach, hat die Spurensicherung schon Abdrücke gefunden?«

»Noch nicht, aber ich erwarte den Bericht jeden Moment. Und vielleicht sollten Sie beide sich in den Lokalen rund um die Piazza Unità erkundigen, ob Skok da gesehen wurde. Er selbst hat einen gewissen Nicola erwähnt, einen Barmann, der kann ja nicht so schwer zu finden sein.«

»Und was unternehmen wir in Sachen Sergio Cohen?«

»Wir suchen weiter nach ihm. Vielleicht hat er etwas bemerkt.«

»Oder *getan* … Dass der so einfach verschwindet, ist mir suspekt. Warten wir wenigstens darauf, bis Irina Schatz das Bewusstsein wiedererlangt, bevor wir den Fall zu den Akten legen. Skoks Selbstmord ohne schriftliches Geständnis beweist gar nichts.«

Benussi betrachtete seufzend die junge Inspektorin, die da vor ihm stand. Er musste ihr ein ungewöhnliches Maß an Spürsinn und Kompetenz zugestehen, und dazu einen leidenschaftlichen Gerechtigkeitssinn, wie er ihm schon lange abhandengekommen war.

Vielleicht hatte sie ja recht, vielleicht war seine Eile, den Fall abzuschließen, eher der Enttäuschung und Müdigkeit geschuldet. Aber er konnte ihr nicht die Genugtuung lassen, das letzte Wort zu behalten.

»Sie urteilen voreilig über mich, Ispettore. Sie glauben, mich würde nur eines interessieren, nämlich Fälle so rasch wie möglich abzuschließen. Ich habe diesen Vorwurf schon öfter von Ihnen gehört, aber er trifft nicht zu. Tatsächlich bringe ich meine Mitarbeiter gerne aus dem Konzept, indem ich ihnen genau das weismache. Aber das ist bloße Strategie. Dadurch strengt ihr euch mehr an, und sei es auch nur, um mir zu beweisen, dass ich falschliege.«

»Ich dachte nicht, dass unsere Arbeit von solchen Spielchen geprägt wird, Signor Commissario«, antwortete Elettra pikiert. »Ich hatte mich der Illusion hingegeben, Teil eines Teams zu sein.«

»Nehmen Sie mir das nicht übel, Morin. Zu Ihren zahlreichen Vorzügen zählt leider nicht ein Sinn für Ironie. Sie nehmen alles viel zu ernst.«

Empfindlich getroffen, entschloss sich Elettra zu einer Retourkutsche.

»Wenn Sie mir noch einen Augenblick Aufmerksamkeit schenken, es gibt in dem Fall noch eine Komplikation. Ispettore Gargiulo hat da etwas entdeckt.«

»Und zwar?«

Valerio, auf dem falschen Fuß erwischt, wurde rot und stammelte etwas Undeutliches, aus dem nur die Namen Kern und Ros herauszuhören waren.

»Können Sie das noch mal sagen, ich habe kein Wort verstanden«, sagte Benussi ungeduldig.

»Marisa Kern und Danilo Ros …«

»Ja?«

»Die kennen sich gut, ich würde sogar sagen intim, und das seit Jahren …«

»Und wann hatten Sie vor, mir das mitzuteilen?«

»Wir sind erst heute Vormittag dahintergekommen, und dann ging alles so durcheinander …«

»Na schön. Wir treffen uns um fünf zu einer Abschlussbesprechung auf dem Kommissariat. Jetzt machen Sie sich erst mal auf die Suche nach Cohen. Und ich schaue im Krankenhaus vorbei, ob Signorina Schatz außer Gefahr ist.«

Die beiden Inspektoren verließen den Raum und wechselten dabei einen komplizenhaften Blick.

Benussi hingegen fand es an der Zeit, einen Plausch mit der brasilianischen Pflegerin zu halten.

An den Türrahmen gelehnt, beobachtete der Kommissar Violeta dabei, wie sie ihre Koffer packte. Das Zimmer, nun frei von den Nippesfiguren, den Fotos und farbenfrohen Stoffen, war in die düstere Eleganz früherer Zeiten zurückgefallen.

Er wusste nicht recht, was er sie noch fragen sollte, aber zu gehen hatte er auch keine Lust. Allein die Art, wie sie sich bewegte, sich mit einer raschen Geste durchs Haar fuhr, um die schweren Locken zu bändigen, die immer wieder aus dem Pferdeschwanz ausbrachen, bezauberte ihn.

Ihm war klar, dass er sich da auf geradezu altherrenhafte Weise verguckt hatte, aber nach all den Monaten, in denen sein Herz eng und er ohne jede Lebenslust gewesen war, hatte diese Frau sein Blut wieder ins Fließen gebracht. Die Zukunft hatte wieder etwas verheißungsvolles. Dafür war er ihr dankbar.

»Wo werden Sie jetzt hingehen?«

»Ich weiß es nicht.«

»Haben Sie vor, in Triest zu bleiben?«

»Ich glaube kaum.«

»Gefällt Ihnen unsere Stadt nicht?«

Violeta blieb mitten im Raum stehen, leichte, bunte Kleidungsstücke auf dem Arm, und sah ihn mit tiefer Traurigkeit an.

»In der Stadt fühlt man sich als Gefangene.«

»Wie meinen Sie das?«, fragte der Kommissar.

»Gefangen in der Vergangenheit.«

Ein Hungeranfall krampfte Benussi den Magen zusammen, aber er ließ sich nichts anmerken.

Was für eine Vergangenheit konnte eine junge Brasilianerin haben, die auf der Suche nach Arbeit nach Europa gekommen war? Hatte sie all die Mühsal – die Reise, die Einsamkeit, die Hölle der Bürokratie und den demütigenden Umgang mit Ausländern, alle diese Hürden, die ihm persönlich unüberwindlich erschienen wären –, hatte sie all das nicht auf sich genommen, um sich eine bessere Zukunft zu schaffen?

»Wir sind doch vor allem das, woran wir uns erinnern«, hörte Benussi sich sagen und fühlte sich dabei wie Monsieur de la Palice. »Ohne Vergangenheit haben wir keine Zukunft.«

»Das stimmt, Kommissar. Aber wenn die Vergangenheit einen daran hindert, sich eine Zukunft auch nur vorzustellen, dann wird sie zum Gefängnis ...«

Die Klarheit und Tiefe dieser Betrachtung überraschten ihn. Was für ein Leben mochte die junge Frau geführt haben, bevor sie nach Italien gekommen war? Warum hatte sie sich mit einer so unwürdigen Arbeit abgefunden, wo ihre Intelligenz doch offenbar außergewöhnlich war, fragte Benussi sich aufgewühlt.

»Warum haben Sie Brasilien verlassen? Nach allem, was man hört, befindet Ihr Land sich in einem starken wirtschaftlichen Aufschwung ...«

»Ich musste einen Schlussstrich ziehen.«

Benussi wusste, dass er nicht das Recht hatte, sie danach zu fragen, aber eine seltsame Eifersucht war dabei, von ihm Besitz zu ergreifen.

»Mit einem Mann?«

Ein Lächeln huschte über ihr schönes, kluges Gesicht. »Ach, nein, kein Mann! Gott bewahre!«

Eine unmittelbare Erleichterung überflutete ihn, doch gleich danach verfiel er in neuerliche Anspannung, als hätte er Angst vor der Antwort, die er bekommen könnte.

»Soll das etwa heißen, eine so schöne Frau wie Sie hat keinen Mann, der in irgendeinem Winkel der Welt auf sie wartet?«

Der Satz war der eines klassischen italienischen Schwerenöters, aber ihm kam keine andere Möglichkeit in den Sinn, um zu erfahren, ob sie frei war oder in festen Händen.

»Wer weiß … Ich kann niemanden daran hindern zu warten. Aber ich selbst habe für so etwas keine Zeit mehr.«

»Wollen Sie mir weismachen, sie dächten nicht mehr an die Liebe?«

»An die Liebe denke ich immer … Lieben kann man so vieles, die Sonne, gutes Essen, Kinder, die Tiere, Freunde, Musik, das Meer … Aber Männer habe ich nicht mehr im Sinn.«

»Was haben wir Ihnen denn Schreckliches getan?«

»Ihr Männer sucht eine Mama, die sich nachts in eine Hure verwandelt. Ich bin zu jung, um die Mama zu spielen, und für eine Hure bin ich zu alt.«

Benussi lief rot an und bekam einen Hustenanfall.

Violeta trat an seine Seite und klopfte ihm auf den Rücken. Sie hatte die Gefühlsverwirrung des stämmigen italienischen Kommissars wohl erahnt, der krank war vor Selbstmitleid und ehelichem Unglück. Allzu hart wollte sie ihn nicht anpacken. Als der Husten nachließ, strich sie Benussi flüchtig über die Wange.

»Einsamkeit, Commissario, ist kein Problem für mich. Zu zweit ist man manchmal noch viel einsamer, oder nicht?«

Da dröhnte mal wieder Ravels *Boléro* durch den Raum. Verdammt, konnte er nicht endlich mal daran denken, seinen Klingelton zu ändern?

»Entschuldigung«, sagte Benussi und ging ran. »Ja? Ist gut, ich bin gleich da.«

Auf einmal war er froh, dass sein Telefon ein Gespräch unterbrochen hatte, das so langsam in peinliche Regionen vorgestoßen war. Er gab Violeta die Hand.

»Die Leiche von Skok wird abgeholt. Ich muss gehen.«

»Danke, dass Sie da waren, Commissario«, antwortete die Frau und schüttelte ihm kräftig die Hand.

Der Kommissar lächelte. »Denken Sie daran, uns Ihre neue Adresse mitzuteilen. Wir werden Sie vermutlich noch brauchen.«

»Sie finden mich bei Pater Florence.«

Kaum war Kommissar Benussi aus der Tür, ließ Violeta sich erschöpft aufs Bett fallen. Sie wäre am liebsten eingeschlafen und direkt im Jenseits wieder erwacht, sie wusste nicht, ob lieber im Fegefeuer oder in der Hölle.

Alles war vorüber, und sie fühlte sich leer, wie sie es nicht von sich kannte. Der Zorn, die Wut, der Wunsch nach Rache, die sich in den letzten Tagen in ihr breitgemacht hatten, das alles war durch Ursula Cohens unerwarteten Tod mit einem Mal verschwunden.

Als hätte ihr jemand eine Präzisionswaffe aus der Hand genommen, die sie gerade begonnen hatte zu ölen, um sie noch tödlicher und vernichtender zu machen.

Wirst du mir verzeihen können, Mutter?, sagte sie leise.

Nach der Entdeckung der bläulichen Ziffern am Handgelenk ihrer Mutter hatte sie jahrelang alles gelesen, was sie in der Bibliothek über den Holocaust finden konnte.

Der Nationalsozialismus und seine Gräueltaten waren für sie zu einer Obsession geworden. Je mehr sie darüber las, desto weniger verstand sie, wie eine ganze Nation sich den wahnwitzigen Ideen eines paranoiden Malers hatte unterwerfen können.

Als Etty Amado einem Gehirntumor erlag, war Violeta neunundzwanzig. Sie blieb bis zum Schluss an ihrer Seite und versuchte, den langsamen Verfall durch Lieder aufzuheitern. Und als sie Etty ihren letzten Atemzug tun und dann reglos daliegen sah, war sie in gewisser Weise auch froh: Endlich hatte ihre Mutter aufgehört, sich zu erinnern und zu leiden.

Diego Amado starb zehn Jahre später. Schon drei Jahre zuvor war bei ihm eine Verengung der Herzkranzgefäße diagnostiziert worden, aber er wollte das Rauchen trotzdem nicht aufgeben. »Das Leben ist eine tödliche Krankheit«, sagte er zu seiner Tochter, sooft sie versuchte, ihn dazu zu überreden. »Lass mich wenigstens zufrieden sterben.«

Violeta, die nun allein war, verkaufte das schöne Haus in Rio mit den bunt gefliesten Böden und schenkte den Erlös Pater Johans Mission. Der Geistliche tat noch im hohen Alter alles, um bessere Lebensbedingungen für die Bewohner der sich endlos ausbreitenden, heruntergekommenen Favela zu schaffen, und Violeta schien es nur richtig, ihr Vermögen mit denen zu teilen, die weniger glücklich gewesen waren und denen das Schicksal vielleicht nie hold sein würde.

Für sich selbst behielt sie nur eine ausreichende Summe, um die Reise nach Europa antreten zu können – sie wollte Auschwitz und Buchenwald besuchen, was sich als erschütternde Erfahrung erwies. Auch für eine erste Unterkunft in Triest blieb ihr noch genug übrig. Dort hoffte sie, dank eines Empfehlungsschreibens von Pater Johan an Jorge Florence, dem er als Kind die Schulausbildung ermöglicht hatte und der dann Priester geworden war, eine Arbeit zu finden. Vielleicht würde sie für immer bleiben.

In der julischen Stadt angekommen, versuchte sie als Erstes in Erfahrung zu bringen, wo ihre Mutter geboren war und wo sie gewohnt hatte. Aber sie hatte keine Ahnung, wo sie anfangen sollte. Etty hatte ihr nie etwas über ihre Familie oder über das Viertel erzählen wollen, in dem sie aufgewachsen war. Und Diego hatte darüber nicht mehr gewusst als sie selbst. Für Etty war Triest nur noch ein Sehnsuchtsort gewesen und keine reale Stadt mehr. Violeta versuchte daher, mit einer alten Freundin der Mutter Kontakt aufzunehmen, die ihr gelegentlich antiquarische Bücher und Postkarten geschickt hatte, stellte jedoch fest, dass auch sie gestorben war.

Sie hätte zum Einwohnermeldeamt gehen, sich nach Überlebenden der Familie Brunner erkundigen und diese fragen können, ob sie Etty gekannt hätten. Als sie schon in der Schlange vor dem Schalter stand, entschied sie sich dagegen. Es hätte nichts geändert.

Die Luft, die sie in Triest atmete, war das Entscheidende. Seine Straßen, die Uferpromenaden, die steinige Hochebene, die die Stadt umgab, das Schloss Miramare, das Meer. Nach alldem hatte sich ihre Mutter gesehnt, nicht nach ihrem Haus oder Viertel. Wahrscheinlich war in jenen Mauern etwas Traumatisches vorgefallen, und Violeta beschloss, Ettys Entscheidung zu respektieren und nicht weiter nachzuforschen.

Nach zwei Wochen nahm sie Kontakt zu Pater Florence auf. Sie hatte sich gleich nach ihrer Ankunft in einer Pension über der Piazza della Borsa einquartiert. Etwa zehn Tage später, in denen sie nur Touristin gewesen war, begann sie, an die Arbeitssuche zu denken. Da sie seit jeher ein Herz für alte Menschen hatte, schien ihr eine Tätigkeit als Pflegerin das Geeignetste.

Violeta fand nichts Unangenehmes oder gar Entwürdigendes an einer solchen Beschäftigung, im Gegenteil. Sie unterhielt sich gern mit älteren Menschen und war glücklich, sich ihre Geschichten anzuhören und ihre Isoliertheit ein wenig zu lindern. Ihr war bewusst, dass nicht Gebrechen oder Krankheiten das dritte und vierte Lebensalter zu etwas Traurigem machten, sondern die Einsamkeit, die Tatsache, dass die Alten geradezu als unsichtbar behandelt wurden.

Violetas großes Herz konnte das nicht ertragen.

Der Koffer war gepackt. Violeta schloss die Fensterläden ihres Zimmers, die einzigen noch offenen in dieser geisterhaften Villa, in der sie das vergangene Jahr ihres Lebens verbracht hatte. Ein Jahr, das ihre positive Einstellung gegenüber alten Menschen auf eine harte Probe gestellt hatte.

Einen Augenblick lang war ihr, als hörte sie aus dem Erdgeschoss den gefürchteten Widerhall von Ursula Cohens Stock, dann wurde ihr klar, dass das nur die wieder auffrischende Bora war, die am eisernen Gartentor rüttelte.

Ein Abend vor nicht allzu langer Zeit kam ihr in den Sinn. Auch damals hatte der Nordwind geblasen, und Ursula hatte sie zum ersten und einzigen Mal gebeten, nicht sofort auf ihr Zimmer zu gehen, sondern ihr nach dem Abendessen noch Gesellschaft zu leisten und im Wohnzimmer bei der Fertigstellung eines ihrer endlosen Puzzles zu helfen. Um einer heftigen Erkältung zu begegnen, hatte Violetas betagte Arbeitgeberin zwei ordentliche Gläser

Grappa getrunken und war dadurch in einer redseligen Stimmung, zu der auch Vertraulichkeiten passten.

Während sie die richtigen Puzzleteile suchten, erzählte Ursula von ihrer Kindheit in einer finsteren Wohnung, von der Mutter, die sie kaum zu Gesicht bekam, weil sie keine Kinder mochte, und ihren Wutausbrüchen, die grundlos über sie hereinbrachen. Eine Kindheit, starr vor Angst. Das waren Ursulas Worte an jenem Abend. Daher all die Härte, dachte Violeta damals. Aber es war nicht das Einzige, was sie in diesen Stunden erfahren hatte.

Ursula sprach auch von der langen Ehe mit Herbert Cohen. Einem Mann, den sie Mitte der Fünfzigerjahre bei einem Konzert in Salzburg kennengelernt und geheiratet hatte, ohne ihn wirklich zu kennen. Doch bald hatte er sich als der gezeigt, der er war – ein Homosexueller, der nichts tat, um diesen Umstand zu verbergen. Der Umzug von Österreich nach Triest, vorgeblich eine Flucht aus der Heimat, die er nicht mehr als solche ansah, hatte Herbert in Wahrheit die Möglichkeit eröffnet, sich ohne allzu große Bedenken seinem Doppelleben hinzugeben, und er hatte auch nichts unternommen, um seiner Frau die ständigen Abenteuer zu verhehlen.

Auf Violetas Frage, warum sie sich nicht getrennt, warum sie diese demütigende Beziehung weiter erduldet habe, antwortete Ursula mit einem höhnischen Lächeln und einem Satz, der ihr seitdem nicht mehr aus dem Kopf ging: »Ich fand die ehelichen Pflichten schon immer obszön und herabwürdigend. Eigentlich hat mir Herbert nur einen Gefallen getan.«

Nach jenem Abend jedoch war alles weitergegangen wie zuvor. Ursula, die es womöglich bereute, sich geöffnet zu haben wie sonst nie, wurde noch verschlossener und unwirscher. Aber Violeta nahm das nicht übel, ihr war klar geworden, welche Verletzungen das Herz der alten Dame so hart gemacht hatten, und sie ertrug die Folgen geduldig.

Sie hatte noch nie dazu geneigt, über andere zu urteilen, und auch wenn sie den schneidenden Ton nicht schätzte, mit dem ihre Arbeitgeberin anderen begegnete, verwehrte sie es sich zurückzuschlagen.

Ursula war eben eine sture und egoistische alte Frau, es wäre nutzlos gewesen, sie ändern zu wollen. Lange leben würde sie ohnehin nicht mehr. Violeta wusste aus Erfahrung, dass ein alter Mensch bei aller Robustheit urplötzlich vom Blitz gefällt werden konnte. Letztlich war eine Arbeitsstelle so gut wie jede andere, und sie hatte keine Lust, Triest zu verlassen. Und außerdem konnte sie jeden Donnerstag zu Pater Florence gehen, für eine ordentliche Dosis Wärme, Verzweiflung, Menschlichkeit, Weinen und wirkliches Leben. Das schien ihr auszureichen.

An die Zukunft dachte sie nicht, geschweige denn daran, eine Familie zu gründen.

Natürlich hatte sie in Rio die eine oder andere Liebesgeschichte erlebt – sie war schon immer eine attraktive Frau gewesen –, aber nichts hatte sich an Intensität und Kraft mit dem Gefühl messen können, das sie mit ihrer Adoptivfamilie verband.

Als ihr Vater starb und sie allein blieb, war sie bereits vierzig Jahre alt. Und da fühlte sie sich nicht mehr in der Lage, Kinder in die Welt zu setzen. Das wäre sonst noch der einzige Reiz daran gewesen, ihre Tage und Nächte mit einem Mann zu teilen, für den man ebenfalls in jeder Hinsicht da sein musste, wie bei einem Kind. Und so ein Mann wäre mit den Jahren womöglich unwirsch und unaufmerksam geworden, wie so viele, denen sie zu ihrem Unglück begegnet war.

Ihr genügte das Leben, ein Tag nach dem andern. Sie trug ihre kostbaren Erinnerungen an die Familie in sich, und dazu hatte sie die Gedichte von Saba und all die Bücher, von denen ihre Mutter ihr erzählt hatte und die sie sich nun nach und nach erschloss. Bücher von Thomas Mann, Singer, Tolstoi, Tschechow, erworben in einem Antiquariat nahe der Piazza Unità, Lesestoff für die langen Nachmittage in ihrem Zimmer, während sie darauf wartete, nach unten zu gehen und das Abendessen vorzubereiten.

Eigentlich ein ruhiges, sorgloses Leben, bis zu dem Nachmittag vor vier Tagen.

An diesem Nachmittag war Violeta in den Keller gegangen, um die Korbstühle aus dem Garten aufzuräumen. Es hatte geregnet, die Stühle waren nass geworden, und damit sie nicht kaputtgingen, hatte sie beschlossen, sie in den Keller zu stellen.

Martin war nicht da, es war Sonntag, er konnte ihr also nicht helfen. Ursula Cohen saß im Wohnzimmer im ersten Stock über eines ihrer endlosen Puzzles gebeugt und hörte dazu Wagner.

Da kam Violeta auf den Gedanken, sich etwas umzusehen. Sie war von Natur aus nicht neugierig, doch an diesem Nachmittag hatte sie starke Kopfschmerzen und keine Lust zu lesen.

So machte sie sich daran, alle möglichen Türen und Schubladen zu öffnen: Holzkisten, Sitztruhen, verstaubte Kästen. Sie stieß auf alte Unterlagen des verstorbenen Dr. Cohen, Rezeptbücher, Diagnosebögen, Krankenakten. In einer Truhe fand sie ein altes Geschirrservice für zwölf Personen, jedes Stück mit Goldrand versehen, dazu Silberbesteck, das ordentlich in Stoffetuis lag, mit einem Satinband umwickelt. Des Weiteren dicke Pullover, eingeschlagen in Zellophan und ebenfalls fein säuberlich sortiert in einer großen, mottenbefallenen Kommode.

Hinten im dunkleren Teil des Kellers lehnten zwei rissige Ledersessel mit dem Rücken gegen einen Holzschrank, wie um ihn zu beschützen. Ohne einen rechten Grund beschloss Violeta, auch dort einen Blick hineinzuwerfen. Aber er war abgeschlossen. Nanu. Was konnte sich da Wertvolles verstecken?

Als Violeta noch in der Favela lebte, hatte sie gelernt, Türschlösser mit einer Haarnadel zu öffnen. Es fiel ihr nicht schwer, diesen Vorgang nun zu wiederholen.

Als der Schrank aufging, sah sie eine Reihe von Kleidungsstücken, die in weißen Leinenhüllen steckten. Violeta öffnete die Schleifen von einigen davon und bewunderte zwei seidene Abendkleider, die Ursula in jungen Jahren getragen haben musste, dazu einen Cutaway des Ehemanns mit zerschlissenen Satinaufschlägen und einen dreiteiligen englischen Tweedanzug. Alles beste Qualität.

Der letzte Leinensack enthielt etwas, das auf den ersten Blick wie eine Uniform aussah. Vielleicht noch von Dr. Cohen aus Zeiten des Krieges. Als Violeta sie aus der Hülle zog, war sie verblüfft, stattdessen eine weibliche Uniform vor sich zu sehen, Rock und Jacke aus grauem Stoff, ein grünes Dreieck auf dem Ärmel.

An einer unbestimmten Stelle zwischen Herz und Bauch klingelte eine Alarmglocke.

Beim Weitersuchen entdeckte sie unter einem schweren Paar schwarzer Frauenschnürschuhe eine alte Blechdose, die einmal polnische Kekse enthalten haben musste. Mit zitternden Händen öffnete sie den Deckel und fand mehrere Schwarz-Weiß-Bilder. Auf den meisten davon waren die junge Ursula und Dr. Cohen an verschiedenen Orten Europas zu sehen.

Eines aber, das in einem weißen Kuvert steckte, war unmissverständlich. Es ließ ihr das Blut in den Adern gefrieren.

Es zeigte eine junge Frau mit nach hinten gekämmten, kurzen blonden Haaren, die in die Kamera lächelte, an ihrer Seite ein Deutscher Schäferhund. Violeta erkannte sie ohne Mühe: Ursula in der Uniform eines *Kapo*, mit dem Dreieck auf dem Ärmel, hinter ihr die berüchtigten Bahngleise von Auschwitz.

14

»Mama, warum hasst uns die Frau so sehr?« Es waren die ersten Worte, die dir nach Monaten des Schweigens über die Lippen kamen. Auf der einen Seite war ich froh, deine Stimme endlich wieder zu hören, auf der anderen machte mir deine Frage Angst.

Wie sollte ich dir einen Grund für diese sinnlose Grausamkeit nennen? Das konnte ich nicht, es gab dafür keine nachvollziehbare Erklärung. Die Frau war Jüdin wie wir, sie war eine Gefangene wie wir, und doch hatte sie sich für die andere Seite entschieden und rächte sich nun für ihre Lage, ließ uns mit Absicht aufs Grausamste leiden. Sie wusste von deiner Angst vor Hunden und machte sich einen Spaß daraus, den Schäferhund auf dich zu hetzen, wenn du beim Schlangestehen für die Suppe erschöpft zu Boden sankst.

Warum? Warum diese sinnlose, unmenschliche Gewalttätigkeit?

Wahrscheinlich war die Lageraufseherin selbst ein Opfer. Opfer des Hungers, der Schläge, der Demütigungen, die sie allzu lange seitens der SS-Leute erfahren hatte. Und so war in ihr der Wunsch nach Vergeltung aufgekommen, und das ließ sie an uns aus, vielleicht um dafür ein Stück Kuchen zu bekommen, etwas Wein oder Käse.

Aber vielleicht war sie auch nur Opfer ihres eigenen Sadismus.

Ich glaube nicht, Sara, dass alle Menschen gut geboren werden. Oh nein. Einige sind von Geburt an böse, und sie lieben es, andere leiden zu lassen. Es gibt keine andere Erklärung für den Ozean von Grausamkeit und nutzlosem Schmerz, der sich Tag für Tag über unseren Unglücksplaneten ergießt.

Warum behandelten sie uns wie Tiere? Oder noch schlechter? Warum brachten sie uns nicht einfach um, anstatt uns an Erschöpfung sterben zu lassen, an Kälte und Durst in diesen überfüllten, stinkenden Baracken, wenn sie uns doch für den Abschaum der Welt hielten?

Woher kommt grundloser Sadismus?

Ich weiß es nicht, meine Tochter. Ich weiß nur, dass ich dich vor alldem hätte schützen wollen, als ich dich nachts still weinen sah. Als ich sah, wie deine Schulterblätter immer spitzer wurden und wie du dich mit eingerissenen Fingernägeln und wunden Füßen von den Arbeitseinsätzen zurückschlepptest.

Du hattest in der Baracke eine Freundin gefunden. Ein Mädchen, das etwas älter war als du, sie kam aus Mailand. Sie hatte dich für sich gewonnen, als sie dir ein bisschen Papier gab, das du dir gegen die Kälte unter die Jacke schieben konntest. Sie hatte dich im Schnee bibbern sehen, und nachts kam sie dann mit dem kostbaren Isoliermaterial zu dir. Sie war erst vor Kurzem angekommen und hatte noch ein paar überschüssige Kilo, und da rettete sie lieber dich vor dem sicheren Tod durch Erfrieren.

Ihr musstet beide in der Munitionsfabrik arbeiten, und wenn die Vorarbeiterin nicht hinsah, schafftet ihr es sogar, gelegentlich zu scherzen und zu lächeln. Ich weiß nicht, worüber ihr euch unterhieltet, aber ich war Rosetta dankbar für die kurzen Momente der Freude, die sie aus dir herauszuholen wusste.

Als Rosetta eines Vormittags durch einen Unfall drei Fingerglieder verlor, lagst du mit hohem Fieber auf der Krankenstation. Bei deiner Rückkehr war Rosetta nicht mehr da. Jemand anderes hatte sie ersetzt. Du hast mich nicht nach ihr gefragt, du wusstest nur zu gut, was aus ihr geworden war. Allzu oft hattest du gesehen, wie sich Gefangene nackt vor diesen Unmenschen aufstellten und in die Gaskammern marschierten. Aber von jenem Tag an sahst du nie wieder zu dem dichten Rauch hoch, der sich am Himmel verlor.

Du hörtest auf zu weinen, zu klagen, dich umzusehen. Du wurdest wie ein Stein. Schlugen sie dich mit der Peitsche, zeigtest du keine Reaktion, fielst du hin, rappeltest du dich wieder auf, und bekamst du kein Brot, bemerktest du es nicht einmal.

Das war deine Art, dich gegen den Schmerz zu wehren.

Damals hatte ich Angst, dass du sterben könntest.

Du warst nur noch Haut und Knochen.

Ein aus dem Nest gefallenes Vöglein, das nur noch auf den Tod wartete.

15

»Danke, dass Sie gekommen sind«, sagte Carla zu Pater Florence. »Ich bin verzweifelt, ich weiß nicht mehr, was ich tun soll. Versuchen Sie es, Pater … Vielleicht hört sie ja auf das, was Sie sagen. Mein Mann hat recht, das Mädchen hat den Teufel im Leib.«

Beim Eintreten sah der brasilianische Priester, wie kraftlos und blass sie war, und strich ihr sanft über die Wange.

Livia weigerte sich seit Stunden, aus ihrem Zimmer zu kommen, und Carla wusste nicht mehr ein noch aus. Sie hatte alles versucht, erst mit Bitten, dann unter Tränen, und schließlich hatte sie die Nerven verloren und gegen die Tür geschlagen. Sie hatte damit gedroht, sie einzutreten, aber das Mädchen schenkte alldem keine Beachtung.

Livia blieb also hinter der Tür, die sie schon abends zuvor verbarrikadiert hatte, und hörte bei voller Lautstärke diese grässliche Technomusik, die Carla schier wahnsinnig machte.

»Ich werd's versuchen«, antwortete der Geistliche, »einen Zauberstab habe ich leider nicht.« Auch er wirkte erschöpft.

»Möchten Sie einen Kaffee, bevor Sie sich in die Höhle des Löwen wagen?«

Pater Florence schniefte und warf einen Blick in Richtung der Hausbar, die sich unter dem großen Wandspiegel befand.

»Vielleicht einen kleinen Grappa. Ich bin noch nicht wieder so richtig auf dem Damm …«

Carla entnahm dem aus irgendeinem fernen Land importierten Möbelstück eine Flasche Grappa der Marke Nonino und füllte zwei kleine Gläser bis zum Rand.

Sie leerten sie mit einem Zug. Gestärkt stützte Pater Florence die Hände auf die Knie und stand auf, bereit, der jungen Frau gegenüberzutreten, die er von klein auf kannte und die er schon auf die Erstkommunion und die Firmung vorbereitet hatte.

Er klopfte an die Tür und schrie gegen die Musik an.

»Livia! Mach auf! Ich bin's, Pater Florence! Livia! Mach mal die Musik leiser!«

Da von drinnen keine Reaktion kam, wandte er sich mit einem fragenden Blick zu Carla; als sie nickte, nahm er Anlauf, um die Tür mit der Schulter gewaltsam aufzustoßen. Der erste Versuch schlug fehl, im zweiten war er erfolgreich.

Das Schauspiel, das sich seinen Augen bot, entzog sich der Vorstellungskraft. Nichts in dem Raum war noch heil, bis auf die Stereoanlage, aus der ein unerträglicher Lärm drang, dem Pater Florence jedoch bald ein Ende bereitete, indem er den Stecker aus der Dose zog.

Livia kauerte zitternd, in Slip und T-Shirt, auf ihrem Lieblingssessel, neben dem kaputten Fenster, dessen Scheibe sie wahrscheinlich mit einem Stiefel eingeworfen hatte. Um sie herum lagen Bücher, Zeitschriften, CDs und DVDs, dazwischen Klamotten und Schuhe sowie Fetzen von abgerissenen Postern. Auf dem ungemachten Bett lagen drei leere Wodkaflaschen.

Der Blick, mit dem sie Pater Florence musterte, war eisig.

»Was willst du? Hau ab! Lass mich in Ruhe.«

Aber er ließ sich nicht abschrecken. Stattdessen zog er ein Kapuzenshirt aus dem Kleiderhaufen und hielt es ihr hin.

»Da, du zitterst ja ...«

Das Mädchen blieb reglos sitzen. Also ging Pater Florence hin, streifte ihr das Kleidungsstück über und legte ihr eine Fleecedecke aus dem ungemachten Bett über die nackten Beine. Dann setzte er sich auf die Armlehne, zog Livia an sich und strich ihr über das lange, ungekämmte Haar. Als das Mädchen die Wärme der Umarmung spürte, begann es laut zu schluchzen.

Pater Florence kannte die verschiedenen Masken der Verzweiflung. Von früh bis spät beschäftigte er sich praktisch mit nichts anderem. Die Maske, die Livia trug – er hatte das Mädchen noch leuchtend und voller Fragen in Erinnerung, als sie im Alter von sechs Jahren mit ihrer Mutter in die Sakristei kam, um nach der Messe Hostienbruch zu essen –, unterschied sich nicht sehr von jener der diebischen Zigeunermädchen, die ihm die Polizei brachte. Voller Wut und Ressentiment kamen sie in sein Haus und misstrauten jedem, der sich bemühte, an ihrem Leben etwas zu ändern.

Er versuchte es gar nicht erst mit Worten. Das wäre zu nichts gut gewesen, zumindest nicht gleich. In solchen Fällen brachte nur eines Beruhigung, nämlich schlichte Nähe, menschliche Zuwendung, und Livia hatte ein verzweifeltes Bedürfnis danach. Er wartete also darauf, dass sie das Schweigen brach, strich ihr so lange weiter über den Kopf und hielt sie an sich gepresst.

»Sie haben mich nie gesehen«, sagte Livia unter Tränen. »Nie.«

Pater Florence begriff, dass sie von ihren Eltern sprach. »Es ist nicht leicht, Eltern zu sein …«

»Warum haben sie mich dann bekommen, wenn sie mich gar nicht wollten?«

»Warum sagst du, dass sie dich nicht wollten?«

»Sie konnten mich noch nie leiden.«

»Das ist nicht wahr, und ich kann es bezeugen, ich kenne dich ja, seit du vier warst. Deine Eltern haben dich immer lieb gehabt, es ist ihnen vielleicht nur nicht gelungen, dir das zu vermitteln …«

»Manchmal habe ich Angst, dass ich durchdrehe«, stammelte sie mit tränenüberströmtem Gesicht.

Pater Florence hob einen runden Spiegel auf, der unter den verstreuten Büchern lag, und hielt ihn ihr vor die Nase. »Was siehst du?«

Missmutig wandte sich Livia von ihrem Spiegelbild ab. »Eine Verrückte.«

»Schau noch mal hin, genauer«, sagte der Mönch und hielt ihr den Spiegel ein zweites Mal vor. »Siehst du hier nicht auch eine wunderschöne Prinzessin, die in einem Zauberbann gefangen ist?«

»Ich hasse Prinzessinnen.«

»Du hast recht, das war schlecht formuliert. Ich wollte sagen, eine wundervolle junge Frau, die sich hinter einer Maske versteckt?«

»Eine Maske tragen doch alle.«

»Stimmt. Und weißt du, warum?«

Das Mädchen antwortete nicht.

»Aus Angst.«

»Ich habe vor gar nichts Angst.«

»Du hast Angst, dich im Spiegel anzusehen.«

»Quatsch. Ich schaue mich ständig im Spiegel an.«

»Ja, du schaust dich an, wenn du die Maske aufsetzt –

wenn du dich schminkst, um sicher zu sein, dass die anderen nicht die geringste Spur von dem zu sehen bekommen, was du wirklich bist.«

Livia rückte von dem Geistlichen weg und stand auf, die Beine nun wieder entblößt.

»Blödes Geschwätz. Hör mal, wenn dich diese blöde Kuh geschickt hat, damit du ihr die Tochter ihrer Träume beschaffst, für die sich alles nur noch um Haus und Kirche dreht, dann kannst du gleich wieder abziehen. Ich bin nicht in der Stimmung, mir deine Predigten anzuhören. Verpiss dich!«

Pater Florence stand auf und begann, die Bücher vom Boden aufzuheben.

»Was soll das werden?«, fuhr Livia ihn an.

»Wenn Unordnung im Außen herrscht, lässt sich auch innen keine Ordnung schaffen. Pack mit an, dann sind wir schneller fertig.«

»Das ist mein Zimmer, und ich mache hier, was ich will.«

»Na gut, ich komme auch alleine klar.«

Der Geistliche bückte sich, um noch mehr Bücher aufzuheben, da sprang das Mädchen los und riss sie ihm aus der Hand.

»Raus jetzt! Raus! Ich will keine Pfaffen in meinem Zimmer! Ihr kotzt mich an! Lass mich endlich in Ruhe!«

Eine so plötzliche wie trockene Ohrfeige landete auf Livias verdattertem Gesicht.

»So sprichst du nicht mit mir. Ich bin mehr als doppelt so alt wie du, und ich bin gekommen, um dir zu helfen.«

Das Mädchen machte Anstalten zurückzuschlagen, aber Pater Florence packte sie an den Handgelenken und hielt sie fest. Da lief sie rot an und begann zu schreien.

»Ich brauche keine Hilfe! Ich will nur, dass ihr mich in Ruhe lasst! Ihr kotzt mich alle an! Ihr kotzt mich so an!«

Rasch wurde aus dem Handgemenge ein richtiggehendes Ringen. Pater Florence, der sich als Missionar in Japan mit asiatischer Kampfkunst beschäftigt hatte, wurde ihrer leicht Herr. Er ließ sie sich abreagieren und passte auf, ihr nicht wehzutun. Bis das Mädchen erschöpft und keuchend zu Boden sank, die Augen zusammenkniff und mit dem Unterarm das Gesicht bedeckte.

»Ich will sterben, ich will bloß sterben …«, wimmerte sie.

Selbst noch außer Atem, ging Pater Florence neben ihr in die Hocke und sah sich um.

Mit Filzstift war viel an die Wand hingekritzelt. Das meiste davon war unleserlich, aber man erkannte das Wort LOVE, das sich immer wieder mit HATE überkreuzte.

Nach einer kurzen Pause begann der Geistliche wieder, mit der jungen Frau zu reden.

»Die anderen zu verachten ist keine Lösung, Livia. Solange wir den Grund für unser Unglück beim anderen suchen, stellen wir uns niemals unseren Dämonen. Aber es ist natürlich leichter, mit Anklagen und Beschimpfungen um sich zu werfen, als sich an die Stelle unserer Mitmenschen zu versetzen und sie, so gut es geht, zu verstehen. Und anzunehmen, dass das Böse nicht nur außerhalb von uns liegt, sondern auch und vor allem in uns. Du hast etwas Wahres gesagt, nämlich dass wir uns alle hinter einer Maske verstecken. Das stimmt, auch ich tue das manchmal, auch deine Mutter und dein Vater. Aber weißt du, warum? Weil wir Menschen sind, weil wir Angst haben, Angst vor dem Tod, davor, nicht genug geliebt zu werden, allein zu bleiben … Das geht nicht nur dir so, sondern auch mir, jeden Tag. Und jeden Tag muss ich gegen diese Angst ankämpfen, mich in die Lage desjenigen versetzen, der vor mir steht, um zu begreifen, dass auch er – oder sie – leidet, sich einsam fühlt, verzweifelt ist und dass die Welt sich nicht nur um mich und meine Ängste dreht …«

Livias Atem hatte sich beruhigt. Hinter ihren geschlossenen Augen schien sie zuzuhören. Pater Florence warf ihr erneut die Decke über und fuhr fort: »Die Jugend ist eine schreckliche Zeit, man ist noch nicht erwachsen, aber auch kein Kind mehr, der Körper verändert sich, man stellt sich so viele Fragen, auf die offenbar keiner antworten will, man fühlt sich von allen unverstanden und scharrt ungeduldig mit den Hufen, und dann stürzt man sich kopflos in Gefahr … Unsere Freunde stacheln uns an, zu rebellieren, die geltenden Regeln hinter uns zu lassen, alle möglichen Exzesse zu leben, um uns auf die Probe zu stellen, während unsere Eltern sich natürlich wünschen, dass wir vernünftig, reif und strebsam sind. Sie wollen ein ruhiges Gewissen haben und nicht zugeben müssen, dass sie abgelenkt und müde waren, sich uns entzogen haben. Da ist es wirklich nicht leicht, Kurs zu halten.«

Livia schlug die Augen auf und sah ihn unter dem Arm hindurch an.

»Ich fühle mich so allein.«

»Ich weiß.«

Pater Florence streckte sich neben ihr aus, schob Klamotten und Bücher beiseite und nahm sie in den Arm. Livia ließ sich erneut in diese Geborgenheit sinken und fühlte sich endlich etwas ruhiger und gelassener, nach so langer Zeit.

Benussi hatte den fünften Tag seiner Dukan-Diät erreicht, seine Willenskraft kam allmählich ins Schwanken. Als er die Treppe zur Staatsanwältin hochging, spürte er, wie sich ihm der Kopf drehte, und er atmete schwer.

Um ehrlich zu sein, hatte er sich schon am dritten Tag ein paar Nachlässigkeiten erlaubt. Er hatte der Verlockung nicht widerstehen können, sich in der Bar ein Cornetto zu gönnen, doch gleich danach war er sich vorgekommen wie ein Wurm. Aber was sollte er machen? Er fühlte sich schwach, ihn fröstelte, seine Moral ließ nach. Der Fall Cohen, der nach einem Spaziergang ausgesehen hatte, wurde mit jedem Tag komplizierter. Er brauchte endlich wieder etwas Warmes im Magen, und bei der Vorstellung, sich die x-te glitschige Bresaola-Packung einzuverleiben, drehte sich ihm fast der Magen um. Was konnte so ein kleines Cornetto schon schaden?, sagte er sich. Sind doch nur zweihundert Kalorien. Da reichte es schon, anstelle des Aufzugs die Treppe zu nehmen, und sie waren wieder verbrannt.

Um sein schlechtes Gewissen über diese chronische Willensschwäche zu besänftigten, dachte er mal wieder an den berühmten Ausspruch von Oscar Wilde, den er sich zum Motto gemacht hatte: *Ich kann allem widerstehen – außer der Versuchung*. So schleppte er sich die Treppe in der Staatsanwaltschaft hoch.

Und an Versuchungen mangelte es nicht in seinem Tagesablauf, zu Hause angefangen, wo Carla immer einen umfangreichen Vorrat an dunkler Schokolade bereithielt, »falls man sich was Gutes tun will«, abgesehen von all den leckeren Dingen, die sie für Livia besorgte – Tortellini, diverse Käsesorten, Milchmixgetränke – und mit denen sie den Kühlschrank füllte, um ihre Tochter dazu zu verführen, etwas anderes zu sich zu nehmen als die ständige Schüssel Krokantmüsli mit Milch, ihre einzige regelmäßige Nahrung, zusammen mit löffelweise Nutella.

Die Versuchungen setzten sich fort in der Bar, in Form von Cornetti, Süßigkeiten, Tortenstücken, Obstsäften, Eis, einladenden Reihen von Grappa- und Whiskyflaschen und allerlei anderen Köstlichkeiten, die so ein Lokal seiner Kundschaft zu bieten hatte.

Auch das Kommissariat barg in seinen Verpflegungsautomaten gewisse Fallen. Dort lauerten abgepackte Snacks neben cremigem Cappuccino und gezuckerter heißer Schokolade; in seinen kritischsten Phasen hätte Benussi darin am liebsten ein Bad genommen.

Nur sein Büro war von Versuchungen frei. Ein Sechserkasten Mineralwasser stand unter seinem Schreibtisch, und er hatte sich wieder einmal vorgenommen, mindestens zwei Flaschen pro Tag zu trinken. Ein Vorsatz, den er regelmäßig brach, denn wenn er zum dritten Mal an einem Vormittag auf die Toilette lief, fühlte er sich wie ein prostatakranker Greis.

Kurzum, sein Leben war eine wahre Hölle. Wenn er sich wenigstens mit seinem Leibesumfang abgefunden hätte, so wie der Journalist Giuliano Ferrara, der locker fünfzig Kilogramm mehr als er durch die Gegend schleppte, aber mit extremer Lässigkeit und ohne sich darüber den Kopf zu zerbrechen – ja, das wäre ein angenehmeres Leben gewesen.

Dann und wann versuchte er es sogar. Er sah sich im Spiegel an und sagte sich die Worte vor, die Carla vor vielen Jahren gesprochen hatte, als Livia noch ein Kind war: »Es gibt auf der Welt Elefanten und Gazellen. Du bist als Elefant geboren, find dich damit ab.«

Damals hatte er sie für diesen Satz geliebt. Doch obwohl seine Frau sich nicht darum zu kümmern schien, für ihn war dieser Wanst – um nicht zu sagen, diese doppelte Wampe, die knapp unterhalb der Brust begann, auf

Bauchnabelhöhe einen Knick machte und darunter wieder zu ihrer Kugelrundheit zurückfand, um die Schamgegend zu bedecken wie eine rosiger Vorhang aus labberigem Fleisch –, für ihn war das einfach unerträglich. Er fühlte sich gedemütigt, fühlte sich plump und unsicher, auch wenn er alles tat, um nicht gegenüber anderen diesen Eindruck zu erwecken.

An jenem Morgen zeigte die Waage einhundertsieben Kilogramm. Dann hatte er also schon vier herunter. Sein Ziel war die 95er-Marke, und wenn er dranblieb und sich an die Dukan'schen Anweisungen hielt, würde er es diesmal schaffen.

Er war sich ganz sicher.

Fast hundertprozentig.

Rosanna Guarnieri erwartete ihn hinter einem picobello aufgeräumten, mit einer seltsamen Pflanze geschmückten Schreibtisch, deren leichte, lanzenförmige Blätter sich wie ein Stern öffneten. Den Stamm bildeten kurioserweise dünne, ineinander verflochtene Äste. Er hatte herausgefunden, dass es sich um eine Pachirapflanze handelte.

Das große Fenster hinter der Staatsanwältin umrahmte die beruhigenden und vertrauten, wenn auch rostigen Umrisse von Ursus, dem altehrwürdigen schwimmenden Industriekran, der seit 1913 von dem Stück Meer aus, das zwischen dem Neuen und dem Alten Hafen lag, das Leben der Triester begleitete.

Das Gefühl von Befangenheit, das Ettore Benussi in der Regel gegenüber der Staatsanwältin empfand, wurde an diesem Tag nicht nur durch den Stolz abgemildert, fitter und schlanker auszusehen, sondern auch und vor allem durch das Wissen, wichtige Neuigkeiten zu dem Fall vom Molo Audace mitzubringen.

Dr. Guarnieri hob den Blick vom Computer und forderte den Kommissar auf, Platz zu nehmen.

»Möchten Sie einen Kaffee?«, fragte sie und nahm eine Thermoskanne von dem Mahagoniwägelchen, das zwischen den dunklen Bücherwänden stand.

»Gerne.«

»Wie viel Zucker?«

»Keinen, danke.«

»Sie wirken ziemlich in Form«, sagte sie, während sie ihm eine Tasse hinhielt.

Benussi hustete verlegen und verschüttete dabei seinen Kaffee.

»Entschuldigen Sie. Ich weiß nicht, wie das …«

»Keine Sorge, der Holzboden ist leicht zu säubern«, beruhigte ihn die Staatsanwältin, griff zu einem Papiertaschentuch und bückte sich.

»Lassen Sie das doch mich machen!«, versuchte Benussi zu intervenieren, aber Rosanna Guarnieri hatte das Malheur bereits beseitigt und warf das Taschentuch in den Mülleimer.

»Schon erledigt. Jetzt nehmen Sie Platz, und kein Zucken mehr. Ich schenke Ihnen noch eine Tasse ein.«

»Danke sehr.«

»Nun, wie stehen die Ermittlungen?«, fragte sie, während sie die zweite Tasse vor Benussi auf den Schreibtisch stellte.

»Wir können ausschließen, dass es sich um einen Unfall handelt. Es ist von einem Mord auszugehen. Die Spurensicherung hat grüne Glassplitter in der Kopfhaut der Toten gefunden, wir nehmen also an, dass das Opfer mit einer Bierflasche geschlagen wurde. Anschließend wurden ihr mit Fußtritten beide Oberschenkel gebrochen, und dann wurde sie noch lebend ins Meer geworfen. Der

Tod durch Ertrinken muss zwischen 22.30 und 23.00 Uhr eingetreten sein, am Abend vor dem Fund der Leiche.«

»Die arme Frau, was für ein schrecklicher Tod«, sagte Dr. Guarnieri leise und lehnte sich in ihrem mit Leder gepolsterten Drehstuhl zurück. Sie sah aus dem Fenster, in Gedanken an etwas, das sie seit Tagen plagte.

»Was ist nur los in unserer Stadt, Commissario? Immer wüstere Morde, blutige Raubüberfälle, Wahnsinnstaten, brutale Körperverletzung ...«

»Ich würde eher sagen, was ist in unserem Land los, oder besser in der ganzen Welt«, sagte Benussi, während er seine leere Tasse abstellte. »Das ist wie in einem wild gewordenen Ameisenhaufen, in dem alle die Orientierung verloren haben. Aber was soll man von einer Welt schon erwarten, in der alles und sein Gegenteil denselben Wert haben und wo das einzig anerkannte Recht das des Schlauesten ist?«

Rosanna Guarnieri nahm die Lesebrille ab und musterte Kommissar Benussi ungläubig. Zum ersten Mal seit vielen Jahren war sie von ihm überrascht. Sie kannte ihn als resigniert und gleichgültig, ein Mann in ständiger Abwehrhaltung, aber an diesem Vormittag brannten in ihm ein anderes Licht und eine andere Kraft.

»Sie haben recht, Commissario. Unser Land hat seinen in die Zukunft gerichteten Elan eingebüßt, niemand glaubt mehr an etwas. Überall setzen sich Straflosigkeit und Korruption durch, und die Krise vertilgt noch den letzten Rest Hoffnung ... Ach, manchmal bin ich froh, dass ich dreiundsechzig bin. Ich beneide die jungen Leute nicht, die gerade erst ins Leben treten. Es ist, als würden sie über ein Trampolin laufen, das mitten in eine Wüste führt.«

Nun war es an Benussi, überrascht zu sein. Er hatte die

Staatsanwältin immer als kühle Bürokratin gesehen, die ihre Autorität genoss, und entdeckte nun stattdessen eine Frau in mittleren Jahren, die aus ihrer Verletzlichkeit und Ohnmacht keinen Hehl machte. Das gefiel ihm.

»Haben Sie schon eine Vorstellung, wer der Täter sein könnte?«

Benussi seufzte, bevor er zu einer Antwort ansetzte.

»Um ehrlich zu sein, der Fall war eigentlich schon so gut wie abgeschlossen: Unser Hauptverdächtiger, der Gärtner der Villa, hat sich das Leben genommen, er hat sich in der Garage erhängt, wo unter allerlei Plunder Tafelsilber und andere Wertgegenstände gefunden wurden, die dem Opfer gehörten. Aber …«

»Ja?«

»Der Neffe des Opfers hat uns einen Haufen Lügen aufgetischt und ist inzwischen flüchtig. Während seine junge Lebensgefährtin nach einem Selbstmordversuch in letzter Minute von zweien unserer Inspektoren gerettet wurde …«

Rosanna Guarnieri unterbrach ihn mit einer knappen Handbewegung.

»Moment, verschaffen Sie mir erst mal einen Überblick über die Situation. Wie viele Personen sind in die Angelegenheit verwickelt?«

»Eine ganze Menge. Mindestens sieben. Und jeder von ihnen hatte ernsthafte Motive, Ursula Cohen den Tod zu wünschen.«

Rosanna Guarnieri griff zum Telefonhörer und bat ihre Sekretärin, bis auf Weiteres niemanden durchzustellen. Dann schlug sie einen Notizblock auf und machte sich mit großer Aufmerksamkeit ans Zuhören.

»Fangen Sie ganz von vorne an, und lassen Sie kein Detail aus.«

Der Kommissar begann seinen Bericht, von der ersten Aussage der kroatischen Pflegekraft, über Violeta Amado, der hauptamtlichen Pflegerin, die sich zwei Tage freigenommen hatte und am Morgen nach der Tat bei Pater Florence ausfindig gemacht worden war, bis hin zu dem vor zehn Jahren erfolgten Verkauf der Villa unter Beibehaltung des Wohnrechts. Er erwähnte den laufenden Prozess zwischen dem Opfer und dem Neueigentümer der Villa, Danilo Ros, dessen für den fraglichen Abend bestätigtes Alibi und das des Sohnes, Giovanni, und ließ auch den Besuch bei Ros' Tochter und ihrem wenig vertrauenerweckenden neuen Partner in Barriera Vecchia nicht unerwähnt.

Dann sprach er ausführlich über die schwierige Position des Hauptverdächtigen, Sergio Cohen. Der untergetauchte Neffe war der einzige rechtmäßige Erbe der Verstorbenen. In der Nacht des Mordes, sagte Benussi, habe ihn eine mit dem Opfer befreundete alte Dame gegen 22.40 Uhr zusammen mit der Tante gesehen. Der Polizei gegenüber habe er zwei verschiedene Alibis vorgebracht. Neben Sergio Cohens prekärer finanzieller Lage erwähnte Benussi die überspannte, aggressive Exfrau und die bereits erwähnte Lebensgefährtin aus Osteuropa, die nun im Krankenhaus zwischen Leben und Tod schwebte.

Cohens Flucht sehe ganz nach einem Schuldeingeständnis aus.

Um einen letzten Knalleffekt zu setzen und noch ein wenig zusätzliche Verwirrung zu stiften, schloss der Kommissar, es habe sich herausgestellt, dass Cohens Exfrau seit Jahren mit dem neuen Eigentümer der Villa, Danilo Ros, verbandelt sei.

Nach einer Dreiviertelstunde, in der Benussi ununterbrochen geredet und die Staatsanwältin drei Seiten dicht mit Notizen beschrieben hatte, stellte sich ihr die Lage klarer dar.

»Wirklich ganz schön verzwickt.«

»Die Spurensicherung sucht noch nach etwaigen Fingerabdrücken auf den Glassplittern, die am Tatort gefunden wurden.«

Rossana Guarnieri sah ihn gedankenversunken an.

»Falls das tatsächlich der Tatort ist.«

»Was meinen Sie?«

»An dem Abend blies die Bora mit fast siebzig Stundenkilometern. Das Opfer könnte auch weiter oben ins Meer geworfen worden sein, in dem dunklen Stück vor der Stazione Marittima, und dann hat die Strömung die Leiche an den Molo Audace gespült. Es könnte sich lohnen, das genauer zu überprüfen.«

Eben das hatte auch die Morin vorgeschlagen. Ein Glück, dass sie nicht dabei war, um ihm einen ihrer vorwitzigen Blicke zuzuwerfen.

»Ich lasse das sofort anordnen. Allerdings glaube ich weiterhin, dass wir die Nachforschungen auf die beiden Hauptverdächtigen einschränken sollten, den Gärtner, der sich das Leben genommen hat, und den Neffen mit seinen Lügen.«

»Wahrscheinlich haben Sie recht, Commissario, aber die Verdächtigen sind nicht genug, wir brauchen auch Zeugenaussagen und Beweise. Und solange diese nicht vorliegen, dürfen wir keine Möglichkeit ausschließen. Bleiben Sie an der Sache dran. Der Polizeipräsident wartet ungeduldig darauf, den Fall ad acta legen zu können. Beeilen Sie sich also. Falls es der Gärtner nicht war, können wir es uns nicht leisten, dass ein Mörder frei herumläuft.«

»Verlassen Sie sich auf mich.«

Die Staatsanwältin erhob sich aus ihrem Drehstuhl, begleitete Benussi zur Tür und verabschiedete sich mit einem kräftigen Händedruck.

»Commissario, halten Sie mich bitte auf dem Laufenden.«

»Natürlich.«

Mit einem in Folie gewickelten Kebab auf der Hand ging Valerio Gargiulo langsam die Uferpromenade entlang, auf Höhe der Stazione Marittima. Dabei hielt er zwischen den großen, unregelmäßigen Sandsteinquadern nach etwas Ausschau, das als zusätzliches Indiz infrage käme.

Der Kommissar hatte Order erteilt, den gesamten Fußweg zwischen dem Molo Audace und der Stazione Marittima zu durchkämmen: Mittagspause adieu.

Ein wenig weiter vorne war Elettra Morin in Aktion, aber um einiges professioneller ausgestattet: Latexhandschuhe, Pinzette, sterile Tüten zum Einsammeln etwaiger Beweisstücke.

Voller Neid hatte Gargiulo festgestellt, dass Elettra nie hungrig zu sein schien, und so war sie auch nicht auf seinen Vorschlag eingegangen, einen Happen essen zu gehen, bevor sie sich an die Arbeit machten. Wenn ihm der Magen knurrte, hätte er nicht einmal eine fliegende Möwe gesehen, geschweige denn braune oder grüne Glassplitter auf dem Pflaster.

Gargiulo sah sich um, und sein Blick fiel auf ein Touristenpaar mittleren Alters, vielleicht Deutsche oder Holländer. Die beiden stiegen gerade in ein Wohnmobil, das er schon an dem Morgen, an dem die Leiche gefunden worden war, an derselben Stelle stehen gesehen hatte. Dem Nummernschild nach waren sie aus Österreich.

Es konnte nicht schaden, ein paar Worte mit ihnen zu wechseln, vielleicht war ihnen ja etwas aufgefallen.

»Sorry …«, bemühte er sein spärliches Englisch.

Die Frau presste instinktiv ihre Handtasche an die Brust, und der Mann musterte ihn mit drohender Miene.

Offenbar besaßen sie kein sehr schmeichelhaftes Bild von Italien, aber wer sollte ihnen das verübeln, dachte Gargiulo, während er die Dienstmarke zückte.

»Police. Only some questions, please.«

Ihre Gesichtszüge entspannten sich, fast wirkten sie peinlich berührt von ihrer Überreaktion.

»Sie können gern Italienisch reden«, sagte der Mann mit starkem deutschem Akzent. »Ich bin in Triest geboren, auch wenn ich schon seit vierzig Jahren nicht mehr hier war. Damals kam mir alles größer vor. Vielleicht weil ich noch klein war«, schloss er mit einem Lächeln.

»Gut. Können Sie mir sagen, ob Sie Ihr Wohnmobil auch schon am Dienstagabend hier geparkt hatten?«

»Was sagt er?«, fragte die Frau. Als ihr Mann es ihr übersetzte, machte sie ein besorgtes Gesicht.

»Warum? Ist das verboten?«

Doch ihr Gatte beruhigte sie. »Nein, Herta. Hier ist doch kein Parkverbot, oder?«

»Wenn Sie einen Parkschein haben, nicht. Den haben Sie doch, oder?«

Als Bewohner der wohlgeordneten österreichischen Provinz öffnete der Mann die Tür zu seinem Wohnmobil und wies sämtliche Parkscheine vor, die fein säuberlich mit einer Klammer zusammengeheftet waren.

Gargiulo warf einen Blick darauf und händigte sie ihm wieder aus. »Ist in Ordnung, danke. Waren Sie am Dienstagabend zufällig vor Ort, also im Wohnwagen … gegen 22.30, 23.00 Uhr?«

Die Frau sah ihren Gatten an, der ihr die Frage abermals übersetzte, und sie nickte energisch.

»Ja, wir waren da … Natürlich.«

»Ja, wir waren ziemlich müde«, bestätigte ihr Mann. »Wir waren den ganzen Tag auf den Beinen gewesen. Ich wollte meiner Frau mein Haus zeigen, die alte Schule …«

»Und, ist Ihnen etwas Merkwürdiges aufgefallen?«

Elettra sah ihn mit den beiden Touristen sprechen und kam dazu.

»Meine Kollegin. Ispettore Morin«, stellte Valerio sie vor.

Wie ein formbewusster Herr aus anderen Zeiten führte der Wohnmobilbesitzer Elettras Hand an die Lippen und mimte einen Handkuss. »Freut mich, Franz Höbert … meine Frau Herta.«

Elettra war baff, ließ sich jedoch nichts anmerken.

»Guten Tag«, wandte sie sich an die beiden Touristen. »Mein Kollege wollte wissen, ob sie am Dienstagabend Geräusche gehört haben oder Ihnen sonst etwas aufgefallen ist.«

»Da ging ein ganz schöner Wind … brrrr«, sagte der Mann.

Elettra ließ nicht locker: »Davon mal abgesehen, vielleicht gab es ungewöhnlichen Lärm … wie von einem Streit …«

Die beiden wechselten einen Blick und nickten dann.

»Viele betrunkene junge Leute, viel Lärm, schrecklich … Die Städte sind doch überall auf der Welt gleich. Ach, die Jugend hat vor nichts mehr Respekt!«

»Junge Leute? Wie viele? Und wo war das?«, fragte Gargiulo.

»Dort drüben«, sagte er und deutete auf die rechte Seite

der Stazione Marittima. »Die hockten auf diesen runden Dingern, die verhindern sollen, dass Autos abgestellt werden … wie heißen die noch? Einige auch auf ihren Mofas. Und alle mit Bierflaschen! Sie haben gelacht und Flaschen auf den Boden geworfen, wie bei irgendeiner Wette oder einem Streit!«

Elettra zeigte Gargiulo, was sie entdeckt hatte: »Zum Glück waren die von Stadtreinigung nicht besonders sorgfältig. Schau, die Scherben hier habe ich unter einem Auto gefunden, und dazu ein Brillenglas …«

Gargiulo, der ein schlechtes Gewissen hatte, ihr nicht geholfen zu haben, nahm einen förmlichen Ton an und fuhr fort: »Und sonst haben Sie nichts gesehen? Keine ältere Dame mit Stock in Begleitung eines Mannes um die fünfzig?«

Der Österreicher schüttelte den Kopf: »Es war ja dunkel. Und wir waren müde, sehr sogar …«

»Versuchen Sie sich zu erinnern«, drang Elettra in ihn. »Jedes Detail kann von Bedeutung sein. Auch nur ein Geräusch, das aus dem Rahmen fällt … vielleicht ein dumpfer Aufprall … etwas, das ins Wasser fällt …«

Der Mann und die Frau wechselten ein paar leise Worte. Dann hielt sich die Frau die Hand vor den Mund. Als sie wieder zu sprechen begann, wirkte sie aufgeregt und gestikulierte erst in Richtung eines der Pfeiler und dann in Richtung Meer.

Herr Höbert konnte ihr zunächst nicht folgen, doch dann ging auf einmal auch ihm ein Licht auf.

»Ja, ja …«

Jetzt fiel es ihm wieder ein, ihnen war tatsächlich etwas Merkwürdiges aufgefallen.

Etwas sehr Merkwürdiges.

Aber erst müsse man doch Platz nehmen. Wenn die

freundlichen Herrschaften von der Polizei mit ins Wohnmobil kommen wollten, werde ihnen Herta den besten Instantkaffee von ganz Österreich kredenzen.

16

Irina Schatz hatte das Bewusstsein wiedererlangt und erholte sich in einem Zweibettzimmer im Krankenhaus von Cattinara. Als er die Tür öffnete, bat der diensthabende Arzt Kommissar Benussi, sie nicht zu überfordern, sie sei noch recht schwach.

»Keine Sorge. Ich brauche nur ein paar Minuten.«

Kaum hatte der Arzt das Zimmer verlassen, legte Benussi mit einem Seufzer Hut und Trenchcoat ab. Er hatte wieder einmal die Treppe genommen und war völlig verschwitzt. Eigentlich hätte er sich, anstatt die arme Frau zu vernehmen, lieber auf dem leeren Bett neben ihr ausgestreckt, so entkräftet und ohne Energie fühlte er sich. In seinem Kopf drehte sich alles, und sein Magen bettelte verzweifelt nach Kohlenhydraten.

Er wusste nicht, wie lange er das noch aushalten konnte.

Müde zog er sich einen Metallstuhl heran, ließ sich niedersacken und musterte die junge Frau. Er hatte sie anderntags nur von ferne gesehen, als sie den Garten der Villa betreten hatte. Sie war leichenblass, wobei ihr diese Blässe gut stand. Sie hatte eine fast durchscheinende Haut, zusammen mit dem feinen, gewellten Haar, das einen Teil des Gesichts bedeckte, verlieh ihr das etwas von einem präraffaelitischen Porträt.

Was für eine Verschwendung, ging es Benussi durch den Kopf. So viele junge Frauen aus dem Osten kamen in der Hoffnung nach Italien, ein Schlaraffenland vorzufinden, und gerieten dann in ungute Verhältnisse, ohne jede Chance auf Zukunft.

»Irina … können Sie mich hören?«, sagte Benussi leise und berührte sie am Arm.

Die junge Frau machte die Augen nur einen Spalt weit auf und erschrak, als sie im Gegenlicht die Umrisse eines Riesen erblickte. Ihre Hand tastete nach der Klingel am Kopfende des Betts.

»Ganz ruhig, ich bin Commissario Benussi«, sagte er und zückte zu ihrer Beruhigung sicherheitshalber die Dienstmarke. »Ich möchte Ihnen nur ein paar Fragen stellen.«

Irina sah sich alarmiert um und versuchte sich aufzusetzen. Dann fiel ihr Blick auf ihre verbundenen Handgelenke und das Krankenhauszimmer, und ihr Kopf sank schwer zurück aufs Kissen.

»Hat … hat er mich … gerettet?«, fragte sie mit einem Hauch von Stimme.

»Nein, das waren zwei meiner Mitarbeiter.«

»Und wo ist er jetzt?«

»Wenn Sie von Sergio Cohen sprechen, wir fahnden nach ihm. Haben Sie eine Ahnung, wohin er gefahren sein könnte?«

Die junge Frau schüttelte den Kopf.

»Wann haben Sie ihn letztmals gesehen?«

Irina antwortete nicht, sie wandte sich ab, um sich nicht anmerken zu lassen, dass ihre Augen sich mit Tränen füllten und die Lippen zu zittern begannen.

»Hatten Sie Streit miteinander?«, hakte Benussi nach.

Ein weiteres Kopfschütteln.

»Was ist dann vorgefallen? Warum haben Sie versucht …«

»Ich bin so müde.«

Die junge Frau hielt sich ein Kissen vors Gesicht. Benussi schob es sanft beiseite.

»Bitte geben Sie mir noch ein paar Minuten. Es ist wichtig. Sie müssen mir helfen, Signor Cohen zu finden.«

Über das durchscheinende Gesicht der jungen Ukrainerin liefen die Tränen.

»Signor Cohen wird der vorsätzlichen Tötung verdächtigt, eines schweren Verbrechens also, verstehen Sie das?«

»Sergio ist nicht Mörder.«

»Wenn er nicht der Mörder ist, könnte ihm vielleicht etwas aufgefallen sein. Er war der Letzte, der das Opfer lebend gesehen hat. Helfen Sie uns.«

»Ich weiß wirklich nicht.«

»Wann haben Sie ihn zum letzten Mal gesehen?«

»Gestern Abend. Wir haben zu Hause gegessen, und dann bin ich gegangen schlafen. Ich hatte Kopfschmerzen.«

»Und dann?«

»Ich bin aufgestanden, um auf Toilette zu gehen, und habe gefunden Zettel.«

»Was für einen Zettel?«

Die junge Frau wischte sich mit einem Zipfel des Bettlakens die Tränen aus den Augen. »Er hatte nicht mal Mut, mir ins Gesicht zu sagen!«

»Was stand denn auf dem Zettel?«

»Es ist vorbei. Leb wohl.«

»Das war alles?«

»Ja.«

»Ein sauberer Mistkerl«, bemerkte Benussi.

»Können Sie laut sagen.«

Die Fahndung nach Sergio Cohen setzte sich bis in den späten Abend hinein fort. Die Flughäfen von Triest-Ronchi, Venedig und Ljubljana wurden überwacht und ebenso die Bahnhöfe von Triest und Udine. Sein Handy war und blieb ausgeschaltet, Abhebungen an Geldautomaten Fehlanzeige. An sämtliche Streifenwagen erging die Anweisung, nach einem blauen Golf TDI Ausschau zu halten, unter Angabe des Nummernschilds.

Als Benussi am Nachmittag zurück aufs Kommissariat kam, schickte er Morin und Gargiulo nach Udine, um Cohens ehemaligen Teilhaber und die früheren Angestellten seiner Firma zu befragen. Er selbst würde Marisa Kern in die Mangel nehmen.

Sergio Cohens Exfrau kam um 18.30 Uhr ins Kommissariat, in defensiver Haltung, doch im Lauf der Unterredung erwies sie sich als deutlich zugänglicher. Sie machte interessante Angaben zu den Gewohnheiten ihres Exmannes, demgegenüber sie seltsame, fast mütterliche Regungen zu hegen schien, wenn auch hinter einem Schleier von Enttäuschung und Bitterkeit.

Als sie ein altes Fischerhaus ohne Strom und Gas an der Isonzomündung erwähnte, wohin Cohen sich gerne zurückziehe, um in Ruhe zu fischen, wurde Benussi wieder richtig wach.

Das war doch die Spur, nach der sie gesucht hatten! Die Hütte war nicht weit weg, sie lag in dem Naturschutzgebiet Isola della Cona, wenige Kilometer von Grado entfernt.

Der Kommissar fühlte sich erschöpft, er hatte keine Lust, nach einem so anstrengenden Tag noch einmal ins Auto zu steigen, und so beschloss er, Morin und Gargiulo hinzuschicken, die gerade auf dem Rückweg von Udine waren.

Marisa Kern gab ihm eine kurze Beschreibung der

Hütte, deren genaue Adresse ihr nicht mehr in Erinnerung war, aber sie sei nicht schwer ausfindig zu machen, da als Einzige grün gestrichen und mit einer gewissen Sorgfalt renoviert.

Benussi rief sofort Morin auf dem Handy an und übermittelte ihr, nachdem er sich ihren kurzen Bericht über die Befragungen in Udine angehört hatte – Cohen war seit Wochen nicht mehr gesehen worden –, sämtliche Informationen über dessen wahrscheinlichen Zufluchtsort. Dann gab er Weisung, den Zugriff im Schutz der Dunkelheit durchzuführen. Wenn der Verdächtige sich dort aufhielt, war es das Beste, ihn im Schlaf zu überraschen.

Befriedigt trank er zwei Gläser Wasser hintereinander und bot auch Marisa Kern eines an.

»Nein, danke. Ich muss jetzt gehen«, antwortete sie und erhob sich.

»Sie haben uns sehr geholfen«, sagte Benussi, seinerseits aufstehend.

»Ich hoffe, dass diese Angelegenheit bald zu einem Ende geführt wird.«

»Vielleicht, weil sie ungeduldig darauf warten, die Villa in Besitz nehmen zu können?«, fragte der Kommissar in verändertem Ton.

Marisa Kern reagierte darauf überrascht. »Wie käme ich dazu? Ich habe keinerlei Ansprüche darauf.«

»Wenn Signor Ros sich von seiner Frau trennt, könnten Sie erneut welche erwerben.«

Marisa Kern versuchte, ihre Verärgerung hinter eisiger Höflichkeit zu verbergen.

»Ich weiß nicht, was Sie damit andeuten wollen, Commissario.«

»Wir wissen, dass Sie ein Verhältnis mit Danilo Ros haben. Soll das ein bloßer Zufall sein?«

»Sie mögen sich darüber wundern, aber es ist tatsächlich so. Wir haben uns als junge Leute mal am Strand getroffen und dann aus den Augen verloren. Später sind wir uns wieder begegnet, als ich bereits getrennt war …«

»Es war also nicht Ihre Idee, dass Ros die Villa unter Festschreibung eines Wohnrechts für die Voreigentümerin erwerben sollte?«

»Überhaupt nicht. Damals hatte ich keinen Kontakt zu ihm. Er hat das über den Makler gemacht, das können Sie gern überprüfen.«

Ihre Stimme klang wieder ziemlich defensiv. Was versuchte sie zu verbergen?

»Warum ist die Villa so wichtig für Sie?«

Marisa Kern antwortete nicht gleich.

»Nicht die Villa lag mir am Herzen«, sagte sie schließlich, ohne Benussi in die Augen zu sehen, »sondern Ursula Cohen. Ich weiß, dass alle sie für einen herzlosen Menschen hielten, aber mir hat sie immer leidgetan.«

Als sie das Kommissariat verließ, seufzte Marisa Kern tief. Wie lange würde sie dem allen noch standhalten? War überhaupt jemand auf der Welt in der Lage, sie zu verstehen, konnte jemand die Hölle begreifen, die sie über dreißig Jahre lang erlebt hatte in ihrer melancholischen, nebelverhüllten Heimatstadt?

Sie hatte Lissabon, wo sie geboren war, aus vollem Herzen gehasst. Sie war bei einer stummen Mutter und einem halsstarrigen, depressiven Vater aufgewachsen, der aus dem portugiesischen Fado eine ganze Lebensform gemacht hatte. Fast schien es, als ginge ihnen schon die bloße Tatsache gegen den Strich, dass sie auf der Welt war und dazu auch noch jung.

Wie oft war sie versucht gewesen, diese Stadt zu verlassen, die nur die Touristen faszinierte, für sie selbst aber einfach nur feindseliges Gebiet war, und ebenso das staubige, dunkle Haus. Aber dann hatte sie ihr schlechtes Gewissen, vor allem gegenüber der Mutter, immer davon abgehalten.

Und wohin hätte sie auch gehen sollen?

Lange war sie mit Xavier verlobt gewesen, womit sie die Illusion von einem anderen Leben verbunden hatte, einem glücklichen Leben mit Ausflügen ans Meer, Reisen im Wohnmobil und Wanderungen in den Bergen. Anders als so viele Portugiesen, denen sie begegnet war, verfügte Xavier über ein fröhliches, verspieltes Wesen. Und über einen Körper, der sie vor Lust verrückt werden ließ. Als er jedoch nach Angola zurückkehren wollte, das Land, in dem er geboren war, hatte sie sich nicht imstande gefühlt mitzugehen. Sie hätte nie in Afrika leben können, in all dem Elend und der Unordnung. Und so hatte sie den einzigen Funken von Freude und Optimismus eingebüßt, den es in ihrem Leben gab.

Bis zum Tod der Mutter hatte sie sich nur noch treiben lassen, bemüht, nicht ganz in Traurigkeit zu versinken. Als sie am Tag nach der Beerdigung endlich das Päckchen öffnen konnte, das ihre Mutter im Nachttisch für sie aufbewahrt hatte, hatte sich plötzlich alles verändert.

Ohne allzu großes Bedauern hatte sie sich von ihrem Vater verabschiedet und war losgezogen, um sich das zurückzuholen, was das Schicksal ihr genommen hatte.

17 Es war fast acht.

Die Brise von Norden hatte sich gelegt, es war ein bewölkter Spätseptemberabend. Die frühe Dunkelheit über der Stadt kündete vom Ende eines Sommers, der mehr Hitze gebracht hatte als üblich. Das Meer war noch warm, was sich auch an der hohen Anzahl großer weißer Quallen zeigte, vor denen sich die Triester bei ihren letzten Bädern in Barcola hüten mussten.

Erschöpft schaltete Benussi den Computer aus und erhob sich vom Schreibtisch. Seine Beine kribbelten vor lauter Bewegungsmangel. Als das Handy klingelte, starrte er es hasserfüllt an und nahm müde den Anruf eines Kollegen von der Abteilung für Drogenkriminalität entgegen. Pietro Gamba, ein sympathischer Kerl, war erst vor Kurzem aus seiner Heimatstadt Padua nach Triest versetzt worden und bearbeitete zusammen mit Benussi einen kniffligen Fall von Drogenschmuggel zwischen Albanien und Italien. Sie vereinbarten eine Strategiesitzung für den nächsten Tag. Dann verließ Benussi das Kommissariat.

Lust, nach Hause zu fahren und sich Livias missmutiges Gesicht und das feindselige Schweigen seiner Frau anzutun, hatte er nicht gerade. Er brauchte wirklich einmal etwas Zeit, um abzuschalten und sich zu entspannen. Er ließ den Wagen an der Uferpromenade stehen und ging in die Via Cavana. Das Wasser lief ihm im Munde zusammen von der Aussicht, sich ein Lachstatar bei *SaluMare* zu gönnen, seinem bevorzugten »Dealer« für Wildlachs, *baccalà mantecato*, Stockfischcreme, Hering und Meeresfrüchtesalat.

Sooft er in die Gegend kam, konnte er nicht widerstehen, er musste einfach kurz haltmachen und sich zwei oder drei Schälchen der Köstlichkeiten aus dem Laden holen. Die schafften es dann allerdings nie bis nach Hause, Benussi verzehrte sie direkt im Auto, mit einem Campinglöffel, den er für den Fall der Fälle in der Ablage unter dem Armaturenbrett aufbewahrte.

An diesem Abend aber hatte er durchaus die Absicht, sich auf einen der hohen Barhocker zu setzen, die um die lange Tafel im Freien herumstanden, und sich ein schönes, auf Fisch basierendes und dementsprechend proteinhaltiges Abendessen zu genehmigen. Dr. Dukan hatte dagegen sicher nichts einzuwenden, und dieser Gedanke versetzte Benussi gleich in gute Laune. Er schickte Carla eine SMS, um Bescheid zu geben, dass er erst später nach Hause kommen könne, und machte sich zufrieden auf den Weg zu seiner ganz »legalen« Völlerei. An die bedrohlich schwarzen Wolken, die sich über der Stadt zusammenballten, verschwendete er keinen Gedanken.

Im und vor dem *SaluMare* hatte sich schon einige Kundschaft versammelt. Benussi nickte Piero zu, dem Inhaber, der hinter dem Tresen stand und einer Gruppe deutscher Touristen seine besten Weine empfahl. An mehreren Stellen im Lokal prangte der Schriftzug: *An den Tischen wird weder gut noch schlecht bedient, sondern überhaupt nicht*, was den Kommissar immer wieder zum Schmunzeln brachte.

Zum Glück war noch eine ordentliche Portion Lachstatar übrig. Er bestellte sich dazu *baccalà mantecato* sowie eine Portion Heringssalat, verzichtete heldenhaft auf den Brotkorb und trat zurück ins Freie.

Nicht ohne Mühe hievte er sich auf einen der Barhocker, neben einem jungen Pärchen, das sich nicht stören ließ, sondern weitertrank, lachte und sich küsste. Einen Augenblick lang beneidete er die beiden. Wie lange war es her, dass er die fröhliche, geistig benebelte Euphorie erlebt hatte, die am Anfang einer Liebesbeziehung stand!

Um diesen melancholischen Gedanken zu vertreiben, beschloss er, eine Ausnahme zu machen und sich ein Gläschen friulanischen Wein zu erlauben. Das hatte er sich bestimmt verdient. Und gegen die Müdigkeit war ein Schluck Wein auch nicht das Schlechteste.

Als er an den Tresen zurückkam, fiel sein Blick auf die Liste von *rebechin* an der Wand. Das überaus einladende Repertoire an belegten Schnitten, die gegen den schnellen Hunger angeboten wurden, zog ihn in den Bann. Tatsächlich hatte er immer noch ein wenig Appetit. Das Fischzeug hatte den Heißhunger auf Kohlenhydrate nicht besänftigen können, den ihm sein heimtückischer, chronisch hoher Insulinspiegel immer wieder eingab.

Unschlüssig, welche *tartina* er nehmen sollte, blieb er stehen. Um späterer Reue vorzubeugen und auf Anregung von Pieros lächelnder Schwester Giovanna entschied er sich schließlich für einen Teller mit sechs gemischten Schnittchen, darunter – das musste sein – auch seine Lieblingsvariante, Butter und Sardellen.

Unter diesen Umständen, fiel ihm ein, würde ein Glas Wein nun allerdings nicht ausreichen. Er bestellte also eine ganze Flasche und kehrte an seinen Platz zurück, um die köstliche Fortsetzung seines Schlemmermahls zu genießen.

Wie immer entfesselte der Wein Benussis kreative Ader, und so zückte er seine schwarze Moleskine-Kladde und machte sich Notizen für den Thriller, den er seit Monaten in sich reifen ließ. Der Protagonist – ein Kommissar kurz vor der Pension, also eine Art Alter Ego von ihm – stand bereits, und ebenso der Fall, den er zu lösen hatte: Es ging um Organhandel zwischen der Türkei und Italien, ein Thema, mit dem Benussi vor zwei Jahren selbst beschäftigt gewesen war; eine hilfreiche Erfahrung, wenn es daranging, zwielichtige, um nicht zu sagen diabolische Figuren zu zeichnen, die den Mut und die Integrität von Kommissar Babic hart auf die Probe stellen würden. Zu allem Überfluss hatte Babic eine anhaltend schwierige Liebesgeschichte mit einer früheren Studienkollegin, die unglücklicherweise verheiratet war.

Der Nachname des Protagonisten war eine Hommage an Benussis Mutter, Magda Babic, die sein Vater in einem Anfall von Eifersucht umgebracht hatte, als er zehn Jahre alt war. Eine Tragödie, die sein Leben gezeichnet und ihn dazu angetrieben hatte, nach einem nutzlosen Abschluss in Politikwissenschaft die Polizeilaufbahn einzuschlagen.

Ettore Benussi war bei einer strengen, gefühlskalten Tante aufgewachsen, einer Schwester seines Vaters, die den übergewichtigen Jungen während seiner gesamten Jugend mit einer Hungerdiät gequält hatte, um »seinen Charakter zu stärken«. Das Einzige, was sie damit tatsächlich in ihm gestärkt hatte, war der krampfhafte Drang, zwischen den Mahlzeiten zu essen: Zu Hause vertilgte er alles, was seine weniger gefräßigen Cousins und Cousinen übrig ließen, und wenn er ein paar Lire in der Tasche hatte, etwa das Wechselgeld vom Einkauf, legte er sich einen Vorrat an Schokolade und Presnitz an – diesen typischen Triester Kuchen hätte er täglich essen können. Die Folgen seiner unglücklichen Erziehung im Umgang mit Essen waren bis heute an seiner Statur abzulesen. Kommissar Babic sollte keine Gewichtsprobleme haben. Benussi hatte ihm einen drahtigen Körperbau verliehen, eine Energie, wie er sie nie besessen hatte. Das war ja das Schöne am Schreiben: Man konnte sich eine Parallelwelt ausdenken, in der sich die echte Welt versenken und vergessen ließ, die ja leider nicht sonderlich facettenreich und geheimnisvoll war. Heute Abend hatte Benussi das Gefühl, ein paar geniale Wendungen gefunden zu haben, die sein Buch noch aufregender und erfolgreicher machen würden.

Als er aus seinen kreativen Träumen erwachte, war die Weinflasche leer, und seine Armbanduhr zeigte neun Uhr an. Er beschloss also, sich aufzuraffen und nach Hause zu fahren, um seine Aufzeichnungen auf den Computer zu übertragen, bevor er ins Bett ging. Da spürte er, wie ihm jemand auf die Schulter tippte. Er drehte sich um und erkannte den Rechtsmediziner Tullio Cerri in ungewohnt jugendlicher Aufmachung – eng anliegende Jeans und Hawaiihemd –, zudem in Begleitung einer jungen Frau, die nicht die seine war. Das bot Anlass zu einer weiteren Runde *rebechin* und einer zweiten Flasche von dem Friaulwein, der die beiden Männer dazu verleitete, die bedauernswerte junge Frau mit schaurigen Anekdoten aus ihrer Arbeit zu bombardieren. Vermutlich hatte sie sich einen romantischeren und entspannteren Abend erhofft.

Als das Handy klingelte und Benussi die Nummer auf dem Display erkannte, war seine erste Regung, es klingeln zu lassen. Die Nummer ließ eine schlechte Nachricht erwarten, und er war wirklich zu betrunken, um sich mit so etwas zu befassen. Dann aber zwang ihn sein wie auch immer getrübter Korpsgeist, Ravels verfluchten *Boléro* zum Schweigen zu bringen, indem er ranging: »Ja, Gamba, was ist los?«

Zehn Minuten später saß er in einem Streifenwagen mit heulender Sirene, am Steuer derselbe Wachtmeister Gamba, der ihn in die weiteren Einzelheiten einweihte. In der Zentrale war kurz nach 21.30 Uhr ein Anruf eingegangen: Ein schwarzer Volvo 70 hatte eine Straßensperre in der Via Svevo durchbrochen. Die zuständigen Beamten hatten sogleich die Verfolgung aufgenommen, baten aber um Verstärkung.

Sie hatten durch einen heißen Tipp erfahren, dass in dem gestohlenen Auto zwei schon lange gesuchte Albaner saßen, die Triest und Umgebung mit Kokain belieferten. Benussi war seit Längerem an dem Fall dran, und jetzt schien ein Wendepunkt erreicht zu sein. Gamba wusste, dass der Kommissar einen Riesenaufstand gemacht hätte, wenn er bei der Verhaftung nicht dabei gewesen wäre, daher sein Anruf. Als er seinen Vorgesetzten auf der Piazza Hortis abholte, wurde ihm jedoch klar, dass sich der Kommissar in keinem guten Zustand befand. Aber er konnte ihn nun schlecht nach Hause fahren.

Benussi ging es richtig dreckig. Ihm drehte sich der Kopf, er war völlig durchgeschwitzt und hätte sich am liebsten übergeben. Betrunken und mit prall gefülltem Magen hatte er außerdem das Gefühl, dass sich der Raum um ihn verzerrte und die Entfernungen kürzer wurden. Was er sah, jagte ihm Angst ein. Der Himmel über ihnen wirkte inzwischen noch bedrohlicher, und von fern hörte man erste Donnerschläge. Der Wolkenbruch stand unmittelbar bevor.

»Vorsicht!«, schrie Benussi und klammerte sich ans Armaturenbrett, als er ein Paar Scheinwerfer auf ihre Fahrbahn einschwenken sah.

»Ganz ruhig, Kommissar!«, erwiderte Gamba, gab noch mehr Gas und überholte gekonnt die wenigen Autos, die um diese Uhrzeit auf dem Viale dei Campi Elisi unterwegs waren.

Als sie in die Via D'Alviano einbogen, kam ihnen der schwarze Volvo in einem irren Tempo entgegen. Er fuhr Slalom zwischen den Autos, die seine Flucht behinderten. Gamba stellte mit einem waghalsigen Manöver den Wagen quer, aber die Albaner waren schneller, und es gelang ihnen, mit quietschenden Reifen auszuweichen und im nächtlichen Verkehr zu verschwinden. Ohne zu zögern, wendete Gamba, was beinahe einen Zusammenstoß zwischen einem roten Panda und einem Motorroller verursacht hätte, und nahm die Verfolgung wieder auf.

Es hatte angefangen zu regnen.

Benussi kurbelte das Fenster herunter, um etwas Luft hereinzulassen; er war fix und fertig. Der Regen, der ihm ins Gesicht schlug, machte es auch nicht besser. Wie aus weiter Ferne hörte er Gamba auf dem Handy mit den Kollegen reden, aber er konnte dem Gespräch nicht folgen. Sie sprachen von Val Rosandra und Basovizza; als Benussi spürte, dass das Steuer kräftig herumgerissen wurde und sie mit Vollgas eine Rampe hochfuhren, wurde ihm klar, dass sie sich auf der Stadtautobahn befanden. Das war die Strecke vom Viale Campi Elisi nach Basovizza und von dort weiter nach Slowenien. Alles andere als ideal für eine Verfolgungsjagd, wenn man an die hohen Pfeiler dachte, die die Straße trugen, und an die relativ engen Fahrspuren, die sich zwanzig Meter über dem Boden dahinwanden.

Um seinen Schrecken zu überwinden, kniff Benussi die Augen zu und umklammerte den Türgriff. Das Martinshorn des anderen Streifenwagens war nicht mehr zu hören. Wahrscheinlich hatten sich die Kollegen für eine andere Route entschieden und würden versuchen, den Flüchtigen vor der Ausfahrt nach Muggia den Weg abzuschneiden.

Gamba war es gelungen, auf knapp hundert Meter zu dem Volvo aufzuschließen. Der Regen fiel nun in Strömen, sodass der Wagen bedenklich ins Schlingern geriet.

Vollgepumpt mit Adrenalin, trat der junge Beamte das Gaspedal durch, entschlossen zu überholen, da sah er auf einmal etwas seltsam Glänzendes vor sich durch den Regen hüpfen. Er riss das Lenkrad herum und stieg voll auf die Bremse. Der Streifenwagen drehte sich auf dem nassen Asphalt um die eigene Achse, raste auf die Leitplanke zu und kam, kurz bevor er von der Rampe gestürzt wäre, zum Stehen.

Benussi saß angeschnallt da und sah bemitleidenswert aus. Er hatte sich übergeben und konnte nicht aufhören zu zittern. Auch Gamba zitterte am ganzen Leib. Er war leichenblass, und das Herz schlug ihm bis zum Hals. Einige Minuten lang verharrten sie schweigend, dann drehte sich Gamba zu seinem Vorgesetzten.

»Alles in Ordnung, Commissario?«

Als Antwort kam nur ein Ächzen, aber das genügte. Die Trunkenheit hatte Benussi vor dem sicheren Infarkt bewahrt. Gamba schnallte sich ab und stieg vorsichtig aus dem Wagen, hinaus in den strömenden Regen. Noch immer jaulte auf dem Dach das Martinshorn. Er schaltete es aus und ging nachsehen, was zum Henker es gewesen war, was sie da fast hatte abstürzen lassen.

Er fand das Objekt unter dem Reifen, der beim Aufprall gegen die Leitplanke geprallt war. Es sah aus wie ein mit Stanniolpapier und Plastik überzogener Ziegelstein. Gamba streifte ein Paar durchsichtige Handschuhe über, zog den Gegenstand heraus und schützte ihn mit seiner Jacke gegen den Regen. Beim Aufprall war die Verpackung aufgerissen worden. Darunter sah man ein weißes Pulver.

Gamba brauchte nicht lange, um sich einen Reim darauf zu machen: Die Albaner hatten sich auf der Flucht der Drogen entledigt. Verdammt, schimpfte er halblaut. Das würde es nicht leichter machen, sie einzubuchten.

Wirklich ein rabenschwarzer Abend.

Seufzend und nass bis auf die Knochen stieg er wieder in den Wagen und schloss die Augen. Sie hatten für nichts ihr Leben riskiert. Er drehte sich zu dem Kommissar um, der aussah wie ein Gespenst, die hellen, wässrigen Augen ins Leere gerichtet, während sein Kinn, an dem noch Erbrochenes klebte, unkontrolliert zitterte.

»Ich rufe mal die Kollegen an und sorge dafür, dass Sie jemand nach Hause bringt.«

Gamba wählte gerade die Nummer, als sein Diensthandy klingelte.

»Ich wollte euch auch gerade anrufen …«, sagte er schwach. »Was? Im Ernst? Super!« Energisch packte er Benussi am Arm: »Sie haben sie, Commissario! Sie haben sie erwischt!«

Dann packte er den Gegenstand, den er geborgen hatte, und hielt ihn seinem Vorgesetzten mit seinen Handschuhen unter die Nase. Er strahlte dabei.

»Und wir haben eine hübsche Überraschung für die Burschen. Wetten, auf diesem hübschen kleinen Ziegelstein finden wir jede Menge Fingerabdrücke.«

Aber Benussi war nicht in der Lage, den Sieg zu genießen.

18

»Mach auf! Livia! Mach auf!«

Die Stimme von Giò kam in ihrem Traum von ganz weit weg. Sie glich der von Leonardo DiCaprio in *Titanic*, ihrem Lieblingsfilm.

Livia drehte sich um und zog sich ein Kissen über den Kopf, aber die Stimme rief weiter nach ihr, begleitet von leisen Schlägen.

»Livia, ich bin's! Mach auf! Draußen pisst's total!«

Jemand pochte gegen das Fenster. Das Mädchen sprang auf und ging nachschauen, vorsichtig, um sich nicht an den Scherben zu verletzen. Durch die Fensterläden hindurch konnte sie Giòs verzerrtes, vom Regen nasses Gesicht erkennen.

Er war auf einen der Eisenstühle im Garten gestiegen und hielt sich jetzt an den Griffen der Läden fest, unsicher schwankend.

»Sag mal, spinnst du?«, flüsterte sie.

»Lass mich rein, ich fall gleich runter …«

Livia öffnete umständlich die Fensterläden und achtete darauf, ihren Freund nicht in den Garten zu stoßen. Dann machte sie ihm Zeichen, sich ruhig zu verhalten, und half ihm ins Zimmer.

»Du bist ja klatschnass!«

»Hast du ein Handtuch?«

Immer noch schlaftrunken ging das Mädchen ins Badezimmer und kam mit einem Badetuch zurück, auf dem die Silhouette von Michael Jackson in *Thriller* zu sehen war. Sie warf es Giò zu und sprang gleich wieder ins Bett. Sie trug nichts als ein langes T-Shirt mit dem Schriftzug *Hard Rock Café Barcelona*. Einen Pyjama oder ein Nachthemd hatte sie noch nie getragen, jedenfalls nicht, seit sie selbst entscheiden konnte, was sie anziehen wollte. Das war recht früh, etwa mit sechs, der Fall gewesen, zur großen Erleichterung ihrer Mutter, die sich noch nie gern um solche Dinge gekümmert hatte.

Giò ließ sich auf den Boden plumpsen und schlüpfte aus seinem vom Regen schweren Abercrombie-Kapuzenpulli.

»Du bist verrückt, dass du hierherkommst. Wenn dich mein Vater sieht …«

»Umso besser, dann mache ich reinen Tisch.«

»Fängst du schon wieder damit an? Hör doch endlich mal auf damit …«

Livia schaltete die kleine Nachttischlampe an und erschrak. Sein Gesicht war nicht nur vom Regen nass: Seine geschwollenen und geröteten Augen zeigten eindeutig, dass er geweint hatte.

»Was ist denn los?«, fragte Livia.

»Das fragst du …«

»Wie oft soll ich dir das noch sagen? Schlag dir die Sache aus dem Kopf! Aus, vorbei. Da war nichts.«

Der Junge sah zur Decke, um die Tränen zu unterdrücken, die ihm erneut den Blick verschleiern wollten. Sein hübsches, ebenmäßiges Gesicht war durch zwei Piercings entstellt: eines auf der linken Nasenseite, das andere über der rechten Braue. Seine vollen Lippen waren prall wie die eines Kindes; die Haare hatte er an den Seiten rasiert, sodass sie sich in der Mitte zu einem einzigen Kamm erhoben, der momentan nass und schlapp herunterhing.

»Ich weiß nicht, ob ich das schaffe, Livia«, murmelte er verstört.

»Darüber haben wir doch schon geredet, Giò. Du willst dir doch nicht selber schaden?«

»Das ist bloß wegen dem Arsch von meinem Vater. Wenn der mir nicht den ganzen Mist eingeredet hätte …«

Livia winkte genervt ab.

»Wenn du dein Leben ruinieren willst, dann mach's! Aber bringt's das?«

Doch Giò war völlig in sich versunken. Er hörte nichts als die Platte in seinem Kopf, die immer wieder dieselbe Stelle wiederholte.

»Wenn ich nur nichts getrunken hätte …«

»Wenn, wenn, wenn. Immer dieses blöde ›wenn‹. Komm mal her …«

Livia nahm seine Hand und führte ihn zum Bett. Als er sich hingesetzt hatte, zog sie ihm die durchnässten blauen *All Stars* aus.

»Weißt du, was mich am meisten fertigmacht? Dass ich mein Leben für diesen Mistkerl in den Sand gesetzt habe, der auch noch meine Mutter verarscht!«

Livia legte ihm einen Finger auf den Mund: »Pssst, ist gut jetzt …«

Sie zog ihm auch noch die durchgeweichten Jeans aus und schob ihn so, wie er war, in Unterhosen aufs Bett. Giò ließ alles über sich ergehen, er weinte immer noch still vor sich hin. Die Last, die auf seinem Herzen lag, ließ ihn fast nicht atmen.

»Ich habe das nicht gewollt, Livia, ich schwör's dir, ich hab's nicht gewollt …«

Das Mädchen küsste ihn auf den Hals.

»Er hat mir doch den ganzen Hass eingeflößt …«

Ein weiterer Kuss verschloss ihm den Mund, während eine Hand nach unten wanderte, um ihn an einer anderen Stelle zu berühren, die in Wallung geriet und alle Gewissensbisse zum Schweigen brachte.

Elettra Morin und Valerio Gargiulo saßen im Wagen und warteten schweigend, während draußen der Regen niederprasselte. In der tiefschwarzen Nacht, die in diesem Teil der Isola della Cona herrschte, wirkten die baufälligen, pittoresken Fischerhäuschen am Fluss wie Teile eines Geisterdorfs.

Sie waren wenige Stunden zuvor dort eingetroffen, nach einem frustrierenden und nutzlosen Zwischenhalt in Udine. Aber noch immer sahen sie das Naturschauspiel vor sich, das sie empfangen hatte.

Die Sonne ging gerade unter, und die bedrohlichen Wolken, die auf Triest zutrieben, hatten den weiten, rosa und orangerot gestreiften Himmel über ihnen noch nicht erreicht. Als sie in die Straße einbogen, die sie weiter in das Naturreservat hineinführen sollte, fuhren sie einige Kilometer am Isonzo entlang, der, vom Wind kaum gekräuselt, auf seine zerklüftete, schlammige Mündung zufloss, gesäumt von Pappeln, Robinien und Weiden, deren dunkle Silhouetten sich gegen den Himmel abhoben.

Es war still, und sie hielten beide den Atem an, um nicht die zarte Harmonie des Moments zu stören. Ein Graureiher flog vom Wasser auf und verlor sich im rosafarbenen Himmel, während ein Schwanenpaar langsam davonschwamm und auf dem im Schatten liegenden Fluss eine lang gezogene Kielspur hinterließ, die sich immer weiter ausbreitete.

Valerio war baff. Er hatte nicht gedacht, dass es wenige Kilometer von Triest so einen Ort geben könnte, der ihm vorkam wie aus einem amerikanischen Film aus den Fünfzigerjahren. Elettra lächelte über seine Begeisterung. Sie kannte die Gegend gut. In ihrer Kindheit war das eines der Lieblingsausflugsziele ihrer Eltern gewesen, zusammen mit Valle Cavanata und Marano Lagunare.

Als kleines Mädchen, erzählte sie, habe sie Claudio immer angebettelt, eine dieser Hütten zu kaufen. Sie hätte es toll gefunden, in einem Pfahlbau zu leben und mit Blick auf den Fluss aufzuwachen, jeden Tag bereit für ein neues wunderbares Abenteuer mit dem Ruderboot in der Lagune. Aber ihr Vater hatte ihr erklärt, das seien einfache Fischerschuppen, niemand wohne dort, sie könnten dort gar nicht leben. Für Elettra war das eine herbe Enttäuschung gewesen.

Tatsächlich wohnten im Sommer viele Leute in den Pfahlbauten, die Behörden drückten ein Auge zu, und so entwickelte sich dieses Stück Lagune zu einer Art Campinglager, wo ständig gegrillt wurde und die Fischerskinder sich in schilfumstandenen Gärtchen in die Sonne legten, solange die Mücken sie nicht zu sehr plagten. Hier ruhte man sich aus und genoss die friedliche Atmosphäre am Fluss.

Im letzten Tageslicht machten Elettra und Valerio sich auf die Suche nach Sergio Cohens grüner Hütte. Sie liefen auf einem kaum zu erkennenden Pfad. Einmal griff Elettra, die fast gestolpert wäre, nach Valerios Hand, und der fasste sie und gab ihr Halt.

Sie fanden das Haus ohne große Mühe, sie mussten nur Marisa Kerns Beschreibung beachten. Es war noch in recht gutem Zustand, abgesichert mit einem grünen

Drahtzaun. Sie kletterten über das rostige kleine Tor und schlichen vorsichtig die wenigen Stufen hinunter, die auf ein Stück Rasen längs der dunkelgrünen Holzhütte führten. Sie spähten durch das Fenster, um zu erkennen, ob in letzter Zeit jemand da gewesen wäre. Sie konnten nichts entdecken. Aber auf dem Gartentisch fanden sie Reste einer hastigen Mahlzeit: Brotkrumen, Käseränder und den noch frischen Abdruck eines Glases neben einer Öllampe.

Das billige Schloss aufzubrechen erwies sich als leicht. Im Inneren der Hütte fanden sie ein ungemachtes Bett, eine Reisetasche mit Kleidung und auf dem Tisch, vor einem schlichten Campingkocher, ein paar Dosen Thunfisch und Bohnen. Sergio Cohen war hier gewesen.

Von einem wackeligen Holzpfosten am Flussufer baumelte ein von der Zeit geschwärztes Tau. Vielleicht war Cohen ja zum Fischen draußen und kam im Schutz der Dämmerung zurück. Ihnen blieb nur zu warten.

Als die ersten Regentropfen fielen, zogen sie sich in den Wagen zurück – Pitaccos Fiat 600 hatten sie durch einen Alfa Romeo 159 aus Polizeibeständen ausgetauscht – und parkten auf der Rückseite der Hütte hinter dichtem Schilf. Falls Sergio Cohen auftauchte, durfte er nicht gleich merken, dass ihn jemand erwartete.

Valerio hatte mit einer längeren Wartezeit gerechnet und deshalb an einer Autobahnraststätte zwei Panini und zwei Flaschen Wasser besorgt, und so aßen sie schweigend, während die Nacht sich über sie legte und der Himmel über der Lagune seine Schleusen öffnete.

Nachdem sie mit kleinen Bissen ihr Panino verzehrt hatte, lehnte Elettra erschöpft den Kopf an Valerios Schulter, der sofort einen Arm um sie legte.

»Ich bin ganz erledigt … Ich weiß nicht, wie ich die Augen offen halten soll«, flüsterte sie.

»Schlaf ruhig, ich wecke dich, wenn ich etwas höre.«

»Aber ich will dich nicht allein lassen.«

»Keine Sorge, ich bin nicht müde.«

Elettra schloss die Augen und ließ sich von der Wärme im Auto einhüllen, den Kopf an Gargiulos Schulter geborgen. Valerio sah sie an und wusste nicht, ob er froh oder beleidigt sein sollte, dass sie sich plötzlich so gehen ließ. Schließlich war das so etwas wie ihre erste gemeinsame Nacht. Er hatte sich von den Stunden, in denen sie auf der Lauer liegen würden, etwas anderes erhofft.

Zum Beispiel den Anfang einer neuen Nähe.

Nach langen Minuten, in denen ihm das Herz die Brust zu sprengen schien, nahm er seinen Mut zusammen, zog Elettra enger an sich und hauchte ihr ein Kuss auf die Stirn. Ohne die Augen aufzuschlagen, hob die junge Frau das Gesicht, und ihre Lippen fanden sich.

Sie ließen sich von der Leidenschaft des Kusses mitreißen, ohne an die Folgen zu denken. Bald liebkosten sie einander, wurden immer ungeduldiger, immer neugieriger, selbst überrascht von dem, was sich zwischen ihnen ereignete. Mit langsamen Bewegungen knöpfte Elettra Valerio die Hose auf, um ihn zu spüren und zu streicheln. Seine Hand fand ihren Weg unter ihre Bluse und tastete nach dem Verschluss des BHs. In ebendiesem Moment traf sie das Licht zweier Autoscheinwerfer mit erbarmungsloser Helligkeit, um dann im Regen zu verschwinden.

»Verdammt!«, fluchte Gargiulo, während er hastig seine Hose zuknöpfte und den Motor startete.

»Glaubst du, das war er?«, fragte Elettra und richtete ebenfalls ihre Kleidung. Sie war wütend auf sich selbst.

»Das werden wir gleich sehen.«

Und so fuhren sie, so schnell sie konnten, hinter den

zwei roten Punkten her, die sich in der regennassen Nacht entfernten. Ohne jedes weitere Wort.

Das nächtliche Gewitter war einem leuchtenden Spätseptembermorgen gewichen. Die Sonne strahlte wieder über dem Golf von Triest, und das Meer hatte sich endlich mit dem Himmel versöhnt, der sich jetzt blau in den tausend Pfützen auf der Uferpromenade spiegelte. Es ging auf neun Uhr zu. Benussi schleppte sich zu seinem Wagen, den er am Abend zuvor am Aquarium hatte stehen lassen. Er fühlte sich, als ob ihm der Kopf platzen würde. Als wäre ein winziger Presslufthammer dabei, tiefe Schächte zu graben. Er war ausgesprochen wütend auf sich. An einem einzigen Abend hatte er die Anstrengungen von einer knappen Woche Diät zunichtegemacht. Und die Leber drückte ihm gegen die Rippen, als wollte sie aus seinem Körper ausbrechen.

Er war kurz nach elf Uhr abends zu Hause angekommen, in einem jämmerlichen Zustand. Zum Glück schlief Carla schon, und nachdem er im Badezimmer das schmutzige Hemd ausgezogen und sich Wasser ins Gesicht gespritzt hatte, plumpste er wie ein Mehlsack auf das Sofa im Arbeitszimmer. Mit letzter Kraft war es ihm noch gelungen, den Wecker auf sieben zu stellen. Duschen konnte er auch in der Früh, bevor seine Frau und seine Tochter aufwachten und ihn so sahen.

Aber die Dusche hatte dann nur den Körper gereinigt, nicht das schlechte Gewissen, das ihn während seines langen Spaziergangs von der Salita Promontorio, wo sein Haus lag, bis zur Uferpromenade weiter gequält hatte. Benussi hatte gehofft, dabei ein wenig klarer im Kopf zu werden, auch mit Blick auf die Vernehmung, die er um zehn Uhr zu führen hatte.

Vor allem ging ihm gegen den Strich, dass er sich dem Kollegen Gamba vom Drogendezernat in einer für seine Position so entwürdigenden Verfassung präsentiert hatte. Eigentlich, aber das wurde ihm jetzt erst klar, hätte er sich bei dessen Anruf eine Ausrede ausdenken und es ablehnen sollen, zu der Verfolgungsjagd mitzukommen. Aber der Nebel in seinem Kopf hatte auch seine Reflexe getrübt.

Unter dem Scheibenwischer lugte ein hübscher kleiner Strafzettel hervor, womit ihm der Tag vollends vermiest war. In miserabler Laune öffnete er die Fahrertür und stieg ein. Er kramte im Handschuhfach nach einer Schmerztablette und knallte es, als er nicht fündig wurde, wütend wieder zu.

»Verdammte Scheiße!«

Er musste sich beruhigen, sagte er sich ein paarmal. Sich wieder in die Gewalt bekommen, bevor er durch die Tür des Kommissariats ging.

Er startete den Motor und parkte aus. Immerhin freute er sich schon auf den Kaffee, den er in der Bar im Erdgeschoss trinken würde.

Unterwegs fühlte er sich etwas besser. Was war schon Schlimmes passiert? Der Kollege Gamba war ein vertrauenswürdiger, diskreter Mann, der würde nichts herumerzählen, und was die Diät anging, konnte er immer noch neu anfangen. Einen Tag lang über die Stränge zu schlagen, das wurde in vielen Ernährungsratgebern sogar empfohlen, man kehrte danach nur gestärkt auf den rechten Weg zurück.

Der Vernehmungsraum im Polizeipräsidium war ein enges, rechteckiges Zimmer, in dem ein Tisch und vier Stühle standen. Durch einen Einwegspiegel konnte man aus dem Nebenraum alles sehen, ohne selbst gesehen zu werden.

Als der Kommissar eintraf, war Gamba bereits dabei, einen der beiden Albaner zu verhören, der sich allerdings weigerte, eine Aussage zu machen. Noch hinter dem Spiegel hörte Benussi sich eine Zeit lang die Bemühungen des Kollegen an, den Mann zum Reden zu bringen, während der neben ihm postierte Gargiulo ihm von einer wichtigen Neuigkeit berichtete, die sich bei der Festnahme der beiden Dealer ergeben hatte.

»In dem Wagen waren nicht nur die zwei Typen, sondern auch noch jemand Drittes. Das wird Sie überraschen. Sie erraten nie im Leben, wer das ist.«

»Mir steht der Sinn nicht nach Ratespielen, Neapolitaner«, antwortete Benussi gereizt. »Von wem reden Sie?«

»Igor Salvini.«

»Und das wäre?«

»Der Lebensgefährte von Marika Ros, der Tochter des Eigentümers der Villa Cohen.«

Ein stechender Schmerz durchbohrte ihm den Kopf. Das hatte gerade noch gefehlt!

»Gehört der etwa auch zu der Bande?«

»Ich glaube nicht. Er ist wohl eher ein Kleindealer, der irgendwelche Tricksereien versucht hat. Er hatte die Hände auf den Rücken gefesselt. Bestimmt waren sie unterwegs zu einem sicheren Ort, um ihm eine Lektion zu erteilen.«

»Und wo ist der Pechvogel jetzt?«

»In Ihrem Büro, Pitacco ist bei ihm. Ich dachte, Sie wollen ihn vielleicht persönlich vernehmen.«

Benussi klopfte Gargiulo auf die Schulter.

»Gut gemacht, Neapolitaner. Aber anschließend will ich einen genauen Bericht zu gestern Abend. Haben Sie Cohen gefunden?«

»Nicht so ganz.«

»Was soll denn das für eine Antwort sein? Habt ihr ihn gefunden oder nicht?«

»Wir haben in der Hütte seine Sachen gefunden, aber er ist nicht aufgetaucht«, log Gargiulo. Er konnte ja kaum eingestehen, dass sie Cohen hatten davonkommen lassen, weil sie gerade mit etwas anderem beschäftigt waren – und zwar ganz und gar nicht mit beruflichen Dingen.

»Wo ist eigentlich Morin? Ist die noch nicht da?«

»Sie ist zu Pater Florence gefahren.«

»Wieso?«

»Wir haben herausgefunden, dass auch Violeta Amado uns über den Abend der Tat belogen hat. Sie wurde von zwei österreichischen Touristen am Tatort gesehen, und zwar um halb elf, also eine Stunde später, als es ihrer Aussage entsprechen würde.«

Benussi fasste sich an die Stirn, um den Schmerz zu lindern, der immer stechender wurde.

»Die ist auch noch an der Sache beteiligt? An diesem vermaledeiten Abend scheinen ja Hinz und Kunz an der Uferpromenade gewesen zu sein!« Dann fügte er kumpelhaft hinzu: »Tun Sie mir einen Gefallen, Neapolitaner. Schauen Sie, ob Sie mir was gegen Kopfschmerzen finden. Mir platzt gleich der Schädel!«

»Auf der Stelle, Boss.«

Als er den Raum verließ, entfuhr Valerio ein Seufzer der Erleichterung. Zum Glück hatte sich Benussi von der Festnahme der Drogenschmuggler und Igor Salvinis ablenken lassen, der eigentliche Bericht über den Vorabend war dadurch aufgeschoben. Valerio und Elettra hatten noch keine Zeit gehabt, um sich auf eine offizielle Version für den Kommissar zu verständigen. Und er wollte nicht riskieren, sich zu verplappern.

Als sie den Rücklichtern nachgesehen hatten, die sich im Regen entfernten, waren sie sich noch sicher gewesen, dass sie den Flüchtigen einholen würden. Doch nach wenigen Kilometern auf der unasphaltierten Straße stießen sie dann auf eine Weggabelung, und da wurde ihnen klar, dass sie ihn verloren hatten. Sie versuchten dennoch ihr Glück und nahmen die Abzweigung nach links, die sie zu einem winzigen Hafen führte, umgeben von einsturzgefährdeten Häuschen aus Mauerwerk und Wellblech.

Da gaben sie sich geschlagen.

Auf der Rückfahrt nach Triest sprachen sie kein Wort. Der Gedanke quälte sie, sich wie zwei Teenager verhalten zu haben, die hilflos den ersten hormonellen Stürmen ausgesetzt sind. Was sie da getan hatten, war unverzeihlich. Sie hatten einen mutmaßlichen Mörder entwischen lassen.

Vor Elettras Haus nickten sie einander zum Abschied zu, und Valerio ging todunglücklich schlafen.

»So, Salvini, was hast du zu sagen?«

Der junge Bursche saß ihm mit gesenktem Kopf gegenüber, in Hosen mit dem Bund auf Leistenhöhe und einem löcherigen, fleckigen T-Shirt, das seine wohltrainierten, mit Tattoos übersäten Bizepsmuskeln zur Geltung brachte.

Benussi musterte ihn unwillig.

Er hasste Tattoos, erst recht, wenn deren Besitzer diese schrecklichen, unästhetischen Dreiviertelhosen trugen, die auf Wadenhöhe endeten. Ein weiterer Tiefschlag gegen ein anständiges Auftreten, Ausgeburt des krankhaften Hirns irgendeines drittklassigen Designers, der die zunehmende Hässlichkeit der menschlichen Spezies partout um einen eigenen Beitrag ergänzen musste.

Und als wäre all das nicht schon genug, prangten an den Füßen dieses prächtigen Vertreters der männlichen Jugend japanische Flip-Flops. Als käme er gerade vom Strand.

In einem Land wie Italien, das überall auf der Welt für seine Mode berühmt war, liefen die meisten Leute inzwischen in einer Aufmachung herum, als wären sie von einem Erdbeben aus dem Bett geworfen worden und hätten aufs Geratewohl ein paar Kleider zusammengerafft, ohne jeden Sinn für Ästhetik und guten Geschmack, wie er ihre Großeltern und Eltern bis zum Ende der Sechzigerjahre geleitet hatte.

»Was hattest du in dem Wagen verloren?«

Es war, als hätte er nichts zu ihm gesagt. Keine Reaktion.

»He, ich rede mit dir. Du weißt, dass ich dich wegen internationalen Drogenhandels dranbekommen kann? Da fährst du mindestens für zehn Jahre ein.«

»Ich habe damit nix zu tun«, brummte Igor Salvini, ohne aufzublicken.

»Womit?«

»Ich kenne die zwei Typen nicht mal.«

»Und was machst du dann in ihrem Auto, dazu auch noch mit gefesselten Händen?«

»Ich will meinen Anwalt.«

Benussi schnaubte und fluchte innerlich einmal mehr über diese amerikanischen Fernsehfilme, die noch die größten Nieten in arrogante Vertreter ihrer Rechte verwandelt hatten.

»Den wirst du bekommen, keine Sorge. Aber bis er da ist, möchte ich ein paar Dinge klarstellen. Die beiden Typen, die dich da mitgenommen haben, sind gefährliche Verbrecher, nach denen seit Jahren gefahndet wird. Sie haben nicht nur zu verantworten, dass eine Menge junger Leute ihr Gehirn zu Brei verarbeiten. Sie haben auch den Tod zahlreicher Versager wie du einer bist auf dem Gewissen, Kleindealer, die sich für besonders schlau gehalten haben und die jetzt mit einem Stein um den Hals am Meeresgrund liegen. Du hast zwei Möglichkeiten: Entweder du arbeitest mit uns zusammen und hilfst uns, die Typen hinter Schloss und Riegel zu bringen. Das wird dann bei deinem Prozess positiv berücksichtigt werden. Oder du schmorst selbst jahrelang in der Zelle, während deine Tochter ohne dich aufwächst – du hast doch eine Tochter, oder?«

In Igor Salvinis Augen blitzte Hass auf, und sein Blick bohrte sich in den von Benussi.

»Wenn jemand meiner Tochter zu nahe kommt …«

»Nicht ›wenn‹, Salvini, ›sobald‹. Wenn du glaubst, du bräuchtest nur in den Knast zu gehen, damit du mit deiner Familie sicher bist, dann hast du dich geschnitten. Diese Leute vergessen nicht … Ihre Bosse werden ihr Geld um jeden Preis zurückhaben wollen, und wenn es sein muss, entführen sie dir auch die Tochter …«

Diese Worte versetzten Salvini in Angst und Schrecken. Er wurde erst blass, dann fing er an zu weinen wie ein Kind.

»Bitte, ihr müsst mir helfen. Ich war so ein Arschloch …«

Leise und unter Tränen erzählte er, dass er durch seine Pokerleidenschaft Kredithaien in die Hände gefallen sei; und einer habe ihm gesagt, es gebe eine leichte Art, Geld zu verdienen: Er brauche doch nur in die Schulen zu gehen und Pillen und Kokain zu verticken. So sei er eingestiegen, aber er wisse nicht, wer weiter oben das Sagen habe. Er bekomme die Ware von einem Bekannten, und dem gebe er auch das Geld, ohne Fragen zu stellen.

Salvini beteuerte, kein Dealer zu sein, im Gegenteil, er wollte aufhören. Und ja, er hatte versucht, seine Geschäftspartner übers Ohr zu hauen. Er hatte einen Raub vorgeschützt, tatsächlich aber das Geld behalten, um seine Schulden zu bezahlen. Das hatte er für seine Tochter getan und für Marika, die glaubte, er sei auf Kurzarbeit. Sie wusste nicht, dass ihm sein Job in der Verpackungsfirma gekündigt worden war. Wenn Marikas Vater endlich über die Villa verfügen konnte, würde er sie verkaufen, damit die Tochter eine Bar in der Stadt aufmachen könne. Und er, Igor, würde in der Bar arbeiten, wie er es schon mit zwanzig bei seinem Onkel getan hatte, und damit wären alle ihre Probleme gelöst.

Schon wieder die Villa, dachte Benussi. Also haben wir noch einen möglichen Täter. Damit standen sie wieder am Anfang.

»Wo warst du am Dienstag, dem 25. September, gegen 22.30 Uhr?«

»Das habe ich schon dem Kollegen gesagt. Ich war zu Hause.«

Das kam wieder ein bisschen zu schnell, und außerdem hatte er Benussi nicht angesehen. Der Kommissar schloss daraus, dass er log.

»Wenn ich dir helfen soll, musst du mir schon die Wahrheit sagen.«

Die Augen des Tattooträgers wanderten unentschlossen vom Kommissar zu Gargiulo, er wusste offensichtlich nicht, was er tun sollte. Zweifellos hatte er vor irgendetwas Angst.

»Also, was ist?«

»Ich war unterwegs.«

»Wo unterwegs?«

»Weiß ich nicht mehr.«

Benussi ließ sich von Gargiulo einen Computerausdruck geben und hielt ihn Salvini vors Gesicht.

»Kannst du lesen?«

Der junge Mann sah nicht einmal auf.

»Hier steht, dass dein Handy zur Tatzeit mit einer Funkzelle an der Uferstraße verbunden war. Das sieht nicht gut für dich aus. Du solltest lieber dafür sorgen, dass dein Gedächtnis sich wieder erholt.«

Igor Salvini zuckte zusammen, als hätte ihn ein Stein am Kopf getroffen.

»Also gut. Ich war dort, aber nicht, um jemanden umzubringen.«

»Sondern um dir die Sterne anzusehen?«

»Ich habe mich nach einem Wagen umgeschaut.«

»Wo?«

»Da, wo Sie gesagt haben. An der Uferstraße.«

»Die Uferstraße ist lang. Wo genau?«

»Weiß ich nicht mehr, es war dunkel.«

»Versuch nicht, mich zu verarschen, da fällst du auf die Nase. Wo? Mir reißt allmählich der Geduldsfaden.«

»Ungefähr beim *Savoia*.«

Darauf hätte ich gewettet, dachte Benussi.

»Weiter.«

»Ich habe gesehen, wie einer aus einem schwarzen Auto gestiegen ist, ohne abzusperren, und da bin ich hin … Er hat mich nicht einsteigen sehen.«

»Was war das für ein Auto?«

»Ein Golf.«

»Blödsinn. Die Geschichte stimmt hinten und vorne nicht. Du willst ein Auto klauen und findest rein zufällig den einzigen Deppen von ganz Triest, der an einem stürmischen Abend seinen Golf abstellt und aussteigt, ohne den Wagen abzusperren. Wer soll das glauben?«

»Aber es stimmt wirklich. Der hat's halt eilig gehabt, vielleicht hat er irgendwen gesehen und wollte hinterher.«

»Na schön, und was soll dann passiert sein?«

»Ich habe mich hinters Lenkrad geduckt und versucht, den Wagen zu starten.«

»Hat es geklappt?«

»Nein, ich hatte nicht genug Zeit. Dann kamen ein paar junge Typen mit Bierflaschen und haben sich auf die Motorhaube gesetzt.«

»Und sonst hast du niemanden gesehen?«

Salvinis Zögern verriet ihn abermals. Er hielt mit etwas hinter dem Berg. Jetzt war der Moment gekommen, es ans Licht zu holen.

»Du hast nicht zufällig eine alte Frau mit Gehstock gesehen, die alleine auf der Uferpromenade ging?«

Igor Salvini hielt die Augen auf den Boden geheftet, ohne etwas zu sagen.

»Hast du sie gesehen, ja oder nein?«

»Ich habe gesehen, wie der Typ zum Auto zurückgekommen ist, und habe geschaut, dass ich wegkomme …«

»Du hast meine Frage nicht beantwortet. Ich werde dir sagen, wie es gelaufen ist. Du warst nicht dort, um einen Wagen zu klauen, sondern um Ursula Cohen umzubringen. Und als du sie gesehen hast, bist du ihr gefolgt und hast ihr mit einer Flasche eins übergezogen …«

Igor sprang auf und rief: »Nein! So war das nicht!«

»Wie war es dann? Pack aus.«

»Ich habe sie nicht umgebracht, ich schwör's beim Leben meiner Tochter. Sie müssen mir glauben. Ich hatte sie auf einmal vor mir, als ich vor dem Typ mit dem Golf abgehauen bin. Ich habe ihr einen Schubser gegeben und bin weitergerannt. Ich habe gemerkt, dass sie hingefallen ist, aber ich habe mich nicht umgedreht.«

Benussi schloss erschöpft die Augen.

»Gargiulo, bring ihn weg.«

Salvinis Verzweiflung war grenzenlos, als Valerio ihm Handschellen anlegte.

»Ich war's nicht, Kommissar. Ich schwör's beim Leben meiner Tochter! Ich habe sie einfach nicht rechtzeitig gesehen! Fragen Sie die Jungs …«

Aber der Kommissar hatte für den Tag genug gehört.

19

Elettra wartete darauf, dass Pater Florence aus der Morgenmesse kam. Sie wollte mit ihm über Violeta sprechen und herausfinden, warum sie über den Abend der Tat gelogen haben mochte.

Violeta Amado hatte ausgesagt, die kleine Kurdin gegen 21.30 Uhr bei der Hafenmeisterei gefunden zu haben, am Anfang des Molo Audace. Aber jetzt hatte sich herausgestellt, dass das österreichische Ehepaar sie eine Stunde später auf Höhe der Stazione Marittima gesehen hatte.

Was hatte sie zu verbergen?

Als Pater Florence naseputzend aus der Kirche trat, sah er alles andere als gut aus. Elettra ging durch den Sinn, dass ihm eine Verschnaufpause nicht geschadet hätte. Seit Jahren setzte sich der Priester ununterbrochen für eine Sache ein, die viele als von vornherein aussichtslos einschätzten. Den meisten Menschen, die in das Offene Haus kamen, waren mit der Zeit nicht nur Würde und Stolz abhandengekommen, sondern auch die Fähigkeit, Dankbarkeit zu empfinden, wenn jemand ihnen zu helfen versuchte. Schlechte Erfahrungen, Einsamkeit, Demütigungen und Schmerz, all das hatte in ihnen etwas wie einen tierischen Überlebensinstinkt hervorgerufen, der sie abgestumpft machte und misstrauisch, ja feindselig; sie sahen überall Gegner, rangelten darum, die Ersten am Tisch oder in der Dusche zu sein, oder stritten sich, weil einer eine Zigarette angeboten bekommen hatte und der andere nicht.

Wenn es Pater Florence unter großen Mühen gelang, für einen von ihnen eine Stelle zu finden und eine Aufenthaltserlaubnis, verschwand er oft und ließ nie wieder von sich hören.

Das war das Schöne und zugleich Unbegreifliche daran, Christ zu sein, dachte Elettra: Zu geben, ohne eine Gegenleistung zu erwarten, sich einzusetzen im Wissen, jeden Augenblick verraten werden zu können, und doch dabei nicht die Lust zu verlieren, anderen die Hand zu reichen. Immer aufs Neue die von Geburt an vorhandene Mauer des Vorurteils zu durchbrechen, die instinktiv die Wahrnehmung des anderen in uns prägt.

Wie gerne hätte sie so einen Glauben besessen und in endloser Offenheit zum anderen hin gelebt, ohne Schatten, ohne Misstrauen. Aber das war ihr nicht gegeben, es war nicht ihre Natur, zu viele Enttäuschungen, zu viele Verletzungen hatte sie in den ersten Jahren ihres Lebens erduldet, und sie war außerstande, Zuneigung zu denen zu empfinden, die Vertrauen mit Verrat beantworteten, auch wenn sie selbst eine schwere Geschichte hinter sich hatten.

Sechs Jahre Polizeiarbeit hatten das ihre dazugetan, den Rest an Wohlwollen, den Elettra für die Unglücklichsten unter den Menschen aufbrachte, langsam aufzubrauchen.

Die Erfahrung hatte sie gelehrt, dass der Mensch von Natur aus nicht gut war, wie Rousseau es vertrat, im Gegenteil: Wenn er frei war, alles zu tun, neigte er eher zum Bösen, zu Lüge und Falschheit. Zum Verrat.

»*Ancora tu*, um es mit Lucio Battisti zu sagen – du schon wieder …«

Die Stimme des Geistlichen kam von hinter ihrem Rücken.

»Entschuldigen Sie, Pater Florence, haben Sie zwei Minuten Zeit? Ich wollte mit Ihnen über den Abend sprechen, an dem Ursula Cohen starb. Es gibt da ein paar Fragen, die …«

»Stopp! Erst brauche ich einen guten Malzkaffee … Sind Sie dabei?«

Sie gingen in das Lokal, das dem Haus als Kantine und gleichzeitig als Bar diente, und Pater Florence machte sich hinter dem Tresen an der Malzkaffeemaschine zu schaffen.

»Mir wäre ein *capo* lieber, wenn das keine Umstände macht«, sagte Elettra.

»Aber woher denn! Wobei ich mir nicht ganz sicher bin, dass das wirklich Kaffee ist, was uns die Lebensmittelbank schickt. Das Zeug schmeckt für mich eher nach Schierling, deshalb bin ich ja auf Malzkaffee umgestiegen …«

»Das Risiko gehe ich ein. Malzkaffee kann ich überhaupt nicht haben.«

Sie konnte ihm nicht sagen, dass ihr die Nonnen in ihren ersten sechs Lebensjahren nur *Orzo Bimbo* zu trinken gegeben hatten – sie erinnerte sich noch genau an die blassgelbe Dose mit dem pausbäckig lächelnden Kindergesicht –, und selbst jetzt, nach so vielen Jahren, rief schon der bloße Geruch des Getränks in ihr Brechreiz hervor.

»Wir sind natürlich für alles dankbar, was die Bank uns zur Verfügung stellt, das ist ja klar. Sonst hätten wir ein Problem! Aber ich habe immer mal wieder das Gefühl, dass sich unterwegs jemand einen Spaß daraus macht,

Etiketten und Produkte zu vertauschen. Da kommt Käse, der mehr nach Pappe schmeckt als nach Milch, oder Dosenfleisch, das noch nicht mal die Hunde mögen. Auch auf den Stationen der Wohltätigkeit gibt es leider immer Leute, die das Ganze für ihre eigenen Zwecke ausnützen.«

Er stellte ein Tässchen vor Elettra ab und wartete, bis auch sein Malzkaffee fertig war.

»Ach Gott«, fuhr er mit einem Seufzer fort, »warum hast du den Menschen nur so böse gemacht? Das frage ich ihn manchmal wirklich. Hättest du ihn nicht ein bisschen weniger Kain sein lassen können und ein bisschen mehr Abel? Was hätte dich das schon gekostet? Ich verstehe ja, dass es das Böse geben muss, sonst gäbe es auch kein Gutes, aber so, wie es ist, scheint es mir doch etwas übertrieben.«

Elettra lächelte über Pater Florences hitzigen Monolog. Er war ihr schon immer sympathisch gewesen, seit sie ihm vor drei Jahren zum ersten Mal begegnet war, im Zusammenhang mit Ermittlungen zu einem Raubüberfall, der auf einen Tabakladen in Roiano verübt worden war. Der Täter hatte sich als einer seiner Schutzbefohlenen herausgestellt, ein vor kurzer Zeit ins Land gekommener Rumäne, der so schnell wie möglich weg aus Triest und nach Rom wollte.

Pater Florence sparte nicht mit Kritik an der Amtskirche. Oft verlor er die Geduld, wenn er im Fernsehen wohlgenährte Bischöfe und Kardinäle in schwülstigen Worten von Nächstenliebe und sozialer Gerechtigkeit reden hörte, während ihre Gesichter und Leiber von einer wenig bibeltreuen Sattheit und Bequemlichkeit kündeten, tausend Meilen weit entfernt von den Alltagsproblemen und Dramen der Menschen, für die einzutreten sie feierlich versprochen hatten.

Für ihn zählten Taten weit mehr als Worte, er liebte die Kirche der einfachen Leute, eine Kirche, die sich die Hände schmutzig machte, konkret darum bemüht, das Leiden der Schwächsten zu lindern. Von Floskeln und endlosen, hohlen Predigten, ob von der Steinkanzel oder in den Medien, hielt er nicht viel.

Aber wehe, jemand wagte es, so wie Elettra es einmal getan hatte, das Ende der Macht von Kirche und Vatikan vorherzusagen, weil sich angesichts des wenig erbaulichen Beispiels, das dort gegeben wurde, so viele Menschen guten Willens von der Religion abgewandt hätten – da geriet Pater Florence in Rage und setzte zu einer Brandrede an, die das verteidigte, was Edith Stein einmal einen Bach des Glaubens, der durch die Jahrhunderte fließt, genannt hatte; das sei das einzige Bollwerk gegen die Barbarei gewesen in den vergangenen zwei Jahrtausenden.

»Versuch dir eine Welt vorzustellen«, hatte er ihr damals gesagt, »in der es keinen Jesus gibt. Was für eine Welt wäre das? Eine dunkle Welt ohne Mitleid und Erbarmen, ohne wahre Gerechtigkeit, bis auf die der Justiz, und vor allem ohne jenes neue, wunderbare Gebot, das uns der Messias hinterlassen hat – *liebe deinen Nächsten wie dich selbst* –, ein Gebot, das so schwer einzuhalten ist. Aber wenn du es dir überlegst, ist es das einzig wahrhaft Revolutionäre für den Menschen, das Einzige, das ihn zwingt, spirituell zu wachsen, seine Vorurteile zu bezwingen, sein allzu leichtes Aburteilen der anderen. Das Einzige, das der Welt, wenn alle danach handelten, wahren Frieden bringen könnte.«

»Einen Frieden, den es nie geben wird«, hatte Elettra eingewandt, »weil der Mensch schon immer ein erbitterter Feind seines Nächsten ist. Was Sie da sagen, ist eine Utopie, bewundernswert, aber doch nur Utopie.«

Pater Florence hatte ihr einen strengen Blick zugeworfen. »Glaubst du wirklich, wir bestünden nur aus instinkthaften Reflexen wie die Tiere? Und die Seele zählte nichts, und das Herz könnte nie seine Stimme erheben?«

»Doch, schon. Aber …«

»Aber was? Aber was?«, hatte der Geistliche in wachsender Erregung erwidert. »Begreifst du denn nicht, dass gerade das, was man nicht sehen und berühren kann, uns einzigartig macht, dass das uns leben lässt? Wenn man stirbt, bleibt der Leib auf der Erde zurück, aber die Seele nicht, die Seele überlebt uns. Das Leben selbst stirbt nicht mit unserem Leib. Jesus ist gekommen, um uns genau das mitzuteilen. Wir sind dazu geschaffen, in Ewigkeit zu leben, wir sind unsere Seele, wir sind in erster Linie Liebe …«

An jenem Tag hatte Elettra es dabei belassen. Gerne hätte sie ihm entgegengehalten, dass sie um sich herum herzlich wenig Liebe sehe und nicht sicher sei, ob tatsächlich alle eine Seele hätten. Was ihre eigene Unsterblichkeit betraf – dieser Gedanke machte ihr einfach nur Angst. Für immer leben, wozu denn das? Was sollte man damit anfangen? Ihr war das Leben auch so schon mehr als genug, sie sah schon den Versuch, es anständig zu führen und mit den Jahren womöglich eine gewisse Gelassenheit zu erreichen, als wirklich respektables Ziel an. Die Vorstellung von der Auferstehung des Leibes wiederum verursachte ihr Unbehagen. Sollte sie für alle Zeiten eine etwas schiefe Nase haben, Orangenhaut an den Schenkeln, platte Füße und so gut wie keinen Busen? Ehrlich gesagt fand sie das keine so gute Idee.

Diesmal war Pater Florence zum Glück noch von der Grippe geschwächt, und es bestand keine Gefahr, dass sie einen seiner gefürchteten Monologe auslösen könnte. Trotzdem beschloss Elettra, vorsichtshalber gleich zur Sache zu kommen.

»Violeta Amado hat ausgesagt, sie sei am Dienstagabend – dem Abend, an dem die Leiche von Ursula Cohen gefunden wurde – unterwegs gewesen, um ein kurdisches Mädchen zu suchen. Können Sie das bestätigen?«

»Ja.«

»Erinnern Sie sich an die Uhrzeit?«

Der Priester fuhr sich durchs Haar und seufzte.

»Spät, gegen zehn, Viertel nach zehn. Wir haben das Haus alle gleichzeitig verlassen und uns dann aufgeteilt …«

»Waren Sie da, als Signorina Amado und das Mädchen zurückkamen?«

»Nein, ich bin erst nach Mitternacht zurückgekehrt und habe in der Küche einen Zettel von ihr gefunden: Es sei alles in Ordnung, und sie würden jetzt schlafen. Ich habe mich ein bisschen geärgert, sie hätte mich doch auch anrufen können, dann hätte ich nicht so lange draußen bleiben müssen.«

»Warum hat sie das Ihrer Ansicht nach unterlassen?«

»Weil sie ihr Handy nicht dabeihatte, sie sagte, sie hätte es zu Hause vergessen.«

In dem Punkt hat sie also nicht gelogen, dachte Elettra.

»Kennen Sie Violeta Amado schon lange?«

»Seit etwa drei Jahren.«

»Wie haben Sie sie kennengelernt?«

»Sie kam auf der Suche nach Unterstützung zu mir, mit einem Empfehlungsschreiben eines brasilianischen Mitbruders.«

»Und Sie hatten nicht den Eindruck, dass Sie etwas vor Ihnen geheim halten könnte?«

Die Verblüffung auf dem Gesicht des Priesters wirkte aufrichtig.

»Was wollen Sie damit sagen?«

»Ich habe herausgefunden, dass ihre Angaben bezüglich der Zeit und des Orts, an dem sie das Mädchen gefunden hat, unzutreffend sind.«

»Das wird ein Irrtum gewesen sein, sie war an dem Abend aufgewühlt, durcheinander …«

»Hat sie Ihnen gesagt, warum?«

»Nein, wir hatten dazu keine Zeit. Um ehrlich zu sein, war ich überrascht, sie zu sehen. Ich hatte nicht mit ihr gerechnet, normalerweise ist sie donnerstags bei uns. Sie hat mich gebeten, zwei Nächte hierbleiben zu dürfen.«

»Fanden Sie das nicht seltsam?«

»Sie wird ihre Gründe gehabt haben.«

»Und Sie haben nicht versucht zu erfahren, ob sie irgendein Problem hatte?«

»Ich habe sie gefragt, ob etwas mit Signora Cohen sei, aber sie hat mir nicht geantwortet. Sie hat nur gesagt, sie müsse unbedingt mit mir reden, und das wollten wir nach dem Abendessen tun, aber dann … Was haben Sie denn herausgefunden?«

»Zwei österreichische Touristen haben Signorina Amado am Tatort gesehen, gegen 22.40 Uhr. Wenn ihre Aussage stimmt, derzufolge sie das Mädchen um 21.30 Uhr am Molo Audace gefunden hat – was hatte sie dann eine Stunde später bei der Stazione Marittima verloren?«

»Vielleicht täuschen sich diese Touristen. Woher sollen sie wissen, dass es wirklich Violeta war?«

»Sie haben gesehen, wie eine Frau in gelbem Regenmantel in Richtung der Piazza Unità lief, mit einem Kind auf dem Arm. Ist Ihnen bekannt, ob Violeta einen Regenmantel dieser Farbe besitzt?«

Pater Florences Gesichtsausdruck veränderte sich, als er hinter Elettra jemanden eintreten sah.

»Warum fragen Sie sie nicht selbst?«

Elettra fuhr herum und sah sich Violeta gegenüber. Sie trug einen gelben Regenmantel.

Verdammte Marisa. Nur sie konnte der Polizei von der Hütte erzählt haben. Daran hätte er vorher denken sollen. Sergio Cohen hatte sich in Sicherheit gewähnt, doch dann hatte er den notdürftig zwischen den Bäumen versteckten Wagen gesehen, und ihm war klar geworden, dass dem nicht so war.

Sie hatten ihn gefunden.

Er war den ganzen Tag mit dem Boot draußen gewesen und hatte versucht, wieder Ordnung in seine Gedanken zu bringen. Nach der Rückkehr hatte er das Boot in einer Bucht nahe der Hütte versteckt und war dann seinen Golf holen gegangen, den er in einem Wäldchen einen Kilometer weiter abgestellt hatte.

Dann war er zu einem abgelegenen Familienrestaurant bei Terranova gefahren, um einen Happen zu essen. Dort kannten sie ihn seit Jahren, sie würden ihn nicht verraten.

Den Geschäftsführer, einen alten Freund, hatte er gebeten, niemandem zu erzählen, dass er da gewesen sei; er ließ durchblicken, dass es dabei um einen Beziehungsstreit gehe, aß eine herrliche Fischplatte und begoss sie mit einem kalten, trockenen Tokajer aus dem Friaul. Danach fühlte er sich wieder lebendig.

Eine Weile blieb er noch, unterhielt sich mit dem Freund und trank Grappa, doch dann brach das Unwetter los und zwang ihn, wieder ins Auto zu steigen. Die Straße zur Hütte war nicht asphaltiert, vielleicht war sie bald unpassierbar.

Als er auf die Hütte zufuhr und den zwischen den Bäumen versteckten Alfa Romeo sah, bekam er eine böse Vorahnung. Er legte den Rückwärtsgang ein und raste in die Nacht davon. Hoffentlich hatte er sich geirrt.

Doch kurz darauf blendeten ihn im Rückspiegel ein Paar Scheinwerfer, die rasch näher kamen. Das Herz schlug ihm bis zum Hals, als er aufs Gaspedal drückte. Im strömenden Regen konnte er den Wagen nur mit Mühe auf der Straße halten. An einer Weggabelung bog er rechts ab, ohne zu wissen, wohin ihn das führen würde. Die Entscheidung erwies sich als richtig: Nach ein paar Kilometern wilder Fahrt wurde ihm klar, dass er die Verfolger abgeschüttelt hatte.

Aber seine Erleichterung war nur von kurzer Dauer.

Plötzlich tauchte hinter einer Kurve ein riesiger weißer Hund auf. Im verzweifelten Versuch, dem Köter auszuweichen, trat Sergio die Bremse durch, was nur dazu führte, dass der Golf auf dem nassen Asphalt ins Schlittern geriet und in vollem Tempo in den Straßengraben fuhr, nicht ohne vorher einen Laternenmast umzumähen. Der süßliche Geschmack von Blut lief ihm von der Schläfe in den Mund.

Benommen und mit wild pochendem Herzen schaffte er es nach einigen Anstrengungen, die vom Aufprall verformte Tür aufzustemmen und aus dem Wagen zu steigen. Draußen versank er bis zu den Knien im Schlamm.

Er setzte die Flucht zu Fuß fort, unter dem Wolkenbruch und in Angst und Schrecken, von einem der Blitze getroffen zu werden, die vom Himmel schossen. Mit der rechten Hand hielt er sich den linken Arm, um einen immer stechenderen Schmerz zu lindern.

Mit letzter Kraft lief er durch die Dunkelheit, fiel mehrmals hin und rappelte sich wieder hoch, bis ihn die Müdigkeit, der Schmerz und die Nässe über einen Ast stolpern ließen und er an einer Böschung erschöpft zwischen die Brombeersträucher fiel.

Wie er allein dalag, unter dem Regen, der gar nicht mehr aufhören wollte, in dieser undurchdringlichen, feindlichen Dunkelheit, da überkam ihn das Gefühl, dass ihn seine Lebensgeister verließen. Das war nicht gerecht, so sterben zu müssen, mit zweiundfünfzig Jahren an einem übel riechenden Strand, zwischen leeren Bierdosen und Algen.

Er dachte noch einmal an seine unglückselige Existenz, an die tausend falschen Aufbrüche, das ewige Aufschieben des Lebens, das er in vollen Zügen genießen wollte, wenn seine finanzielle Lage endlich in Ordnung käme. Jetzt ging es kläglich mit ihm zu Ende. Er war dieser Sintflut ausgeliefert, unwiderruflich.

Es tat ihm leid, die arme Irina auf diese Weise verlassen zu haben. Was für ein Mistkerl er gewesen war. Irina zählte zu den wenigen Menschen, die ihn als das gesehen hatten, was er war, und trotzdem hatte sie ihn geliebt. Wie hatte er sich nachts davonstehlen können wie ein Dieb und sie alleine lassen in ihrem gemeinsamen Bett? Er konnte sich ihre Verwunderung und die Enttäuschung ausmalen, die sie zweifellos verspürt hatte, als sie nach dem Aufwachen seinen Zettel las. Nun blieb keine Zeit mehr, sie um Verzeihung zu bitten und ihr all die Dinge zu sagen, die er ihr gerne mitgeteilt hätte.

Er hätte ihr gerne gesagt, dass er von Kindheit an immer eine Leere in sich gespürt, dass er weniger gelebt als sich dem Leben überlassen habe, eingelullt von einer schleichenden Depression, die er zeitlebens mit sich herumtrug. Dass jede Wahl, die er getroffen hatte, jede Beziehung, die er eingegangen war, nichts anderes gewesen sei als ein Versuch, diese Leere auszufüllen, das Gefühl der Unzulänglichkeit, das ihn seit jeher verfolgte.

Die Ehe mit Marisa war ein Fehler gewesen, er hatte sich von ihrer scheinbaren Kraft verführen lassen, von ihrer Entschlossenheit, alles zu erreichen, was sie sich vornahm. Er hatte gehofft, dass ein wenig von dieser Kraft und Entschlossenheit auf ihn abfärben würde. Dann hätte er es geschafft, der Erfolgsmensch zu werden, den sie sich erträumte, ein mit allen Wassern gewaschener, draufgängerischer Unternehmer, der in wenigen Jahren seine Baufirma zu einem marktbeherrschenden Wettbewerber machen würde.

Stattdessen hatte er sich treiben lassen, seinem Geschäftspartner sämtliche bürokratischen Zuständigkeiten überlassen und die wichtigsten Entscheidungen gleich dazu, er selbst hatte sich darauf beschränkt, zwischen den Baustellen herumzutingeln und fröhlich Geld vom Firmenkonto abzuheben; er dachte, was dem Unternehmen gehöre, gehöre von Rechts wegen auch ihm. So führte er die Firma an den Rand der Insolvenz. Als sein Partner ihm drohte, ihn wegen Unterschlagung anzuzeigen, musste er sich damit abfinden, seinen Anteil zu verkaufen. Strafrechtliche Folgen hatte er dadurch vermeiden können, sich jedoch binnen weniger Monate tief verschuldet. Nur so konnte er Irina über seine tatsächliche Situation täuschen.

Die Villa sollte seine Befreiung sein.

Er wusste, dass er der einzige Erbe war, und selbst wenn die Beziehung zu seiner Tante nicht immer die rosigste gewesen war, sie konnte ihm nicht vorenthalten, was ihm von Rechts wegen zustand.

Allerdings hatte er nicht den Mut aufgebracht, Irina zu sagen, dass er aus der Villa kein Bed-and-Breakfast-

Hotel oder ein ukrainisches Restaurant machen, sondern sie schnurstracks verkaufen würde: Für nichts in der Welt wollte er in einem Haus leben, in dem er so unglücklich gewesen war. Aber damit konnte er sich später befassen.

20

Den blauen Golf, der halb verborgen hinter Schilf in einem Wassergraben bei Fossalon di Grado lag, fand kurz nach elf Uhr ein Bauer, der mit seinem Traktor vom Feld zurückkam.

Die Fahrertür stand offen, das Auto war leer.

Sergio Cohen musste zu Fuß weitergeflohen sein. Von der Verkehrspolizei von Grado benachrichtigt, erreichte Gargiulo den Fundort gegen Mittag, zusammen mit zwei Kollegen von der Hundeeinheit – einem Menschen, Mario Grandis, und einem Vierbeiner, Lupo. Das Prachtexemplar von Deutschem Schäferhund hatte sich bereits mehrfach bei der Suche nach Flüchtigen ausgezeichnet.

Die ganze Fahrt über von Triest nach Fossalon war Lupo aufgeregt im Rückraum des Wagens auf und ab gelaufen. Er hatte, wie Grandis erklärte, seit einigen Tagen nichts zu tun bekommen, und bei der Aussicht auf ein neues Abenteuer quiekte er vor Freude.

Valerio war froh, ihn dabeizuhaben, und lächelte in den Rückspiegel. Er mochte Hunde sehr, hatte selbst in Neapel immer einen gehabt, und das fehlte ihm. Auch in Triest hätte er sich gerne einen Hund gehalten, aber ihm war klar, dass das bei seinem Leben nicht möglich war. Sooft er aber in der Gegend von Monrupino zu tun hatte, legte er einen Zwischenstopp beim Tierheim in Opicina ein und besuchte die armen, verlassenen Hunde, die ihn mit ihrem glanzlosen Fell von hinter den Netzen aus ansahen.

Vor ein paar Monaten hatten sie einen Ring von Welpenschmugglern aus Osteuropa auffliegen lassen, und Gargiulo hatte sich dabei mit ein paar Freiwilligen aus dem Tierheim angefreundet, wo die bedauernswerten, völlig ausgehungerten und dehydrierten Welpen damals kurzzeitig untergekommen waren.

Für ihn waren Hunde ohne jede Frage Engel. Ihre Geduld, ihre bedingungslose Hingabe und ihre Fähigkeit, still zu leiden, brachen ihm das Herz. Er hoffte mit all seiner Kraft, dass jeder, der auf Erden einen Hund gequält und misshandelt hatte – so wie die Dreckskerle, die daheim in Süditalien grausame Wettkämpfe zwischen Hunden organisierten, ohne dass sich ein Verbot dafür durchsetzen ließe –, für alle Ewigkeit in der tiefsten Hölle braten würde.

Als sie ihr Ziel erreicht hatten, sprang Lupo schwanzwedelnd und mit heraushängender Zunge aus dem Wagen. Cohen musste sich verletzt haben – das Lenkrad und die Scheibe waren blutverschmiert. Weit konnte er in dem Zustand nicht gekommen sein.

Der Schäferhund beschnüffelte äußerst konzentriert eine Schirmmütze, die Gargiulo auf dem Sitz gefunden hatte, und rannte dann auf die Lagune zu.

»Lupo, Platz!«, rief Grandis.

Der Hund drehte sich um, setzte sich gehorsam auf die Straße und wartete auf den nächsten Befehl. Als er sah, wie Valerio zurück in den Streifenwagen stieg und sein Herrchen ihm bedeutete loszulaufen, rannte er überglücklich weiter. Der Wagen fuhr hinterher.

Grandis war kein Mann vieler Worte, und an diesem

Tag schien er auch noch mit dem linken Fuß aufgestanden zu sein. Valerio war es ganz recht, sich nicht mit ihm unterhalten zu müssen.

Die Geruchsspuren führten sie auf den Radweg, der entlang der Lagune von Grado verlief. Hier mussten sie den Streifenwagen stehen lassen und zu Fuß weitergehen.

Einmal mehr fand Valerio das großartige Spektakel, das er vor sich hatte, überwältigend: die leuchtende salzhaltige Fläche, die in der warmen Septembersonne schimmerte. Schade, dass Elettra nicht dabei war, um dieses tolle Gefühl zu teilen. Dann fiel ihm der Abend zuvor wieder ein, und sein Magen krampfte sich zusammen.

Lupo rannte vor den beiden Polizisten her und beschnupperte die Gräser hinter der hölzernen Umzäunung. Grandis folgte ihm in geringem Abstand und feuerte ihn an. Valerio ließ es ruhiger angehen. Er hatte in der Nacht kein Auge zugetan, und die Müdigkeit machte sich allmählich bemerkbar.

Sie hatten über einen Kilometer zurückgelegt und waren nur zwei Radfahrern und einer jungen Joggerin begegnet, als Lupo auf einmal anschlug und im Schilf verschwand.

Er hatte etwas gefunden!

Sergio Cohen lag zwischen Algen an einem schmalen Stück Strand, an dem das Wasser etlichen Müll angeschwemmt hatte. Sein linker Arm war blutüberkrustet. Lupo bellte anhaltend und blickte zu Grandis, als erwartete er, von ihm gelobt zu werden. Wozu es auch sofort kam, verbunden mit einem Hundekuchen, den der Ausbilder mitgebracht hatte.

»Bravo, Lupo! Sehr gut!«

Nachdem er sich vergewissert hatte, dass der Flüchtige noch atmete, rief Valerio einen Krankenwagen.

Dann setzte er sich in den Sand und sah Lupo zu, wie er mit Mario Grandis herumtollte.

Er beneidete die beiden.

Benussi informierte die Staatsanwältin über die jüngsten Ereignisse, auch dass sie Cohen gefunden hatten, der allerdings aufgrund seines Gesundheitszustands nicht vernommen werden konnte – neben dem gebrochenen Arm hatte er sich eine schwere Lungenentzündung zugezogen und stand unter ärztlicher Beobachtung. Der Kommissar beschloss daraufhin, sich den Nachmittag freizunehmen.

Unter den gegebenen Umständen hätte er ohnehin nichts zuwege gebracht. Er hatte nicht mehr ganz so starke Kopfschmerzen, aber davon abgesehen fühlte er sich katastrophal. Er fühlte sich ausgepowert, hatte einen bitteren Geschmack im Mund, und ihm war so schlecht, dass er kaum noch geradeaus schauen konnte. Er wollte nur noch eines, sich ins Bett legen, Licht und Handy ausschalten und die Augen zumachen. Bloß keine Wünsche von außen!

Um diese Uhrzeit würde nur Livia zu Hause sein. Carla war nach Udine gefahren, zu irgendeinem Beratungstermin.

Als er das Haus betrat, drang aus dem Zimmer seiner Tochter die gewohnt laut aufgedrehte Musik. Er hatte keine Lust, sie darauf anzusprechen – selbst wenn er sie gebeten hätte, die Musik leiser zu stellen, hätte das nichts gebracht.

Bitter dachte er daran, wie in dieser Zeit nicht nur in Italien, sondern überall auf der Welt eine stillschweigende Übereinkunft zwischen den Generationen aufgekündigt war – sie beruhte vor allem auf dem Respekt der Kinder vor den Eltern, auf Nachahmung und Eifer –, die der Zivilisation jahrtausendelanges Wachstum und Entwicklung ermöglicht hatte. Stets aufs Neue waren erwachsene, verantwortungsbewusste Menschen daraus hervorgegangen, die die ältere Generation ablösen konnten. Nun trieb alles in einem Morast aus Fatalismus, Gleichgültigkeit und Unachtsamkeit, und dafür trugen sie selbst, Väter wie Mütter, die Hauptverantwortung. »Erziehung« und das verwandte Konzept »Disziplin« waren für die Mehrzahl der Eltern nur mehr das Erbe einer faschistischen, autoritären Denkweise, die keine Daseinsberechtigung mehr hatte. Kinder und Jugendliche mussten die Freiheit haben, sich auszudrücken und selbst ihren Weg zu finden. Wehe, jemand mischte sich ein, indem er ihnen eine Richtung gab und sie anleitete.

Aber vielleicht war das alles auch nur eine Ausrede, überlegte Benussi, bevor er sich auf dem Sofa seines Arbeitszimmers ausstreckte. In Wahrheit hatte niemand mehr die leiseste Vorstellung davon, wie die Zukunft aussehen sollte, und ebenso wenig fühlte man sich als Teil einer Gesellschaft mit gemeinsamen Werten, für die sich zu kämpfen lohnte.

Es war, als hätte eine tödliche Müdigkeit die Menschen eingehüllt, die nur noch in den Tag hinein lebten. Lieber ließ man sich von den Tausenden technisch-visuellen Ablenkungen der virtuellen Welt unterhalten, als den einsamen Weg des Einzelnen auf sich zu nehmen, der danach trachtet, ein besserer Mensch zu werden. Ohne positive Beispiele, ohne Hoffnung auf eine Zukunft, ohne wahre Herausforderungen, die man hätte bewältigen können, vor allem im Umgang mit sich selbst, spazierten die jungen Leute durch einen übersättigten, ohrenbetäubend lauten Vergnügungspark, der sie faul, gelangweilt und aggressiv machte. Benussi dachte wehmütig an zwei Verse von Victor Hugo, die er sich mit zwanzig oft vorgesagt hatte: »*Ist man noch jung, ist jeder Morgen ein Triumph, der Tag entspringt der Nacht wie einem Sieg.*«

Die Verse versetzten ihn voll und ganz in die Erregung gewisser Tage aus der Jugend zurück, an denen die Zukunft wie ein glänzendes Abenteuer erschien, dem er voll Mut und Entschlossenheit entgegensah, zusammen mit seinen Kommilitonen an der Uni. Wo war diese Zukunft geblieben? Was war aus seinen Idealen geworden, aus seinem Traum, eine bessere Welt zu schaffen als jene, die sie geerbt hatten? Aus seinem Wunsch, als Laienmönch nach Afrika zu gehen, sich in den Dienst der Benachteiligten zu stellen und Bücher zu schreiben, die empfindsamen, aber verzagten Menschen, wie er jetzt einer war, den Geist und das Herz öffnen sollten?

All das war in einer Routine untergegangen, die keine Überraschungen mehr kannte. Auch sein Beruf als Ermittler, den er doch mit solcher Begeisterung und Anteilnahme ausgeübt hatte, erschien ihm nun als frustrierender Leerlauf. Selbst wenn eine Operation erfolgreich verlief, so wie die filmreife Festnahme der zwei albanischen Dealer, hinter denen er schon seit Jahren her gewesen war, wusste Benussi, dass er die beiden Kriminellen aufgrund der auf Bürgerrechte fixierten Gesetze schon bald wieder auf freien Fuß setzen musste, und das raubte ihm jeglichen Elan. Zudem waren die Gefängnisse wahre Höllen des Nichts, in denen Verwahrlosung herrschte und nicht etwa die ursprüngliche Absicht der sozialen Wiedereingliederung, an die schon lange keiner mehr glaubte. Benussi seufzte und erhob sich vom Sofa, um sich einen griechischen Joghurt aus dem Kühlschrank zu holen und dann erneut in den Kissen zu versinken.

Der Fall, in dem er zur Zeit ermittelte, war ein Paradebeispiel für die wirren und korrupten Zeiten. Eine alte Frau war gestorben, und über ihrer Leiche kreisten bereits die Geier und warteten ungeduldig darauf, dass ein einträgliches Erbe ihr Leben änderte.

Wie er da im Dunkeln lag, versuchte er zu rekapitulieren, was die seit fünf Tagen andauernden Ermittlungen ergeben hatten. Und dabei wurde ihm klar, dass keine der beteiligten Personen so ganz unschuldig zu sein schien. Alle hatten sie auf die eine oder andere Weise gelogen.

Sergio Cohen hatte gelogen, als er behauptete, zur Zeit der Tat nicht an der Uferpromenade gewesen zu sein: Er war sehr wohl dort gewesen, laut Aussage der alten Dame, die mit der Verstorbenen befreundet gewesen war.

Irina Schatz hatte gelogen, als sie schwor, an dem betreffenden Abend mit Cohen zu Hause gewesen zu sein, und nicht weniger gelogen hatte die schöne brasilianische Pflegerin Violeta Amado.

Gelogen hatte auch Igor Salvini, trotz des Alibis, das ihm seine Lebensgefährtin Marika Ros hatte verschaffen wollen; vielleicht ging es ihm nur darum, den versuchten Diebstahl zu vertuschen, vielleicht war er aber der Mörder.

Aber wenn er der Mörder war, warum war Sergio Cohen dann geflohen?

Und warum hatte Martin Skok sich umgebracht?

Und aus welchem Grund hatte Irina Schatz versucht, sich das Leben zu nehmen?

Und warum in aller Welt hatte Violeta Amado falsche Angaben dazu gemacht, um welche Uhrzeit sie das Mädchen gefunden hatte?

Und was war mit dem Sohn von Danilo Ros, war der tatsächlich so ein weltfremder Trottel, wie es den Anschein hatte? Und war er an dem Abend wirklich bei seinem Freund Flavio gewesen, oder hatte der ihn nur gedeckt? Wenn ja, warum?

Warum war die schöne, gesunde, althergebrachte menschliche Fähigkeit verschwunden, Gewissensbisse zu empfinden, sodass ein Täter unter der Last seiner Schuld zusammenbrach und sich nur noch durch ein Geständnis sein Herz erleichtern konnte?

Vielleicht, weil es auch das Herz nicht mehr gab.

Das Einzige, was es noch gab, war der Wunsch, den Kopf aus der Schlinge zu ziehen.

Auch Elettra Morin hatte sich einen halben Tag freigenommen und war nochmals nach Monfalcone gefahren, um Zeit mit ihren Eltern zu verbringen und ein wenig zur Ruhe zu kommen. Die schreckliche Nacht in Isola della Cona und das verstörende Gespräch mit Violeta Amado saßen ihr in den Knochen.

Über den Fall allerdings wollte sie an diesem Nachmittag nicht mehr nachdenken. Sie trieb um, was zwischen ihr und Valerio vorgefallen war.

Sie konnte für ihr Handeln keine Rechtfertigung finden. Sie, die sie doch sonst so kontrolliert war, so auf der Hut, vor Emotionen zurückschreckend, sie hatte sich auf eine Weise verhalten, wie es ihr noch nicht einmal in der Verwirrung der Pubertät passiert war.

Nun war sie zwischen zwei Gefühlen hin- und hergerissen, dem der Scham und dem des Bedauerns. Scham, weil sie sich in einem so ungünstigen Moment hatte gehen lassen, und Bedauern, weil sie die gerade erst entstehende Geschichte mit Valerio ruiniert hatte.

Sie wusste, dass die Verantwortung für das, was geschehen war, vor allem bei ihr lag. Schüchtern wie er war, hätte er niemals mehr gewagt als diesen zaghaften Kuss auf die Stirn. Doch ebendieser Kuss hatte in ihr einen unaufhaltsamen Wunsch nach Wärme und Intimität ausgelöst. Und sie hatte sich nicht beherrschen können.

Dieselbe Art von Kuss hatte ihr die traurige junge Frau gegeben, die sie hin und wieder im Heim besucht hatte, bevor sie an einem eiskalten Wintermorgen vor so vielen Jahre für immer verschwand. Etwas Merkwürdiges hatte an jenem Tag in dem großen und kalten Raum gehangen, als ob die Luft um sie herum immer schwerer würde. Elettra war damals noch klein gewesen, bestimmt nicht älter als drei, aber sie erinnerte sich an die Szene, als wäre es gestern gewesen.

Sie wusste – sie spürte –, dass die junge Frau ihre Mutter war, auch wenn es ihr niemand gesagt hatte. Sie wusste es aufgrund der verzweifelten Kraft, mit der die Frau sie an sich drückte, unter Tränen, um sie dann auf die Stirn zu küssen. Sie hatte damals gespürt, wie eine unerwartete Wärme sie einhüllte, die sie nie vergessen hatte. Am liebsten wäre sie für immer in jener unvordenklichen Umarmung aufgegangen und an jener bitterlich schluchzenden Brust eingeschlafen, doch dann war jemand brüsk dazwischengegangen. Sie war der Frau hintergerannt auf den Gang, aber Schwester Emilia hatte sie aufgehalten und versucht, sie abzulenken.

Sie hatte die Frau nie wiedergesehen.

Ihr Leben lang hatte sie nichts anderes getan, als nach dieser verlorenen Wärme zu suchen. Valerio hatte an dem Abend dieses Feuer ganz plötzlich wieder in ihr entzündet und damit einen Wunsch nach umfassender, bedingungsloser Liebe ausgelöst, den sie für immer verloren geglaubt hatte.

»Möchtest du eine Tasse Tee, Schatz?«

Die Stimme ihrer Mutter – ihrer zweiten, geliebten Mutter – riss sie aus ihren Gedanken.

Sie fand Aurora in der Küche, wo sie den Tisch sorgfältig und liebevoll wie immer gedeckt hatte.

»Ich hätte lieber einen Kaffee. Aber lass nur, ich mache ihn schon selbst.«

Während sie mit der Espressokanne hantierte, musterte Aurora sie besorgt. Sie erkannte in dem ausweichenden, gedankenverlorenen Blick ihrer Tochter eine Unruhe, die sie sich nicht erklären konnte.

»Ist etwas nicht in Ordnung, Ely? Probleme bei der Arbeit?«

»Nein, nein, Mama. Es ist nichts. Ich bin nur etwas müde.«

Sofort tat ihr leid, das gesagt zu haben. Auroras schönes, ungeschminktes Gesicht war von Krankheit und Erschöpfung gezeichnet. Elettra war nicht gekommen, um zu lamentieren, sondern um etwas Freude in das Leben und in den unabwendbaren, traurigen Verfall der Frau zu bringen, die sie großgezogen hatte.

»Was möchtest du unternehmen, Mama? Gehen wir ein wenig spazieren, oder machen wir lieber einen Einkaufsbummel?«

»Ich möchte nur, dass du dich hersetzt und mir etwas erzählst.«

»Was denn?«

»Wie es dir geht, ob du jemanden kennengelernt hast, ob dir etwas Sorgen bereitet …«

Es war zwecklos, etwas vor Aurora verbergen zu wollen, sie verstand es immer, in ihrer Seele zu lesen, und fing noch die kleinste Trübung ihrer Stimmung auf. Aber diesmal würde sie sich nicht darauf einlassen.

»Mir geht es gut, mach dir keine Sorgen. Alles bestens.«

»Warum sind deine Augen dann so traurig?«

»Sind sie doch gar nicht. Wir arbeiten nur an einem komplizierten Fall. Das ist alles.«

»Na gut, ich will dich nicht drängen. Aber du weißt, dass ich da bin, ja? Wenn auch nicht mehr sehr lange.«

»Das darfst du nicht sagen, Mama. Dr. Rumiz sagt, dass du es schaffen kannst.«

»Mir ist gleich, was die Rumiz sagt. Ich weiß es, ich spüre es.«

Elettra trat zu ihr und umarmte sie ganz fest. Das Herz schlug ihr bis zum Hals.

»Ich habe dich so lieb, Mama.«

»Ich dich auch.«

»Tut mir leid, dass ich so eine schwierige Tochter gewesen bin, das hattest du nicht verdient.«

»Ach, Unsinn! Du warst das schönste Geschenk, das das Leben mir gemacht hat.«

»Ich weiß gar nicht, wie mein Leben ohne dich und Vater verlaufen wäre.«

In diesem Moment kam Claudio herein. Als er die beiden eng umschlungen weinen sah, klatschte er kräftig in die Hände.

»Was ist denn das für ein Geheule, meine Lieben? Wie wär's, wenn wir nach Grado fahren und schön Fisch essen?«

»Großartige Idee!«, sagte Aurora und klatschte ihrerseits in die Hände. »Ich gehe mich fertig machen.«

Damit verließ sie die Küche wie ein fröhlicher Kobold und ließ eine Spur aufgesetzter guter Laune im Raum.

»Wie geht es ihr?«, fragte Elettra ihren Vater, als sie alleine waren.

»Geht so.«

»Was sagt die Rumiz?«

»Sechs Monate, vielleicht auch weniger.«

Elettra sah ihren Vater liebevoll an.

»Und wie geht es dir?«

»Wenn Gott will, habe ich keine Zeit, darüber nachzudenken.«

Das liebte sie an ihren Eltern, diese Leichtigkeit und dass sie sich nicht im Geringsten als Opfer aufführten. Und da begriff Elettra, dass sie doch Glück gehabt hatte, alles in allem.

Als Irina Schatz von Inspektor Gargiulo erfuhr, dass Sergio Cohen bei Grado gefunden worden und in besorgniserregendem Zustand in dasselbe Krankenhaus eingeliefert worden war, in dem sie selbst lag, wollte sie ihn unbedingt besuchen. Sie fühlte sich noch schwach, war aber außer Gefahr und sollte an dem Tag entlassen werden.

Dann würde sie an der Anmeldung nach seiner Zimmernummer fragen und dort vorbeischauen. All der Groll und all die Verzweiflung, die sie empfunden hatte, nachdem er sie verlassen hatte, waren verflogen. Anspannung und Sorge waren an ihre Stelle getreten.

Sie wollte ihm vermitteln, dass sie für ihn da war und ihn nicht hasste. Sie würde sich um ihn kümmern und ihn nie wieder damit nerven, dass sie seine Aufmerksamkeit beanspruchte. Eigentlich wollte sie doch nur bei ihm sein und ihm über diesen schweren Moment hinweghelfen.

Sie waren füreinander geschaffen. Sie musste es nur schaffen, dass auch er das kapierte.

Nachdem sie gegen elf Uhr ihren Entlassungsschein unterschrieben und das Krankenblatt ausgehändigt bekommen hatte, verließ sie das Gebäude also nicht, sondern machte sich auf die Suche nach der Intensivstation. Eine gute halbe Stunde lang irrte sie durch das riesige Krankenhaus, ging Treppen hinauf und hinunter, lief durch

Gänge, die alle gleich aussahen, fragte unterschiedlich hilfsbereite Krankenschwestern nach dem Weg, am Ende aber fand sie zu ihm.

Vor dem Zimmer, in dem Sergio Cohen lag, hielt ein gelangweilter und unübersehbar übergewichtiger Polizist Wache, der sich trotz ihres Flehens kategorisch weigerte, sie hineinzulassen. Da setzte sie sich auf den Gang und wartete.

Sie hätte nirgendwo sonst sein wollen.

Als sie am Ende des Korridors Marisa Kern auftauchen sah, hatte sie beinahe einen Anflug von Schuldgefühlen. Doch dann fasste sie Mut. Jetzt war sie mit Sergio zusammen, seine Exfrau konnte ihr nichts anhaben. Sie atmete tief durch und bereitete sich auf die unvermeidliche Auseinandersetzung vor.

Die jedoch ausblieb. Jedenfalls zunächst.

Marisa wirkte ebenso angespannt und besorgt wie sie. Sie lächelte ihr müde zu und machte eine Geste in Richtung der Tür, hinter der ihr Exmann lag.

»Wie geht es ihm?«

»Ich weiß nicht. Sie lassen mich nicht rein.«

Marisa winkte ab, als wollte sie sagen: Ist doch klar, wer bist du schon. »Dann versuche ich mal mein Glück.«

Selbstsicher und eine Spur überheblich wandte sich Marisa an den Polizisten und sagte etwas zu ihm, das Irina nicht hören konnte. Als sie sah, wie der Beamte mit derselben unabänderlichen Entschlossenheit den Kopf schüttelte, begriff sie, dass auch die andere sich eine Abfuhr eingehandelt hatte. In gewisser Weise freute es sie.

Marisa Kern blieb nur übrig kehrtzumachen, sich neben sie auf die Resopalbank zu setzen und zu warten.

Irina musterte sie aus dem Augenwinkel heraus. Sergio hatte von ihr immer als einer Hexe gesprochen, einer böswilligen, unbarmherzigen Frau, aber so von Nahem ließ die furchterregende Ex eher an eine harmlose ältere Tante denken: ebenmäßiges Gesicht ohne Schminke, kurze weiße Haare, hellblaue Augen hinter einer großen runden Brille, ein dunkelblauer Hosenanzug aus Leinen, unter dem eine weiße Seidenbluse hervorlugte, doppelreihige Korallenkette, dunkle Ledersandalen, die Fußnägel rot lackiert. Eine selbstsichere Frau mit Geschmack, die einem auch ein wenig Scheu einflößte.

Irina überkam der plötzliche Wunsch, sich mit ihr anzufreunden, sie nach ihrer Ehe auszufragen, wie Sergio gewesen sei, bevor sie ihn kennenlernte. Aber ihr wurde klar, dass das nicht infrage kam. Jedenfalls nicht jetzt. Nicht an diesem Ort.

Eine Weile lang saßen sie schweigend da, jede in ihre Gedanken vertieft, dann drehte sich Marisa Kern zu ihr, warf einen Blick auf die verbundenen Handgelenke und sagte mit verstecktem Sarkasmus: »Das war die Sache ja wohl nicht wert.«

Irina starrte sie an, ohne zu begreifen.

»Du bist noch so jung. Da bringt man sich für einen Mann wie Sergio doch nicht gleich um?«

Irinas Herz entflammte vor Entrüstung, und die beginnende Sympathie, die sie kurz zuvor empfunden hatte, war gleich verflogen: »Sergio ist wunderbarer Mann, du ihn nicht hast verstanden.«

Marisa Kern brach in boshaftes Lachen aus. »Wenn ihn jemand nicht verstanden hat, dann schon du, Herzchen. Mein Exmann ist ein armer Schlucker, der verzweifelt versucht, seine Probleme zu vergessen, indem er das arme, Trost suchende Opfer spielt. Jämmerlich und peinlich ist das. Darauf ist vor dir schon manch andere hereingefallen, du bist nur die Letzte in einer langen Reihe.«

»Das ist nicht wahr, Lügnerin. Er mich liebt.«

»Na, wenn er dich so liebt, warum hast du dann versucht, dich umzubringen?«

»Weil ich war dumm.«

»Nein, Herzchen. Den Trick kennt jeder billige Verführer. Erst versprechen sie dir das Blaue vom Himmel, aber wenn sie dann bekommen haben, was sie wollen, werden sie dich bald satt haben. Dann zeigen sie ihr wahres Gesicht.«

»Sergio ist nicht so.«

Marisa Kern musterte sie herablassend.

»Wetten, er hat sich wie ein Dieb davongestohlen, während du schliefst? Und zum Abschied hat er dir einen schäbigen Zettel hinterlassen.«

Irina konnte sie nur überrascht, ja verdattert ansehen. Wie hatte sie das herausgefunden? Marisa klopfte ihr heuchlerisch aufs Knie, wie um ihr Mut zu machen.

»Ich sehe schon, er hat es auch mit dir so gemacht. Typisch Sergio. Der einzige Unterschied zwischen dir und mir ist folgender: Ich habe, als ich morgens den Zettel fand, eine Flasche Champagner aufgemacht. Endlich war ich ihn los. Das solltest du nachholen, Kleine.«

Eine plötzliche Röte stieg Irina ins Gesicht, und sie begann, schwer zu atmen, als bekäme sie nicht genug Luft.

Marisa Kern musterte sie böse und zufrieden. Der Moment zum Gnadenstoß war gekommen.

»Eines solltest du jedenfalls wissen, Herzchen – Sergio hat dich die ganze Zeit betrogen. Ihr wart gerade mal drei Monate zusammen, da kam er schon zu mir zurück. Er wusste nicht, wie er dir den Laufpass geben sollte. Aber seine schöne Ukrainerin mit dem leeren Kopf stand ihm bis hier. Er sehnte sich nach einer richtigen Frau. Und da haben wir eine Affäre angefangen. Von da an haben wir uns regelmäßig getroffen, einmal in der Woche. Auch an dem Abend, an dem die Alte gestorben ist, war er mit mir zusammen. Das mit den Bildern war nur eine Ausrede.«

Irina sprang auf und versuchte, die Tränen zurückzuhalten. Der Hass, der in ihren Augen glitzerte, hätte jeden Menschen zu Asche verbrennen können, nicht aber Marisa Kern, die nur ein geringschätziges Lächeln aufsetzte.

»Du Hexe!«, brüllte Irina und gab ihr eine heftige Ohrfeige. »Du Lügnerin, du Arsch!«

Damit verschwand sie schluchzend im Krankenhauskorridor.

»Ja, hau nur ab, du billiges Flittchen«, rief Marisa Kern hinter ihr her und presste sich eine Hand auf die Wange, die brannte wie Feuer.

Endlich hatte sie sich an diesem Wurm von Sergio gerächt.

Später, als Marisa Kern nach Hause kam, tat es ihr leid, das arme Mädchen so übel behandelt zu haben. Was konnte die junge Frau dafür, wenn all ihre Illusionen langsam und unaufhaltsam zu Staub zerfielen?

Andere zu verletzen sah sie seit jeher als ihr Vorrecht an, es war das einzige Mittel, das sie von klein auf gelernt hatte, um sich vor Enttäuschungen zu schützen und für alle Ungerechtigkeiten im Leben Rache zu nehmen.

Ihre Ehe mit Sergio war eine Farce gewesen, das wusste sie wohl. Sie hätte ihn nicht hinters Licht führen sollen. Aber da sie ihn nun einmal nicht aus Liebe geheiratet hatte, würde sie ihre Rolle so lange weiterspielen, bis ihr das Schicksal alles zurückgab, was ihr das Leben geraubt hatte.

Als Marisa erfahren hatte, dass Sergios Tante die Villa veräußern wollte, war für sie eine Welt zusammengebrochen. Das konnte nicht sein, das würde sie nicht zulassen. Nicht nach allem, was sie hatte durchstehen müssen. Wenn sie Ursula immer weiter besucht hatte, dann sicher nicht aus Sympathie – sie hasste diese verbohrte, sadistische Alte aus tiefstem Herzen –, sondern einzig und allein, um das Gefühl von Zugehörigkeit zu spüren, das diese Räume, die Möbel und Bilder in ihr wachriefen.

Räume, Möbel und Bilder, die eines Tages ihr gehören würden, so oder so.

Inzwischen war das ihr einziger Lebensinhalt.

Nun aber war der Moment der Wahrheit gekommen.

Einer Wahrheit allerdings, die anzunehmen Marisas Kräfte überstieg.

Die Dinge waren zu weit gegangen, sie glitten ihr allmählich aus der Hand. Danilo wollte sie verlassen und würde die Villa verkaufen. Sie wusste, sie spürte es. Und ihr fehlten die Mittel, um ihn zum Gegenteil zu bewegen. Sie hatte sie aufgebraucht in all den Jahren. Für eine wie mich, die unter einem ungünstigen Stern geboren ist, gibt es keinen Ausweg, dachte Marisa Kern niedergeschlagen, während sie den trostlos leeren Kühlschrank öffnete.

21

Ursula Cohen wurde auf dem kleinen jüdischen Friedhof von Triest beigesetzt, der über dem katholischen von Sant'Anna und gegenüber dem serbisch-orthodoxen liegt. Abgesehen von dem Rabbiner folgte an jenem klaren Oktobermorgen nur ein Mensch dem Sarg, Renate Stein.

Keine weibliche Familienangehörige hatte die Waschung vorgenommen, wie seit Jahrtausenden überlieferte Riten sie vorsahen, um dann den Leichnam in das traditionelle Totengewand zu hüllen und ihn anschließend mit dem Tallit zu bedecken.

Kein Verwandter hatte sich zum Zeichen seiner Trauer die Kleidung zerrissen oder zur Erinnerung an die Verstorbene gesprochen.

Nur Renate Stein hatte drei Hände Erde auf den Sarg geworfen, zum Ersatz der rituellen drei Schaufeln Erde, die den Angehörigen zugekommen wären.

Ursula Cohen wurde neben ihrem Ehemann begraben, in Begleitung der einzigen Freundin, die ihr geblieben war und die mit ihr das schreckliche Geheimnis geteilt hatte. Der Rabbiner hatte das Kaddisch in völliger Stille vorgetragen, während über den Wipfeln der Kiefern Krähen flatterten. Dann gingen sie, die Sargträger, der alte Rabbiner und Renate Stein, und überließen Ursula Cohen ihrer letzten Ruhestatt.

Elettra Morin hatte der Zeremonie von Weitem beigewohnt, diskret, aber auch neugierig. Ihr wollte das Gespräch nicht aus dem Kopf gehen, das sie mit Violeta Amado geführt hatte, als sie bei Pater Florence gewesen war. Die Brasilianerin hatte ihr endlich Ursula Cohens Geheimnis enthüllt, und diese Enthüllung war für sie gekommen wie ein Peitschenschlag. Elettras Verstand ließ sie allerdings nicht glauben, dass es Leute gab, die durch und durch böse waren. Es musste einen Grund geben, über die ohnehin schon tragischen und extremen Umstände hinaus. Eine verborgene Wunde, etwas, das eine junge Frau – die Ursula damals ja war – dazu gebracht hatte, vom Opfer zur Henkerin ihrer eigenen Leute zu werden.

Und deshalb war Elettra zur Beerdigung gekommen. Sie hatte das Bedürfnis herauszufinden, wer Ursula Cohen wirklich gewesen war. Und dabei konnte ihr nur ein Mensch helfen, die einzige Freundin, die noch da war und die die Verstorbene von Jugend an gekannt hatte.

Renate Stein.

Als sie ihr auf dem Kiesweg entgegenging, der zum Friedhofsausgang führte, erwartete sie eine unwirsche Reaktion. Doch die alte Dame musterte sie mit einem interessierten Lächeln, und Elettra begriff rasch, dass sie froh war, mit jemandem sprechen zu können.

»Guten Tag, mein Name ist Elettra. Elettra Morin.«

»Sie sind von der Polizei, stimmt's?«

»Woran haben Sie das erkannt?«

Renate Stein lächelte und ließ ihren Gehstock kreisen.

»Am Blick, würde ich sagen. Professionell nüchtern, aber auch neugierig. Und dann sieht man es auch an Ihrem Auftreten.«

Elettra hörte amüsiert zu.

»Es gibt ein spezielles Auftreten, das einen als Polizisten kenntlich macht?«

»Natürlich. Umsichtig, selbstsicher, forschend.«

Benussi hatte ihr schon gesagt, dass Renate Stein eine besondere Person sei, aber er hatte ihr nicht erklären können, warum. Jetzt wurde ihr klar, was er damit gemeint hatte.

»Sind wir so leicht zu durchschauen?«

»Darf ich mich bei Ihnen unterhaken? Der Kies ist trügerisch ...«

Es war noch Kraft in der Hand, die sich an Elettras Arm klammerte, ein Wunsch zu leben, sich vom Alter nicht unterkriegen zu lassen.

»Wenn Sie nichts dagegen haben, möchte ich Ihnen einige Fragen zu Ursula Cohen stellen.«

Die alte Dame blieb stehen und sah ihr in die Augen.

»Habt ihr herausgefunden, wer sie umgebracht hat?«

»Noch nicht ...«

»Ich sagte das schon zu Ihrem Vorgesetzten. Wer auch immer es war, hat ihr einen Gefallen getan. Sie hatte das Leben satt. Ich an Ihrer Stelle würde die Sache auf sich beruhen lassen. Wozu wollen Sie noch jemandem das Leben kaputt machen? Jetzt ist sie tot, was macht das schon für einen Unterschied?«

»Ich fürchte, so einfach ist das nicht. Die Ermittlungen laufen, wir haben die Pflicht ...«

»Pflicht! Pflicht! Pflicht! Wie viel Unrecht ist schon geschehen nur wegen der blöden Pflicht!«

»Entschuldigung, vielleicht habe ich nicht den richtigen

Moment gewählt … Ich wollte Sie nicht … Ich hätte mich besser vorher angemeldet.«

Als sie die junge Polizistin erröten sah, wurde Renate Steins Blick plötzlich weich.

»Nicht doch, ich muss mich bei Ihnen entschuldigen. Die Einsamkeit hat mich zu einer wenig umgänglichen, misstrauischen alten Frau gemacht. Was möchten Sie über Ursula wissen?«

»Also … Das weiß ich gar nicht so genau. Es sind mehr persönliche Fragen. Wie soll ich das ausdrücken … Ich habe mich schon oft gefragt, ob es Menschen gibt, die von Natur aus grausam sind.«

Ein Funken von Wissbegier blitzte in Renate Steins Augen auf.

»Grausam … Das Wort habe ich lange nicht mehr gehört. Es ist völlig außer Gebrauch geraten. Man spricht von Korruptheit, Niedertracht, Arroganz, Unterdrückung, aber nicht mehr von Grausamkeit. Und doch gibt es sie, und wie es sie gibt. Wie es auch Mitleidlosigkeit gibt, die vielleicht noch schlimmer ist. Aber nein, ich glaube nicht, dass Ursula grausam war, außer vielleicht sich selbst gegenüber …«

»Könnten Sie mir das näher erläutern?«

»Sind Sie mit dem Auto da, junge Frau?«

»Ja.«

»Dann bringen Sie mich ins Caffè degli Specchi und laden mich auf eine Tasse Tee ein. Es wird mir ein Vergnügen sein, Ihnen etwas über die Komplexität des menschlichen Geistes zu erzählen.«

Eine laue Oktobersonne strahlte auf die Piazza Unità, die imposant und still sich zum Meer hin öffnete. Um den Brunnen der vier Kontinente herum fotografierte ein

Grüppchen asiatischer Touristen *Micheze* und *Jacheze*, wie der Triester Volksmund die beiden Mohren aus Bronze nannte, die seit 1876 die Turmuhr am Rathaus schlugen. Ein paar Möwen durchpflügten die Lüfte und stießen spitze Schreie aus, während die wenigen Passanten sich beeilten, zum Mittagessen nach Hause zu kommen.

Es war Viertel vor eins, aber Renate Stein schien es nicht eilig zu haben. Sie schlürfte ihren Tee, sah sich um und machte einen rundum zufriedenen Eindruck.

»Ich bekomme nie genug von diesem Platz. Gibt es auf der Welt einen schöneren?«

Elettra sah von ihrem traurigen Espresso auf, warf einen raschen Blick in die Runde und nickte.

»Angeblich kann sich die Praça do Comércio in Lissabon mit unserer Piazza messen, aber das stimmt nicht. Ich bin dort gewesen, wissen Sie? Ein endloser offener Platz, umgeben von Häusern, die alle gleich aussehen, und davor ein unsauberes, veralgtes Stückchen Strand. Was für ein abwegiger Vergleich!«

Elettra fühlte sich unwohl, wie sie da am Tisch saß. Sie spürte etwas Bedrohliches in der Luft, etwas, das sie beunruhigte und die Entscheidung bereuen ließ, noch mehr erfahren zu wollen.

Was hatte sie dazu veranlasst? Am liebsten wäre sie aufgestanden und hätte sich verabschiedet, aber sie wusste, dass das nicht möglich war. Sie hatte sich selbst in diese Situation gebracht und musste das jetzt bis zum Ende durchstehen.

Aber wenigstens sollte es schnell gehen.

»Entschuldigen Sie, aber ich habe nicht viel Zeit …«, unterbrach sie die Ausführungen der alten Dame.

»Zeit! Keiner hat heute mehr Zeit. Alle rennt ihr irgendwohin, mit nichts als eurem Stress im Gepäck. Aber

Sie haben recht. Ich komme vom Hölzchen aufs Stöckchen, eine meiner zahlreichen Schwächen, ich weiß. Sie fragten mich nach Ursula und ihrer Grausamkeit. Warum haben Sie gerade diesen Begriff verwendet? Das würde mich interessieren …«

»Ich weiß, dass sie als KZ-Häftling auch Aufseherin war.«

Die Tasse glitt Renate Stein aus den Händen und zerschellte auf dem Pflaster. Die alte Dame war plötzlich ganz blass. Als sie sich vorbeugte, um die Scherben aufzuheben, schnitt sie sich in den Finger, und das Blut rann über die mit Altersflecken übersäte, runzelige und magere Hand.

»Woher wissen Sie das?«

»Signora Cohens Pflegerin ist im Keller der Villa auf ein Foto von ihr gestoßen. Es zeigte sie mit einem Schäferhund an der Leine vor den Bahngleisen von Auschwitz. Auf dem Ärmel hatte sie ein grünes Dreieck.«

»Unmöglich.«

»Und doch ist es so.«

»Zu der Zeit gab es noch keine Farbfotografien.«

»Aber die Lagerhäftlinge trugen keine Uniform, und sie schon.«

Die Nachricht hatte Renate Stein sichtlich erschüttert, und ihr war mit einem Mal jeglicher Schwung abhanden gekommen.

»Tut mir leid, dass ich Sie damit geschockt habe. Sie wussten davon nichts?«

Der Blick, der sich auf sie richtete, war wässrig und fern, wie aus einer anderen Welt.

»Selbstverständlich wusste ich davon. Ich bin selbst dort gewesen.«

»Ich verstehe nicht …«

»Ich glaube auch nicht, dass Sie das verstehen können. Niemand kann verstehen, was wir durchgemacht haben. Ich hatte gehofft, dass mich keiner mehr auf diese Zeit anspricht …«

»Das tut mir leid.«

Renate Stein verband den Schnitt an ihrem Finger notdürftig mit einer Papierserviette und schwieg lange. Dann begann sie zu erzählen.

»Ich werde nicht über die Schrecken reden, die Unmenschlichkeit, die grauenhaften Demütigungen, denen wir ausgesetzt waren. Und nicht nur wir Juden, sondern auch viele andere, deren einziges Vergehen darin bestand, zu sein, was sie waren, durch Geburt, Kultur oder politisches Engagement. Zigeuner, Dissidenten, Priester, Homosexuelle. Es gibt zahllose Bücher, die davon besser Zeugnis ablegen, als ich das tun könnte. Ich konnte überleben, weil ich Medizin studierte und Tochter eines Arztes war, der Dr. Mengele gekannt hatte. Das hat mich in einem gewissen Maß vor Übergriffen bewahrt. Man hatte Verwendung für mich. Für Ursula nicht. Sie war bei meiner Ankunft im Lager bereits seit drei Monaten dort. Ich fand sie auf der Krankenstation. Sie war nur mehr Haut und Knochen und hatte eine böse Blasenentzündung. Normalerweise hätte man sie eliminiert, aber sie war jung und kräftig und eigentlich sehr gut aussehend, und da wurde sie geschont. Man wollte sie für das Lagerbordell.«

Sie wischte sich mit einer Serviette den Mund ab. In ihren hellen Augen lag ein ungewöhnlicher Glanz.

»Es gibt Menschen, die alles ertragen«, fuhr sie fort, »Hunger, Schmerz und Gewalt, weil sie in sich die Erinnerung an das bewahren, was sie gewesen sind. Trotz aller Geschehnisse haben sie den verzweifelten Wunsch zu überleben. Ursula war nicht so. Sie setzte dem Tod nichts entgegen, weil sie die Erniedrigung nicht ertrug, der diese Unmenschen sie unterzogen hatten. Sie verfügte nicht über die innere Stärke, dem Schrecken ins Gesicht zu sehen. Sie war in einem anderen Schrecken aufgewachsen, der vielleicht noch vernichtender war als der des Lagers. Einem Schrecken, der sie für immer gebrandmarkt hatte.«

Elettra hörte ihrer Erzählung fasziniert zu, ohne auf die Tauben zu achten, die über den Tischchen kreisten und auf der Suche nach Essensresten Tassen und Gläser umstürzten.

»Erzählen will ich Ihnen davon, was einem Menschen widerfährt, dessen Geburt unerwünscht ist und der als Erstes den Blick einer Frau auf sich spürt, die ihn hasst. Das nämlich hat die kleine Ursula erlebt. Sie war die Tochter einer sehr schönen Frau, die keine Kinder haben wollte, die Feste und ein mondänes Leben im Kreis ihrer Verehrer der langweiligen Routine eines Familienalltags vorzog. Der Vater war Diplomat und über zwanzig Jahre älter als seine Frau. Er scherte sich nicht um das Kind, das für ihn nur eine notwendige Begleiterscheinung seiner Ehe war. Irgendwie wollte er wohl ihr Bestes, aber er sah sie wenig, er hatte keine Geduld, war immer mit anderem beschäftigt. Also wurde Ursula einer so sadistischen wie fanatischen Kinderfrau überlassen, die das von der Mutter begonnene Zerstörungswerk zu Ende führte.«

Renate Stein winkte einem Kellner und ließ sich ein Glas Weißwein und Oliven bringen. Sie musste sich ein wenig stärken, um weitersprechen zu können.

Elettra bestellte sich noch einen Espresso, auch wenn sie allmählich Hunger bekam; sie hatte tags zuvor nicht zu Abend gegessen und auch morgens nur einen Espresso getrunken. Ich muss aufhören, so viel Kaffee zu trinken, dachte sie mit einem Anflug von schlechtem Gewissen, das schlägt mir sonst auf den Magen.

»Als drei Jahre später ein Brüderchen zur Welt kam, glaubte Ursula, dass nun alles gut würde. Wenigstens hatte sie jetzt einen Leidensgefährten, einen Kameraden, dem sie sich mit ihrer Traurigkeit anvertrauen könnte, ein kleines Wesen, das sie mit ihrem Wunsch nach Liebe überschütten könnte. Stundenlang stand sie an der Wiege und spielte mit seinen speckigen Händchen, zog ihm die hölzerne Spieldose auf oder sah ihm beim Lächeln zu. Selbst die Kinderfrau war Karl gegenüber netter, sie behandelte ihn wie einen kleinen Prinzen, verlor nie die Geduld mit ihm. Und dafür war Ursula dem Brüderchen ebenfalls dankbar, denn seine Ankunft hatte auch in ihr Leben ein wenig Frieden und Normalität gebracht.

Die Mutter war ein feindseliges, in Parfüm gehülltes Gespenst, das abends einen kurzen Blick in das Zimmer der beiden warf, um dann aus dem Haus zu gehen. Wenn sie ihre Mutter so schön und strahlend sah, gab sich Ursula manchmal der Illusion hin, dass sich etwas in ihr verändert hätte. Vielleicht hatte sie sie ja doch ein bisschen lieb. Und da lief sie ihr entgegen und umklammerte ihre in Seide und Chiffon gehüllten Beine, in der Hoffnung auf einen Kuss oder eine zärtliche Geste. Aber da wurde sie jedes Mal enttäuscht. Die Mutter stieß sie nur gereizt von sich. ›Was machst du denn da? Weg mit dir! Sonst machst du mir noch das Kleid kaputt!‹ Also rannte sie heulend davon und versteckte sich unter der Wiege ihres Bruders, was ihr nur den nächsten Tadel eintrug, jetzt vonseiten der Kinderfrau. ›Raus da. Für Heulsusen habe ich nichts übrig. Ab in dein Zimmer!‹«

Wein und Espresso wurden gebracht, dazu Schälchen mit Chips, Erdnüssen und Oliven. Innerlich aufgewühlt stürzte sich Elettra auf die Chips, noch bevor ihre betagte Gesprächspartnerin zugreifen konnte. Dann fiel ihr die Unhöflichkeit auf, und sie hielt inne.

»Entschuldigen Sie. Bitte, bedienen Sie sich …«

»Nein, Kind, ich esse nicht viel und niemals auswärts. Aber beeilen Sie sich, nicht dass Ihnen die Tauben noch alles wegfressen.«

»Danke. Ich habe seit gestern Mittag nichts zu mir genommen.«

»Fasten tut manchmal gut, es macht den Geist rege und reinigt die Leber. Und es verhindert das Altern. Auf wie alt schätzen Sie mich?«

Elettra musterte sie, als versuchte sie ernsthaft, ihr Alter zu erraten.

»Achtzig?«

Renate Stein brach in ein kurzes befriedigtes Lachen aus, dann tippte sie ihr auf den Arm. »Schön wär's! Nein, meine Liebe, da müssen Sie noch gut sechzehn Jahre drauflegen.«

»Sie sind sechsundneunzig?«, sagte die junge Inspektorin ungläubig.

»Und werde im November siebenundneunzig.«

»Alle Achtung!«, sagte Elettra und meinte es ernst.

»Aber manchmal reicht es mir, wissen Sie. Ich bin eine doppelte Überlebende. Erst habe ich Auschwitz überlebt und dann meinen Mann und alle, die ich kannte. Die Letzte war Ursula. Und jetzt weiß ich nicht mehr, mit wem ich reden soll. Das Fernsehen langweilt mich zu Tode, lesen kann ich durch den Grauen Star nicht, und vieles interessiert mich sowieso nicht mehr …«

»Wie verbringen Sie dann Ihre Zeit?«

»Ich höre Musik. Das ist der einzige Trost, der mir noch bleibt, bis irgendwer dort oben beschließt, mich zu holen.«

Auf Elettras Handy ging eine SMS ein. Sie las sie und entschloss sich dann, es auszuschalten.

Renate Stein warf ihr einen erschrockenen Blick zu. »Müssen Sie schon gehen?«

»Nein, keine Sorge … Sprechen Sie nur weiter. Was Sie mir vorher erzählt haben – da läuft es einem ja kalt den Rücken herunter.«

»Erst hätte ich noch gern ein Glas Weißwein. Leisten Sie mir Gesellschaft?«

»Ich bin eigentlich im Dienst …«

»Na, ausnahmsweise einmal. Ich verspreche Ihnen, dass ich's niemandem sage.« Die alte Dame lächelte verschwörerisch.

»Also gut …«

»Junger Mann, noch zwei Gläser Wein!«, rief Renate Stein dem Kellner zu, der gerade an den Nebentisch kam, und winkte mit dem leeren Glas.

Essen tut sie nicht, aber trinken, dachte Elettra schmunzelnd, als sie sah, wie der Blick ihrer Gesprächspartnerin bei der Bestellung lebhaft wurde. Das machte sie ihr noch sympathischer.

»Und was ist dann passiert?«, fragte sie, während sie sich eine grüne Olive in den Mund schob.

»Das Leben mancher Menschen steht von Geburt an unter einem tragischen Stern. Ich weiß nicht, warum, aber es ist so. Und das galt auch für meine Freundin Ursula. Eines Tages, bei einer Ausfahrt auf dem Fluss, entwischte der kleine Karl den Händen des Kindermädchens und fiel ins Wasser. Er brüllte wie am Spieß. Ohne nachzudenken, sprang Ursula hinterher, um ihm zu helfen, aber sie konnte selbst auch nicht schwimmen. Sie versuchte, ihn über Wasser zu halten, aber er verschluckte sich nur noch mehr. Am Ende rettete sie ein Mann, der zufällig im Ruderboot vorbeikam, aber für den Kleinen kam die Hilfe zu spät. Er starb kurz darauf, die Lungen voller Wasser.«

Elettra sackte das Herz in den Magen, als hätte sie der Szene selbst beigewohnt und wäre nicht in der Lage gewesen, die Kinder zu retten.

»Das war der Wendepunkt«, fuhr Renate Stein fort, nachdem sie sich geräuspert hatte.

»Ursula war damals zehn, und sie beschloss, dass nichts und niemand sie je wieder verletzen sollte. Also errichtete sie zwischen sich und der Welt eine unüberwindliche Mauer. Binnen Kurzem war sie ein widerspenstiges, arrogantes und schweigsames Mädchen. Sie hörte nicht mehr auf die Kinderfrau, und auf ihre Mutter und ihren Vater ebenso wenig. Sie war fast glücklich, als man sie zur Strafe auf ein weit entfernt liegendes Internat schickte, wo Disziplin und Bestrafungen fest im Tagesablauf verankert waren.«

Die Erzählung war so lebhaft und anschaulich, dass Elettra einen Augenblick lang das Gefühl hatte, als wäre Renate selbst dabei gewesen.

»Und woher haben Sie das alles erfahren?«

»Sie hat es mir erzählt. Es war mein letztes Jahr auf dem Internat, als sie dazukam. Man wies mich an, ihr Nachhilfe in Latein und Griechisch zu geben.«

»Das heißt, Sie kannten einander schon lange …«

»So ist es. Auch wenn sie später im Lager so tat, als würde sie mich nicht wiedererkennen. Eine Dezembernacht werde ich nie vergessen. Es war Heiligabend, die anderen Mädchen waren nach Hause gefahren, nur wir beide waren noch im Internat. Meine Eltern waren zu irgendeiner Zusammenkunft in Amerika, und ihre wollten sie nicht sehen … Sie hatte hohes Fieber, weigerte sich aber, ins Krankenhaus zu gehen. Ich blieb bei ihr, legte ihr immer wieder kalte Lappen auf die Stirn und hörte, wie sie im Delirium sprach. Dabei brachte sie alles auf den Tisch, sie war wie ein ausbrechender Vulkan … Ich habe nie erfahren, ob sie bei Bewusstsein war oder nicht, sie erzählte viel zu viele Einzelheiten, aber ich unterbrach sie nicht. Beim Zuhören begriff ich, wie viel Schmerz, wie viel Verzweiflung in diesem elfjährigen Mädchen steckte.«

Sie seufzte, als drückte ihr das Leiden der kleinen Ursula noch immer aufs Herz.

»Inzwischen sind fast achtzig Jahre vergangen, aber ich habe ihre Worte nie vergessen können, die brüchige Stimme, die Tränen, die wie aus einem Brunnen kullerten …«

Renate Stein trank etwas Wein und sah aufs Meer hinaus. Für einen kurzen Moment senkte sich Stille zwischen die beiden Frauen, und Elettra wagte es nicht, sie zu durchbrechen.

Als Renate Stein weitersprach, war ihr Ton noch ernster geworden.

»Nach und nach wurde die Lage für uns Juden unhaltbar. Man schrieb das Jahr 1943. Mein Vater wollte es immer noch nicht wahrhaben, er redete mir zu, mich zum Medizinstudium einzuschreiben, Ärztin zu werden war mein Traum. Er selbst war Chefarzt, er ging ganz selbstverständlich davon aus, dass man ihn nicht anfassen würde, doch da täuschte er sich. Wenige Monate später, ich war im ersten Studienjahr, begannen die Razzien. Mich haben sie zu Hause auf der Treppe geschnappt, während meine Mutter mir noch zurief, ich solle weglaufen …«

Plötzlich sprang Renate Stein auf wie von der Tarantel gestochen und schlug mit dem Stock aufs Pflaster. Elettra zuckte zusammen.

»Das reicht jetzt! Ich habe genug davon, hier herumzusitzen wie eine gelangweilte alte Touristin. Kommen Sie, bringen Sie mich nach Hause. Mir dreht sich schon der Kopf, ich muss mich ausruhen.« Renate Stein setzte dem Gespräch ein unverhofftes Ende.

Elettra beglich die Rechnung und versuchte dabei den Gedanken beiseitezuschieben, wie viele Panini und Stücke Pizza sie für diesen Betrag hätte zu sich nehmen können. Dann ging sie der alten Dame hinterher, die schon unterwegs zur Uferstraße war, an ihren Stock geklammert und mit vom Wein zusätzlich unsicheren Schritten.

Als sie zu ihr aufschloss, packte Renate Stein sie fest am Arm, drückte ihr beinahe die Nägel ins Fleisch. Ihre Augen waren voller Tränen.

»Wissen Sie, wie alt das Mädchen in Uniform war, das mit dem Schäferhund? Fünfzehn! Sie war noch ein halbes Kind. Ein Kind, das mehrmals brutal vergewaltigt worden war. Als ich sie wiederfand, in dem verdreckten Bett auf der Krankenstation, überlegte sie, ob sie sich dem Tod überlassen sollte oder doch überleben. Da ich ihr nicht erlaubte zu sterben, entschied sie sich für die andere Variante. Und dazu gab es für sie nur einen Weg – indem sie Aufseherin wurde. Dann würde niemand mehr wagen, sie anzufassen. Wissen Sie, man wird leicht zum Monster, wenn einem die Kraft ausgeht, sich dem Bösen zu verweigern.«

Schweigend erreichten sie den Wagen, und ebenso schweigend brachte Elettra Renate Stein nach Hause.

Sie verabschiedeten sich mit einem knappen Nicken.

22

Der Abend hatte sich wie ein Rollo schon um sieben Uhr abends über Triest gesenkt. Die Tage wurden immer kürzer. Eine tiefe Melancholie erfüllte das Herz von Valerio Gargiulo, der seit einer Stunde im Auto vor Elettras Haus wartete.

Er hob den Blick zu den Lichtern, die im Gebäude gegenüber brannten, durch dessen geschlossene Fenster gedämpfte Stimmen und Musik aus mehreren Fernsehgeräten drangen. Zum ersten Mal in seinem Leben überkam ihn Neid auf die Menschen, die hinter diesen Fenstern lebten. Er fühlte sich allein, entsetzlich allein, und hätte wer weiß was gegeben, um an einem festlich gedeckten Tisch zu sitzen und mit jemandem zu plaudern und zu scherzen, der ihm ehrlich zugetan wäre, jemandem, der ihn wenigstens ein kleines bisschen lieb hatte.

Es war fast acht, und ihm knurrte allmählich der Magen. Aber er achtete nicht darauf. Er hätte sowieso keinen Happen heruntergebracht, nicht an diesem Abend, nicht in diesem Zustand. Er und Elettra waren einander den ganzen Tag über aus dem Weg gegangen, und ihr Handy war und blieb ausgeschaltet. So konnte er nicht weitermachen, es ging ihm zu schlecht. Der Augenblick war da, die Sache anzugehen.

Doch als er sie schließlich die Straße herunterkommen sah, war das eine Elettra Morin, die er nicht wiedererkannte. Blass, die Frisur in Unordnung, mit geistesabwesendem Blick.

Was war denn passiert?

Er sprang aus dem Wagen, um ihr entgegenzulaufen, das Herz in Aufruhr. Kaum sah die junge Frau ihn, wandte sie sich nicht etwa ab, sondern rannte ihm geradezu in die Arme und presste sich fest an ihn.

Arm in Arm betraten die beiden die umgebaute Portiersloge, wo Perla sie mit aufgestelltem Schwanz empfing, beleidigt, seit mehreren Stunden nichts zu essen bekommen zu haben.

An diesem Abend redeten sie lange.

Oder besser gesagt redete Elettra, sie brauchte das, unbedingt, und Valerio hörte zu und spürte, wie sich langsam die Beklemmung auflöste, die ihn seit Tagen gepackt hielt. Elettra erzählte ihm von der erschütternden Begegnung mit Renate Stein und davon, was sie über Ursula Cohen erfahren hatte. Die Wirklichkeit, sagte sie, enthalte immer einen verborgenen Anteil, ein Geheimnis, und dass es allzu leicht sei, andere zu beurteilen oder gar zu verdammen.

Als sie kurz nach zwei die alte Dame vor ihrer Haustür abgesetzt hatte, war sie außerstande gewesen, ins Büro zurückzukehren. Sie hatte Pitacco Bescheid gesagt, dass sie sich nicht wohlfühle, und war rasch nach Monfalcone gefahren, um Aurora in den Arm zu nehmen und noch einmal das unverwechselbare *Violetta di Parma* ihrer Mutter zu riechen, der einzigen Mutter, die sie je gehabt hatte und die jetzt gegen die Zeit ankämpfte.

Auf einmal konnte Elettra nicht akzeptieren, dass der

Tod sie ihr rauben würde, dass sie eines Tages nicht mehr für sie da sein würde in dem weißen Häuschen, sie trösten, sich um sie sorgen.

Sie hatte einmal in der Zeitung den Satz einer Dichterin gelesen, die von ihrer Verzweiflung über den Tod eines ihr nahestehenden Menschen sprach: »Was soll ich jetzt machen, da sie sich nicht mehr um mich kümmern wird?« Damals war ihr das abartig vorgekommen, zynisch und egoistisch, jetzt aber konnte sie es bestens nachvollziehen.

Bis zu diesem Tag hatte sie schlichtweg vermieden, daran zu denken, als ginge es sie nichts an. Aber nach der schrecklichen Erzählung von Renate Stein hatte sie tief in sich gespürt, wie viel Glück sie im Leben gehabt, wie viel Liebe sie empfangen hatte von jener Frau, die nun dabei war, mit einem Lächeln auf den Lippen langsam dahinzuschwinden. Sie selbst war es gewesen, die sich oft unsensibel und egoistisch verhalten hatte, allzu oft, vor allem als Teenager, als die kleinste kritische Bemerkung sie in Wut versetzte und ihr schlimme Worte eingab, die sie nicht wirklich meinte.

Wie viel Geduld hatte Aurora damals bewiesen, und wie viel hatte sie noch jetzt, sooft sie ihre Tochter unruhig sah, verschlossen, ausweichend. Anstatt ihr das ewige fruchtlose Grübeln vorzuhalten, setzte sie sich einfach neben sie, zog sie an sich und sang ihr das Lied vor, mit dem sie sie immer hatte beruhigen können, als sie noch klein war.

Wie sollte Elettra diesen Abschied überleben, diesen Schmerz? Wie sollte sie zurück in das Haus gehen und ihren Vater trösten, der zweifellos zusammenbrechen würde?

Sie wusste es nicht.

Jetzt, in Valerios Armen, der ihr zuhörte und ihr dabei über den Kopf strich, lösten ihre Traurigkeit und ihre

Angst sich nach und nach auf. Sie spürte die Wärme, die sie umhüllte, öffnete sich ganz und erzählte ihm alles.

Sie erzählte ihm vom Heim, davon, dass ihre Mutter sie verlassen hatte, von den missglückten Adoptionsversuchen, von der ersten Zeit bei Aurora und Claudio, ihrem anhaltenden Unglücklichsein.

»Alles hängt von diesen verdammten drei ersten Lebensjahren ab, verstehst du? Nichts und niemand kann mich heilen. Die Schwestern haben es nicht geschafft, Aurora hat es nicht geschafft, und du wirst es auch nicht schaffen. Ich bin ein hoffnungsloser Fall. Ich stoße jeden von mir weg, der versucht, mich zu lieben ...«

Valerio hatte schweigend zugehört, bewegt und immer mehr fasziniert von dieser merkwürdigen, komplizierten, mit allerlei Verteidigungsmechanismen ausgestatteten jungen Frau, die ihm ihr Herz geöffnet hatte.

»Ich werde dich niemals verlassen.«

»Wie kannst du das sagen?«

»Ich weiß es.«

»Und ich weiß, dass auch du irgendwann genug davon bekommen würdest ...«

Valerio nahm ihren Kopf zwischen die Hände und küsste sie lange. Er wollte ihr mit diesem Kuss all die Liebe übermitteln, die er in sich wachsen spürte.

Als sie sich voneinander lösten, hielt er sie fest, damit sie ihm in die Augen sah.

»Wenn du mich fragst, solltest du deine leibliche Mutter suchen.«

»Was soll das jetzt noch ändern?«

»Vielleicht würde es dir helfen, Frieden mit dir selbst zu schließen.«

»Ich weiß nicht ... Das käme mir vor wie ein Verrat an meinen Eltern.«

»Ich bin sicher, dass auch deine Mutter einverstanden wäre. Habt ihr nie darüber geredet?«

»Einmal, vor ein paar Jahren. Da hat sie mich gefragt, ob ich sie gerne kennenlernen würde.«

»Und was hast du gesagt?«

»Gar nichts. Sie hat nicht nachgehakt, wir haben darüber kein Wort mehr verloren.«

»Wenn du möchtest, helfe ich dir. Wenn du mir sagst, wie das Heim hieß …«

Elettra antwortete nicht, offensichtlich beschäftigte der Gedanke sie schon seit Jahren. Dann aber schüttelte sie den Kopf, atmete tief ein und sagte leise: »Ich kann nicht. Nicht jetzt, wo es meiner Mutter so schlecht geht.«

Valerio zog sie noch fester an sich, um sie seine Nähe und sein Verständnis spüren zu lassen.

»Ist gut. Aber wenn du dir's anders überlegst, ich bin da.«

Plötzlich befreite sich Elettra aus seiner Umarmung und stand auf.

»Ich weiß ja nicht, wie's bei dir aussieht, aber ich sterbe vor Hunger. Hast du Lust auf Spaghetti?«

Valerio sprang auf und stellte sich ihr in den Weg.

»Das übernehme ich. Leg du dich mal hin und ruh dich aus. Du siehst aus wie eine Mumie.«

»Danke für das Kompliment.«

»Ach, weißt du, es gibt auch sehr hübsche Mumien. Was glaubst denn du, war diese Nofretete etwa hässlich? Eher nicht …«

»Da meinst du jetzt aber den Sarkophag, nicht die mumifizierte Leiche. Die wäre bestimmt nicht besonders hübsch …«

»Na gut, kommen wir wieder zu den ernsteren Fragen. Wie wär's mit Aglio, Olio und Peperoncino?«

»Perfekt! Ich mache uns eine Flasche Wein auf.«

»Aber es ist drei Uhr früh …«

»Na und, kann man nachts keinen Wein trinken? Wir sind doch nicht im Dienst.«

»Also, ich brauche nichts, sonst habe ich morgen früh Kopfschmerzen.«

»Ui, bist du empfindlich!«

»Nachher zeige ich dir, wie empfindlich ich sein kann …«

Elettra brach in Gelächter aus. Er hatte so ein lustiges Gesicht mit seinen blonden Haaren, die ihm in die Augen hingen. Das genaue Gegenteil von einem Macho. Eine zärtliche Regung überkam sie.

»Ist das eine Drohung?«

»Nein, ein Versprechen!«

23

»Papa, Papa, wach auf!«

Benussi war tief in einen wirren, stürmischen Traum getaucht, in dem riesige fleischfressende Pflanzen ihn zu erdrücken versuchten. Psychedelische Farben beherrschten den Wald. Verzweifelt kämpfte er gegen die Umklammerung dieser gefräßigen Wesen an. »Nein, nein! Lasst mich in Frieden! Hilfe!«, schrie er, aber sie zerrten weiter an ihm. Als er nahe davorstand, in einen Abgrund zu stürzen, sperrte er den Mund auf und biss mit aller Kraft in eine der mit Saugnäpfen ausgestatteten Tentakeln, die ihn umklammert hielten. Der unmenschliche Schrei, der darauf folgte, riss ihn aus dem Schlaf.

»Auaaaaa!«

Entsetzt schlug er die Augen auf und sah Livia, die ihn mit wildem Gesicht anstarrte und sich den Arm hielt.

»Sag mal, spinnst du? Das hat wehgetan! Du kannst mich doch nicht einfach beißen!«

Schlaftrunken setzte er sich auf dem Sofa im Arbeitszimmer auf und stammelte: »Tut mir leid, ich hatte gerade einen Albtraum …«

Livia rieb sich den schmerzenden Arm, aber für weitere Vorwürfe hatte sie keine Zeit. Sie war aufgeregt und verängstigt.

»Papa, du musst mir helfen. Giò …«

Benussi sah seine Tochter verständnislos an. »Giò? Meinst du den Jungen, der neulich mit dir …«

»Ja, genau. Ich habe Angst, bitte komm, es geht ihm wirklich schlecht.«

»Was hat er denn?«

Livia fuhr sich durchs Haar, die Augen vom Weinen geschwollen.

»Er ist oben auf dem Rilkeweg. Er sagt, er will sich runterstürzen.«

Benussi hatte seine Tochter noch nie so gesehen. Die Verzweiflung hatte sie auf einmal erwachsen gemacht. Ihm wurde klar, dass die Lage ernst war.

»Ich wasche mir schnell das Gesicht, und dann fahren wir los.«

»Beeil dich! Bitte!«

»Ruf du ihn schon mal an, und versuch ihn abzulenken.«

»Er hat das Handy ausgeschaltet. Oh Gott, Papa, was ist, wenn er sich runterstürzt?«

»Beruhige dich, wir schaffen das schon noch rechtzeitig.«

Im Auto wiegte sich Livia auf ihrem Sitz hin und her und sagte immer wieder unter Tränen: »Kannst du nicht schneller fahren?«

»Ich habe den Kollegen von der Verkehrspolizei Bescheid gesagt. Die müssten noch vor uns da sein. Beruhige dich.«

Aber sie schien ihn nicht zu hören, sie war voller Angst. Sie fuhr sich ständig durchs Haar und murmelte unverständliche Worte.

»Was ist denn passiert?«, sagte Benussi, um sie in die Wirklichkeit zurückzuholen. »Habt ihr euch gestritten?«

Livia schüttelte den Kopf. Sie brachte kein Wort heraus.

»Wenn ich dir helfen soll, musst du mir alles erzählen. Vertrau mir, nur ein Mal … Ich weiß, ich war ein beschissener Vater, ich bin nie da gewesen, aber gib mir wenigstens eine Chance. Du bist meine Tochter, wie kannst du denken, dass ich nicht immer und überall auf deiner Seite stehe?«

Livia wandte sich ihm zu und sah ihn lange an, mit Tränen in den Augen. Vor Aufregung hatte sie rote Flecken im Gesicht und am Hals.

»Es war nicht unsere Schuld«, flüsterte sie.

»Was war nicht eure Schuld?«

»Wir waren betrunken. Wir wollten sie nur erschrecken …«

Ein kalter Schauer lief Benussi über den Rücken.

»Von wem redest du?«

»Sie war hingefallen, irgend so ein Typ hat sie umgerannt. Wir wollten ihr nicht wehtun …«

»Livia, wovon sprichst du da?«

Ohne es zu merken, war Benussi laut geworden. Livia fing an zu zittern.

»Wir wollten ihr aufhelfen, aber sie hat nur rumgebrüllt wie blöd und mit ihrem Stock gefuchtelt und geschrien, dass wir Bestien wären, Kriminelle, Verbrecher.«

Der Kommissar sah seine Tochter entsetzt an. Er wollte nicht glauben, was Livia ihm da erzählte.

»Sprich weiter«, flüsterte er.

»Da ist Giò ausgeflippt, er hat eine Flasche genommen und sie damit geschlagen. Ich habe auf ihn eingeredet, dass er mit uns abhauen soll, aber er hat nicht auf mich gehört. Er war völlig außer sich …«

»Livia, soll das heißen, du hast …?«

»Nein, Papa, ich habe gar nichts gemacht. Du musst mir glauben. Und die anderen auch nicht. Wir hatten Angst, da kam auch noch eine Frau angerannt und hat irgendwas gerufen, und dann sind wir weggelaufen.«

»Aber Giò ist geblieben, ja?«

Die Augen seiner Tochter antworteten für sie.

Benussi spürte, wie ihm fast schwarz wurde vor den Augen. Seine Tochter war in eine Straftat verwickelt.

Wie sollte er das ihrer Mutter sagen?

Giovanni Ros war schon in Position.

Er hatte den Pfad hinter sich gelassen, war über den Holzzaun geklettert und ein Stück weit auf die Klippe zugeschlittert, direkt über dem Meer. In der Ferne erhob sich das Schloss Duino, aristokratisch und voller Harmonie.

Er war allein. Keiner hatte ihn gesehen auf seinem letzten verzweifelten Lauf. Jetzt hing er an einem Baumstamm und sah hinunter, ließ die Füße in der Luft baumeln.

Etwa hundert Meter trennten ihn davon, dass alles vorbei war.

Ein Sprung, mehr brauchte es nicht.

Aber er konnte sich nicht entscheiden. Was, wenn er sich in einer der Brombeerhecken verfing? Wenn er im Fallen an einem Baum hängen blieb, der mehr aushielt als die anderen? Oder noch schlimmer, wenn er auf einen Felsvorsprung fiel und überlebte?

Wie sollte es dann weitergehen?

Noch einmal dachte er an seine Mutter, an den Schmerz, den er ihr gleich zufügen würde. Er sah sie vor sich, die kühlen Hände auf seiner fiebrigen Stirn. Er lächelte beim Gedanken an das Märchen, das sie ihm als Kind unzählige Male erzählt hatte. Das vom hässlichen Entchen, das zum Schwan wurde. Er würde nie ein Schwan werden, er würde mit achtzehn Jahren sterben, ohne zu erfahren, was das Schicksal für ihn bereitgehalten hätte.

Für einen Moment überkam ihn Wehmut nach der Zukunft, einer Zukunft, die er für immer zerstört hatte an jenem verfluchten Bora-Abend.

Er dachte an die Leute, die zu seiner Beerdigung kommen würden. Ob auch seine Freunde weinen würden? Vielleicht für kurze Zeit, dann würden sie wieder ihren Spaß haben und sich zusaufen wie immer, gegen die Langeweile eines Lebens, auf das sie keinen Bock hatten. Und sein Vater? Der würde endlich die Scheißvilla bekommen und seine Mutter verlassen für diese Schlampe, die älter war als er. *Du Dreckschwein. Du hast mir den ganzen Hass eingeflößt. Von nichts anderem hast du mehr geredet. Jetzt kannst du froh sein! Schieb sie dir in den Arsch, deine Villa, deine Fische und deine Songs vom unglücklichen Leben! So wie die blöde Pute von meiner Schwester mit ihren ganzen Losern, die nur wegen des Geldes mit ihr zusammen sind. Mann, ist das Leben scheiße. Ich habe nicht drum gebeten, auf die Welt zu kommen, und jetzt büße ich für das Gift, das mir ein anderer ins Blut gespritzt hat.*

Und Livia, wie lange würde die brauchen, um ihn zu vergessen? *Die Liebe! Von wegen Liebe. Liebe gibt es nicht, das ist bloß die Erfindung von Schwachköpfen, die es nicht alleine aushalten.* Er liebte niemanden. Und niemand liebte ihn. Vielleicht seine Mutter, ein bisschen, aber wenn die mit ihren Angstzuständen loslegte!

Er sah zum Himmel und fragte sich, ob es dort oben wirklich einen Gott gab, der ihm in diesem Moment zusah. Selbstmörder fahren direkt in die Hölle, hatte Don Antonio im Religionsunterricht gesagt. Ob das stimmte? Würde er in die Hölle kommen und für alle Ewigkeit dort braten? Nein, das glaubte er nicht. Wo sollte das überhaupt sein? Unter der Erdkruste? Unmöglich. In all den Jahrtausenden wäre sie längst explodiert, wegen Überbevölkerung. Oder im Himmel? Aber wo dort? Nein, er glaubte nicht an die Hölle. So wie er nicht ans Paradies glaubte und an all den anderen Stuss, den die Pfaffen erzählten. Gott liebt dich. Wer sollte das glauben? Bei all den Planeten, den Sternen, den Galaxien und schwarzen Löchern, die das Universum bevölkerten, sollte sich Gott, wenn es ihn denn gab, ausgerechnet um ihn kümmern, um Giovanni Ros und seine Seele? Und wozu? Nein, er konnte nicht glauben, dass es ein Leben gab nach dem Tod.

Alles war vorbei, vorbei für immer.

Aber was für eine Verschwendung.

Er sah auf die riesige Fläche Meer hinaus, die vor ihm lag und in den Strahlen einer heißen und gleichgültigen Sonne glitzerte, und dabei dachte er an die ersten Sprünge ins Wasser, die er unten bei den *topolini* gemacht hatte, unter dem besorgten Blick seiner Großmutter. Das wunderbare Gefühl, sich ins kühle Nass fallen zu lassen und dann wieder aufzutauchen.

Und dann das erste Mal, als er mit seinem Cousin auf den Golf hinausgesegelt war! Der Wind fuhr ihnen durchs Haar, und hinter ihnen verlor sich die Stadt in der Ferne. Wie mächtig hatte er sich damals gefühlt, die Hand am Steuerruder und über sich das Großsegel, das sich in der Brise blähte.

Und das eine Mal, als er eine Familie von Delfinen gesehen hatte, die aus dem Wasser sprangen und mit dem Kielwasser der Fähre spielten, auf der er nach Grado fuhr. Wie schön das gewesen war!

So viele großartige Dinge auf der Welt, die er nicht

mehr sehen würde. Wie gerne hätte er zurückgespult und die letzte Woche gelöscht. Aber das ging nicht.

Er konnte nicht mehr zurück.

Tschüss, Mama, wein nicht um mich. Tschüss, Livia, tschüss, Flavio, Stefano, Neno, Andrea, Pupo, tschüss, Freunde aus meinem kurzen, glücklosen Leben. Ich habe euch am Ende schon gerngehabt. Vergesst mich mal nicht allzu schnell.

Er löste sich vom Baum, ging in die Knie und breitete die Arme aus, bereit zum Sprung. Bevor er sich abstieß, schlug er instinktiv ein Kreuzzeichen und kniff die Augen zusammen …

Dann sprang er.

Doch anstatt ins Leere zu stürzen, spürte er eine Kraft, die ihn nach oben zog. Was war denn das? Als er sich umdrehte, verlor er das Gleichgewicht und purzelte die Böschung hinunter, prallte gegen Steine und Bäume, während ein unbekannter Körper ihn umklammert hielt und eine Stimme schrie: »Neeeiiin!«

Er spürte, wie Hose und Pullover rissen, die Haut aufgeschürft wurde, Felsbrocken und Äste ihn überall am Körper trafen. Das Meer kam immer näher. Nach einem schier endlosen Fall kamen sie plötzlich zum Halten, aufgespießt von einer dichten Brombeerhecke.

Blutend und benommen öffnete Giò einen Spalt weit die Augen und sah Livias Vater, der sich an ihn klammerte. Seine Augen waren geschlossen, und eine tiefe Risswunde klaffte in seinem blutverschmierten Gesicht.

Er sah aus, als wäre er tot.

24 *Die Tage hier ziehen sich endlos hin, meine Tochter.*

Als ich in dieser Hölle lebte, träumte ich nur davon, ein Buch zu lesen, eine ganze Flasche Wasser zu trinken, richtige Schuhe und Strümpfe zu haben. Kleinigkeiten, die mir dort unerreichbar und wundervoll erschienen.

Jetzt, da mir das alles seit so vielen Jahren offensteht, habe ich zu nichts mehr Lust. Wie ungerecht ist das Leben, immer verschiebt es den Horizont noch ein Stückchen weiter und hindert uns daran, in der Fülle des Augenblicks zu leben.

Es tut mir leid, dass ich nicht dabei sein kann, während deine Tochter größer wird, auch wenn ich froh bin, dass du Italien so weit hinter dir gelassen hast. Dein Mann scheint mir ein anständiger Mensch zu sein, vielleicht ein wenig blass, aber ich verstehe deinen Wunsch nach Normalität, nach allem, was du durchmachen musstest. Manchmal wünsche ich mir morgens, dich an der Tür stehen zu sehen, mit deiner Tochter an der Hand, aber ich weiß, dass ich diese Freude auf Erden nicht mehr erleben werde. Und ich kann nicht von dir verlangen, gegen deine Natur zu handeln.

Manchmal spielt der Kopf mir Streiche, und ich kann

mich nicht erinnern, was ich am Tag davor gemacht habe, aber ich sehe noch deutlich jede Minute, jeden Tag, jeden Monat unserer furchtbaren gemeinsamen Erfahrung vor mir. Es ist, als hätte ich das Lager, die Baracken, niemals verlassen; als würde sich der Rauch der Schornsteine von Auschwitz mit dem der Risiera mischen und noch in meine geheimsten Zellen dringen.

Ich sehe noch die Murmel deines Bruders vor mir, die noch in Triest, im Lager Risiera, über den Boden rollt, die Pfeife deines Vaters, die noch in seinem Kamelhaarmantel war, dein schlagartiges Verstummen.

Und ich höre noch die nächtliche Musik, die die Folterungen überdeckte.

Ich erinnere mich an jede Minute der schrecklichen, endlosen Reise im versiegelten Zug, an das Weinen, den Gestank, die verzerrten Gesichter, den schrecklichen Durst. Das Hundegebell bei jedem Halt. Die Schüsse der SS auf alle, die zu fliehen versuchten. Und an uns dort drinnen, zusammengepfercht wie die Tiere, einer misstraute dem anderen und man wechselte feindselige Blicke, weil man fürchtete, jemand könnte den Kanten trockenes Brot klauen, den man bekommen hatte.

Ich weiß, du hast mich gebeten, nicht mehr darüber zu reden, du hast Italien auch deshalb verlassen, um meine Erzählungen nicht mehr hören zu müssen. Natürlich hast du das Recht, dein Leben zu leben. Aber ich kann nicht aufhören, Sara. Verzeih mir. Ich habe deinen Vater und deinen Bruder verloren, und du lebst weit weg mit deinem Mann und einer Tochter, die ich nie kennengelernt habe. Aber ich halte dir das nicht vor, Liebes. Ich verstehe dich.

Behalte jedoch im Gedächtnis, dass wir in Triest eine Villa besaßen, eine Villa, die deinen Urgroßvater und deine Großmutter zur Welt kommen sah und später dann mich und dich und deinen Bruder. Ein Heim, das ich geliebt habe und in dem auch dein Vater hat leben wollen, nach unserer Hochzeit. In dieser Villa, in diesem Garten hofften wir alle, alt zu werden, umgeben von Kindern und Enkelkindern.

Es ist uns nicht vergönnt gewesen.

Die Häuser, in denen wir leben, sind ein wenig wie unsere Seele, sie enthalten, was an uns am kostbarsten und geheimnisvollsten ist. Unsere Identität, unsere Wurzeln. Ich weiß, dass du davon nichts mehr hören willst, dass du jede Erinnerung an dein früheres Leben getilgt hast. Aber es ist nicht gerecht, dass deine Tochter aufwächst, ohne zu wissen, was ihrer Familie und ihrem Volk angetan wurde, und der Villa, in der auch sie geboren und aufgewachsen wäre, wenn sich das Schicksal nicht so grausam gegen uns verschworen hätte.

Tu es wenigstens für mich, sprich zu ihr von unserer Vergangenheit, lass nicht zu, dass sie in Unkenntnis ihrer Wurzeln lebt. Das wäre nicht gerecht. Wenn ich tot bin, gib ihr dieses Heft.

Ich habe es für dich geschrieben, aber ihr widme ich es. Damit sie ihre Großmutter nicht vergisst und die nutzlose, unerklärliche, unmenschliche Grausamkeit, die ihre Familie und ihr Volk getroffen hat.

Ohne Kenntnis der Vergangenheit kann es keine Zukunft geben.

25 Schädel- und Wirbeltrauma sowie diverse weitere Verletzungen, darunter Brüche am Kiefer, am Oberarm und am rechten Fuß. Die Ärzte machten gegenüber der Familie und den seit Stunden auf dem Korridor wartenden Kollegen keinen Hehl daraus, dass der Zustand von Kommissar Ettore Benussi äußerst ernst war. Nun lag er sediert, eingegipst und mit einer orthopädischen Halskrause ein Zimmer neben Sergio Cohen, der inzwischen nicht mehr in Lebensgefahr schwebte.

Eine Röntgenaufnahme der Halswirbelsäule hatte eine Luxationsfraktur der Wirbel C4–C5 ergeben. Im Operationssaal hatte man daher nach Verabreichung von Muskelrelaxantien eine Halotraktion durchgeführt, mittels einer Crutchfield-Klammer mit einem Gewicht von acht Kilogramm. Jetzt galt es, mindestens zwölf Stunden zu warten, um festzustellen, ob die Ausrichtung der Wirbelsäule gelungen war. Erst dann würde man den Patienten einer Somatektomie und anschließenden Gelenkversteifung unterziehen. Zudem sollte ein autologes Transplantat aus dem Beckenkamm eingesetzt und mit einer Titanplatte verschraubt werden.

Carla und Livia verstanden, schockiert wie sie waren, nur Bahnhof. Elettra, die sich länger mit dem Traumatologen unterhalten und sich alles hatte erläutern lassen, erklärte ihnen das Wesentliche: Wenn die Operation erfolgreich verlief, würde der Kommissar in einigen Monaten, spätestens in einem Jahr, wieder ein ganz normales Leben führen können. Es gab durchaus Fälle von vollständiger Genesung.

Für Carla waren diese Worte Balsam auf ihrer Seele. Wenigstens das Gespenst einer dauerhaften Lähmung schien gebannt, ganz zu schweigen vom Tod durch Ersticken, was Ettore lange gedroht hatte.

Livia hingegen war innerlich aufgewühlt. Noch kannte niemand die Wahrheit. Niemand, bis auf ihren Vater. Sobald er wieder zu Bewusstsein kam, war das Leben des armen Giò ruiniert, und auch sie selbst und ihre Freunde konnten in Schwierigkeiten geraten. Nur die Angst, dass Giò sich von der Klippe stürzte, hatte sie dazu getrieben, ihm die Wahrheit zu gestehen. Und jetzt hatte sie eine andere Angst, Angst vor den Konsequenzen. Vielleicht konnte sie ihren Vater überreden, das Ganze für sich zu behalten, wenn er sich wieder erholt hatte. Schließlich war sie ja seine Tochter, er würde sie beschützen. Aber Giò? Der war labil, und das machte ihr Sorgen. Bestimmt hatte er Gewissensbisse, weil er ihren Vater in Lebensgefahr gebracht hatte, und wenn das so war, würde er reden.

Sie versuchte, zu ihm zu gehen; tatsächlich lag er auf derselben Station, nur zwei Zimmer weiter. Sie wollte ihm einschärfen, dass er nichts sagen durfte, aber Inspektorin Morin ließ sie nicht ins Zimmer. Auch wenn er außer Gefahr war, sagte sie, sei er noch sehr schwach. Außerdem seien seine Eltern da. Besser, man ließ die drei in Ruhe. Sie konnte ihn ja später auch noch besuchen.

In Wirklichkeit hatte Elettra Livia Benussis eigentliche Absicht durchschaut und wollte auf jeden Fall verhindern, dass sich die beiden Jugendlichen absprachen. Giovanni Ros' Verzweiflungstat hatte ihr das fehlende Puzzlestück verschafft.

Nach ihrer Begegnung mit Violeta Amado hatte sie endlich verstanden, was an jenem Septemberabend passiert sein musste, und sie war erschüttert.

Aber zu dem Zeitpunkt fehlte ihr noch ein Name.

Der Name des Jungen, den Violeta dabei beobachtet hatte, wie er auf Ursula Cohen eintrat und sie ins Meer stieß.

Jetzt hatte sie den Namen.

Giovanni Ros.

Sie brauchte nur noch einen konkreten Beweis, oder noch besser: ein Geständnis.

Als sie tags zuvor nach der Unterredung mit Violeta Amado Pater Florence verlassen hatte, wollte sie eigentlich gleich Benussi verständigen, aber sein Handy war ausgeschaltet. Auf dem Kommissariat erfuhr sie, dass er sich einen halben Tag freigenommen hatte.

So entschloss sie sich, ebenfalls Feierabend zu machen. An dem Nachmittag hätte sie ohnehin nichts mehr zuwege gebracht, müde und mitgenommen wie sie war. Sie konnte nicht klar genug denken, um herauszufinden, wer der Junge war, der Ursula Cohen so brutal zusammengeschlagen hatte. Vor allem aber wusste sie nicht, wie sie mit Violeta Amado verfahren sollte.

In dieser Geschichte schien niemand schuldlos zu sein.

Jetzt kam ihr der Gedanke, die Staatsanwältin aufzusuchen und ihr zu erzählen, was sie in Erfahrung gebracht hatte. Zusammen konnten sie überlegen, wie es weitergehen sollte. Im Licht der letzten Vorkommnisse waren Sergio Cohen und Martin Skok definitiv entlastet, auch wenn zu klären blieb, warum der Neffe des Opfers geflohen war.

Aber das würde sie früh genug erfahren, sobald sie ihn befragen könnte. Im Moment hatte es keine Eile.

Auf dem Krankenhausparkplatz begegnete sie Valerio Gargiulo, der gerade ankam, und zwar just in Begleitung der Staatsanwältin Rosanna Guarnieri. Die Nachricht vom schrecklichen, wenn auch heroisch erfolgten Unfall Kommissar Benussis hatte sie bestürzt, sie wollte ihn gleich besuchen und sehen, wie es ihm ging.

Bald sollte auch noch der Polizeipräsident kommen.

Inspektorin Morin erzählte, was der Traumatologe gesagt hatte. Benussi war zwanzig Meter weit den Abhang hinuntergerollt, bis er zum Halten gekommen war. Er hätte sterben können, oder er könnte querschnittsgelähmt bleiben. Dem jungen Mann war es besser ergangen. Nichts als Schürfwunden und ein gebrochener Ellenbogen.

»Und Benussis Frau?«

»Sie steht noch unter Schock, ist aber erleichtert. Wie wir alle.«

»Was hatte er überhaupt auf dem Rilkeweg verloren?«

»Jemand muss ihn von dem Selbstmordversuch informiert haben. Wir glauben, dass es seine Tochter war, sie hat ihn auch dorthin begleitet. Der Junge ist mit ihr befreundet. Und nicht nur das …«

Valerio vermied es, sie anzusehen, er war mächtig unter Strom.

»Wenn Sie gestatten, ich gehe schon mal vor.«

Rosanna Guarnieri nickte, und Gargiulo durchquerte fast im Laufschritt das Foyer des Cattinara-Krankenhauses. Elettra war klar, dass sie mit ihm reden musste, so konnten sie nicht weitermachen.

»Ich war eben auf dem Weg zu Ihnen, Dottoressa Guarnieri«, begann sie. »Meiner Einschätzung nach haben wir jetzt alles in der Hand, um den Fall Cohen abzuschließen. Ich hätte lieber erst mit Commissario Benussi gesprochen, aber angesichts seines Zustands …«

Die Staatsanwältin musterte sie mit Überraschung und Sympathie. Sie hatte diese spröde, stolze junge Frau immer gemocht, die über eine außergewöhnliche Beobachtungsgabe zu verfügen schien, und teilte keineswegs die widerwillig-herablassende Art, mit der Benussi sie behandelte.

Sie würde ihren Weg machen, da war sie sich sicher.

»Kommen Sie mit mir einen Kaffee trinken, Ispettore Morin? Mein Blutdruck ist heute Morgen etwas niedrig.«

Staatsanwältin Rosanna Guarnieri saß an einem Tischchen in der Krankenhauscafeteria, wo Angehörige, Krankenpfleger und Ärzte ein und aus gingen, und folgte mit großer Aufmerksamkeit dem Bericht der jungen Inspektorin.

Am Abend des Verbrechens war Ursula Cohen gegen 22.30 Uhr aus dem Teatro Verdi gekommen, in Gesellschaft ihrer Freundin Renate Stein. Wie üblich hatte sie den Gärtner Martin Skok gebeten, mit dem Auto an der Uferstraße zu warten, auf Höhe des Alten Fischmarkts. Sie ging gern ein Stück zu Fuß, so hielt sie es seit über dreißig Jahren nach jedem Theaterbesuch.

Der Kommissar hatte diese Version von Anfang an in Zweifel gezogen. Aber Renate Stein hatte dieses wunderliche Verhalten bestätigt. Ursula Cohen war einfach so, sie verabscheute es, wie eine alte Frau behandelt zu werden. Und Angst hatte sie vor nichts.

Abgesehen davon, Skoks Aussage zu bestätigen, hatte Renate Stein jedoch noch eine unerwartete Information beigesteuert. Sergio Cohen, der Neffe des Opfers, hatte seine Tante vor dem Theater abgefangen. Somit richteten sich die Ermittlungen auf ihn, auch weil er bei seinem Alibi gleich zweimal gelogen hatte. Darüber hinaus war an den Tag gekommen, dass er sich in einer verzweifelten wirtschaftlichen Lage befand und ständig damit beschäftigt war, sich Geld zu beschaffen.

Elettra Morin gab offen zu, dass Martin Skoks Selbstmord die Ermittlungen ein wenig durcheinandergebracht hatte. Zumal als in dem Geräteschuppen Wertgegenstände gefunden wurden, die anscheinend aus der Villa entwendet worden waren. Aber Benussi hatte nicht bei der erstbesten Hypothese haltmachen wollen – hier überging Elettra ihre kleine Auseinandersetzung und sprach dem Kommissar eine Sorgfalt zu, die in Wirklichkeit die ihre gewesen war. Also hatte er sie selbst und Inspektor Gargiulo nach Opicina geschickt. Sie hatten aber lediglich Cohens junge ukrainische Lebensgefährtin in kritischem Zustand vorgefunden.

Man hatte Sergio Cohen noch nicht zu seiner Flucht befragen können; zum Glück befand er sich mittlerweile außer Gefahr.

Der Fall schien somit gelöst, doch zwei weitere unvorhergesehene Ermittlungsergebnisse wirbelten abermals alles durcheinander.

Erstens die Aussage eines älteren, im Wohnmobil reisenden Ehepaars aus Österreich, das eine Frau in gelbem Regenmantel gesehen hatte, die mit einem Mädchen im Arm an der Haltestelle der Buslinie 30 stand. So weit nichts Ungewöhnliches. Aufgefallen war ihnen der Schrei, den die Frau unvermittelt ausgestoßen hatte, nachdem sie offenbar weiter vorne auf der Promenade irgendetwas beobachtet hatte. Und dann war sie losgerannt, weshalb und wohin, das hatten die beiden Zeugen nicht ausmachen können.

Der zweite Faktor, der dazu führte, dass der Fall neu aufgerollt werden musste, war die filmreife Festnahme zweier albanischer Drogenhändler und eines italienischen Kleindealers, der sich, Zufall Nr. 1, als Igor Salvini herausstellte – der »Schwiegersohn« von Danilo Ros, des Eigentümers der Villa, in der Ursula Cohen lebte. Eine zwielichtige Gestalt und ein eingefleischter Zocker, der, um seine Schulden begleichen zu können, versucht hatte, die Albaner über den Tisch zu ziehen. Aber nicht das war das Unglaubliche – letztlich hatte die Polizei ihn davor bewahrt, dass an ihm ein Exempel statuiert wurde –, sondern die Tatsache, dass auch er im Verhör gestanden hatte, Zufall Nr. 2, am betreffenden Abend am Tatort gewesen zu sein.

»Noch der ausgefuchsteste Krimiautor könnte sich so etwas nicht ausdenken«, bemerkte Rosanna Guarnieri amüsiert.

»Ja, die Wirklichkeit übertrifft immer die Fiktion«, stimmte Elettra zu, während sie ein Glas Wasser trank. Ihre Kehle war schon ganz ausgetrocknet. Dann fuhr sie in ihrer Erzählung fort.

Bei der Vernehmung Salvinis war sie nicht dabei gewesen, aber Inspektor Gargiulo hatte ihr sämtliche Details berichtet. Igor Salvini behauptete, zur Uferpromenade gegangen zu sein, um einen Wagen zu stehlen. Der Kommissar dagegen war überzeugt, dass auch er es auf Ursula Cohen abgesehen hatte. Deren Tod konnte in der Tat die Lösung für zahlreiche Probleme sein: Der Vater von Salvinis Freundin würde die Villa verkaufen und das Geld mit den Kindern teilen, was Salvini wiederum die Möglichkeit eröffnete, seine Spielschulden zu begleichen.

Dass Salvini im Weiteren zugab, das Opfer zu Boden geschubst zu haben, als er vor dem Besitzer des Wagens davonrannte, bestätigte in Benussis Augen seine Beteiligung an dem Mord, und er ließ ihn festnehmen.

Zu diesem Zeitpunkt gab es also zwei Verdächtige, Sergio Cohen und Igor Salvini.

Der erste lag noch bewusstlos im Cattinara-Krankenhaus, der zweite saß im Gefängnis. Eine Flucht kam nicht infrage. Benussi war sich sicher, an einem entscheidenden Punkt angekommen zu sein. Er nahm sich einen halben Tag frei, um anschließend die Ermittlungen mit neuem Elan fortzusetzen.

Aber er wusste noch nicht, was sie, Elettra Morin, bei der Vernehmung Violeta Amados herausgefunden hatte.

Als die Inspektorin aufs Kommissariat zurückkam, informierte Gargiulo sie von Igor Salvinis Verhaftung und der Entscheidung Benussis, sich für einen halben Tag auszuklinken. Elettra brachte es nicht über sich, den Kommissar aus seiner Ruhepause zu reißen. Was sie ihm zu sagen hatte, konnte bis zum nächsten Morgen warten. Es war zu schrecklich, um wahr zu sein.

Rosanna Guarnieri musterte Elettra Morin erwartungsvoll. Was mochte sie entdeckt haben?

Die junge Polizistin zögerte, sie schien nach Worten zu suchen.

»Ich konnte nicht verstehen, warum mich Violeta bei unserem ersten Gespräch belogen hatte, am Vormittag nach dem Mord«, sprach sie schließlich mit leiser Stimme weiter. »Sie hatte ausgesagt, das entflohene Mädchen gegen 21.00 Uhr, 21.30 Uhr am Molo Audace gefunden zu haben. Die Österreicher waren sich aber ganz sicher, sie über eine Stunde später an der Haltestelle vor der Stazione Marittima gesehen zu haben.«

»Woher wussten sie, dass es sich um diese brasilianische Pflegerin handelte?«

»Das wussten sie gar nicht. Sie sagten nur aus, eine Frau im gelben Regenmantel gesehen zu haben, mit einem Kind auf dem Arm, und diese Frau sei plötzlich schreiend losgerannt. Das mit dem Kind ließ bei mir eine Alarmglocke klingeln. Der gelbe Regenmantel war dann die Verbindung – Violeta Amado hatte ihn gestern Morgen wieder an, als ich noch mal hinfuhr, um sie zu vernehmen.«

Gut, Morin, dachte Staatsanwältin Guarnieri und warf der jungen Inspektorin einen anerkennenden Blick zu. Der Zusammenhang wäre Benussi wahrscheinlich entgangen.

»Und was hat sie dazu gesagt?«

»Ich kann es immer noch nicht glauben, Dottoressa Guarnieri. Ich hatte von ihr so einen ausgeglichenen Eindruck, so eine großzügige Frau …«

»Spannen Sie mich nicht auf die Folter. Ich kann hier nicht den ganzen Vormittag Kaffee trinken«, sagte Rosanna Guarnieri ungeduldig.

»Entschuldigen Sie. Violeta Amado sagte mir, sie habe gesehen, wie Signora Cohen zu Boden fiel, weil ein Mann sie im Weglaufen angerempelt hatte. Das muss Igor Salvini gewesen sein.«

»Und woher wusste sie, dass das Ursula Cohen war? Die Haltestelle für den 30er-Bus ist ein ganzes Stück von der Uferpromenade weg.«

»Sie hatte sie zufällig schon vorher gesehen, als sie nach dem Mädchen suchte. Signora Cohen ging ein Stück vor den beiden, im Gespräch mit ihrem Neffen. Eigentlich war es mehr ein Streit. Violeta Amado ist dann angeblich schnell weitergegangen, um nicht erkannt zu werden, sie hatte keine Lust, in einen Familienstreit hineingezogen zu werden.«

»Klingt mir nach einer ziemlich gewundenen Erklärung …«

»Ja, aber im Licht der letzten Ereignisse stimmt es wohl wirklich. Während Violeta Amado an der Bushaltestelle wartete, hat sie ihrer Arbeitgeberin aus den Augenwinkeln nachgesehen. Sie war nicht schwer zu erkennen mit ihrem Gehstock. In regelmäßigen Abständen kam sie durch den Lichtkegel einer Straßenlaterne. Als Signorina Amado sah, wie sie von dem flüchtenden Mann umgerempelt wurde, war ihre erste Regung, Signora Cohen zur Hilfe zu eilen. Dann sah sie, wie fünf oder sechs Jugendliche sich über sie beugten, und dachte, die würden ihr aufhelfen.«

»Aber?«, drängte die Staatsanwältin.

»Aber sie haben ihr nur die Handtasche geklaut und sind weggelaufen. Das war der Moment, in dem die Amado geschrien hat und in die Richtung losgelaufen ist. Sie wollte sie aufhalten.«

»Ist ihr das gelungen?«

»Leider nein. Noch im Laufen hat sie gesehen, wie einer der Jugendlichen kehrtmachte, auf die alte Frau eintrat und sie ins Meer stieß. Er war außer sich, anscheinend sturzbesoffen.«

»Kann das sein, dass das sonst niemand gesehen hat? Es war doch nicht spät, da müssen Passanten unterwegs gewesen sein, vorbeifahrende Autos … Die Gegend ist ziemlich belebt.«

»Das habe ich mich auch gefragt. Aber dann wurde mir klar, woran es lag. An der Bora. Wenn Sie sich noch erinnern, hat an dem Abend ganz schön der Wind geblasen.

Das muss die Geräusche überdeckt haben. Es waren nur die jungen Leute da, die den Wind eher als Herausforderung sehen.«

»Sprechen Sie weiter.«

»Obwohl sie gerannt ist, kam Violeta Amado zu spät. Das Mädchen weinte, hatte Angst. Als sie sich vorbeugte, sah sie Ursula Cohen im Wasser, sie hat um Hilfe gerufen, und zwar auf Deutsch. Der Junge war verschwunden.«

»Das verstehe ich nicht. Sie meinen, diese Violeta Amado ist hingerannt, um ihre Arbeitgeberin gegen einen tätlichen Angriff zu verteidigen, aber als sie sie dann im Meer sieht, tut sie nichts, unternimmt keinen Versuch, sie zu retten, ein Auto anzuhalten, die Polizei zu rufen? Sie sieht einfach zu, wie sie ertrinkt?«

»Ganz genau.«

»Ich verstehe es immer noch nicht ...«

»Violetas Adoptivmutter war eine Jüdin aus Triest, die Auschwitz überlebt hat.«

»Was hat das mit der Sache zu tun?«

»Ursula Cohen war in Auschwitz eine der Gefangenen, die als Aufseher dienten. Violeta Amado hatte das erst vor wenigen Tagen herausgefunden. Deshalb hatte sie die Villa verlassen und bei Pater Florence Unterschlupf gesucht. Als sie Ursula Cohen auf Deutsch schreien hörte, kam das ganze Leiden ihrer Mutter in ihr hoch, sie war wie gelähmt. Sie hat tatsächlich zugesehen, wie sie ertrank.«

Rosanna Guarnieri bedeckte ihr Gesicht mit den Händen. »Wie schrecklich.«

»Ja.«

Die Staatsanwältin sah Elettra an, als suchte sie nach einer Antwort, die sie sich selbst nicht zu geben wagte.

»Aber warum hat sie dann geschwiegen, warum gelogen, warum hat sie den Jungen nicht angezeigt?«

»Weil sie ihm nicht sein Leben kaputt machen wollte. Er war ganz offensichtlich betrunken.«

»Aber der Junge ist ein Mörder.«

»Das war Ursula Cohen auch. Bestimmt gab es eine Menge mildernde Umstände, aber sie hat ihr eigenes Volk verraten.«

Die Pressekonferenz leitete der Polizeipräsident persönlich. Neben ihm saßen Valerio Gargiulo und Elettra Morin sowie die Staatsanwältin Rosanna Guarnieri. Der Fall der alten Dame, deren Leiche am Molo Audace gefunden worden war, verkündete der Polizeipräsident mit einem Anflug von Genugtuung, sei nun offiziell gelöst, auch dank des heldenhaften Einsatzes von Kommissar Benussi, der zur Stunde mit unklaren Heilungsaussichten im Cattinara-Krankenhaus liege.

Giovanni Ros hatte ein Geständnis abgelegt, in dem er angab, alleine gehandelt zu haben. Er hatte seine Freunde entlastet. Auch für den Raub der Handtasche übernahm er die Verantwortung. Er erklärte, sie ins Meer geworfen zu haben.

Nach der Veröffentlichung des Artikels im *Piccolo* waren diverse Hinweise aus der Bevölkerung eingegangen. Zahlreiche Leser hatten bestätigt, eine Gruppe betrunkener Jugendlicher auf der Uferpromenade gesehen zu haben, aber sie hätten sich nicht einmischen wollen, teils aus Angst, teils weil sie die Sache nichts anging. Eine Toskanerin, die im *Savoia* abgestiegen war, rief bei der Polizei an und sagte, sie habe einen Jungen gesehen, der auf irgendetwas am Boden Liegendes eintrat. Es habe ausgesehen wie ein Koffer oder ein Sack, aber aus dem Fenster im zweiten Stock habe sie nicht genau erkennen können, worum es sich handelte. Auch sie hatte der Sache keine große Bedeutung beigemessen.

Aber war das nicht alles verständlich? Die Jugend von heute machte einem Angst, sie lebte in einer eigenen Welt, und niemand hatte Lust, sich in die Streitereien der jungen Leute einzumischen oder in den Unfug, den sie trieben.

So weit die offizielle Version.

Dass die Tochter von Kommissar Benussi in die Geschichte verwickelt war, kam nie ans Licht. Giovanni Ros verschwieg, dass sie zu seiner Gruppe gehört hatte, und auch der Kommissar selbst, bald auf dem Weg der Besserung, zog es vor zu schweigen.

Für die Öffentlichkeit blieb Livia Benussi die mutige Freundin, die ihrem Vater eine SMS geschickt hatte, worauf er an den Ort des Selbstmordversuchs gefahren war. Der jugendliche Mörder verdankte ihr also sein Leben.

Als Sergio Cohen im Krankenhaus von Rosanna Guarnieri und Elettra Morin vernommen wurde, erklärte er seine Flucht mit der Angst, in den Mordfall hineingezogen zu werden. Violeta Amado hatte ihm am Vormittag nach dem Unglück in der Villa gesagt, sie habe ihn abends zuvor auf der Uferpromenade gesehen, im Streit mit der Tante. Und da sah er sich auf der Verliererstraße. Auch wenn Violeta versichert hatte, sie werde das Ganze für sich behalten, war er sicher, dass sie ihn früher oder später verraten würde, und dann würde keiner an seine Unschuld glauben. Er habe nicht riskieren wollen, erklärte Cohen, für ein Verbrechen bestraft zu werden, das er nicht begangen habe. Auf den Einwand der Staatsanwältin, dass er sich damit doch erst recht verdächtig gemacht habe, erwiderte Cohen nur, er habe den Kopf verloren.

Igor Salvini wurde wegen Drogenhandels und versuchten Autodiebstahls angezeigt. Er stand unter Hausarrest und wartete auf seinen Prozess.

Irina Schatz hatte sich wortlos entschieden, in die Ukraine zurückzukehren, und Sergio Cohen war es nicht mehr gelungen, Kontakt mit ihr aufzunehmen.

Violeta Amado wurde wegen unterlassener Hilfeleistung, Falschaussage und Behinderung der Ermittlungen angezeigt. Bis zum Prozesstermin wurde sie der Obhut von Pater Florence anvertraut.

26

An einem heißen Oktobernachmittag, zwei Tage nach der Beerdigung von Ursula Cohen, konnte Sergio Cohen das Krankenhaus erstmals verlassen, und so wurde im Notariat Vidusso das Testament der Verstorbenen eröffnet.

Anwesend waren Sergio Cohen, der noch schwach und blass aussah, Marisa Kern und auf ausdrücklichen Wunsch des Notars auch Violeta Amado, die von Pater Florence begleitet wurde.

Der Notar war ein fettleibiger Herr, der die Hosenträger, die sich über seinen vorstehenden Bauch spannten, offen zur Schau stellte. Er strich seine Bedeutung gerne dadurch heraus, dass er immer wieder längere Sprechpausen einlegte.

»Wie Ihnen allen bekannt ist, hatte Signora Ursula Cohen, geborene Flores, keine anderen Verwandten als ihren angeheirateten Neffen Sergio, hier anwesend, der demnach naheliegenderweise ihr alleiniger Erbe sein sollte.«

Ein Anflug von Ungeduld zog über Sergio Cohens abgemagertes, blasses Gesicht.

»Doch bei ihrem letzten Beratungstermin hat sie es für gut befunden, mir die folgenden Weisungen zu übermitteln, die ich Ihnen nun zur Kenntnis geben werde.«

Äußerst gemessen setzte er die Brille auf, nahm sie mit einer unwilligen Geste wieder ab, reinigte sie mit einem eigens dafür bereitliegenden Tuch und hielt sie mehrmals ans Licht der Tischlampe, um zu überprüfen, dass keine Schlieren mehr vorhanden waren. Die übrigen Anwesenden musterten ihn mit wachsender Gereiztheit und Abneigung.

Schließlich öffnete er die Schreibtischschublade, zog einen Umschlag hervor und erbrach den Siegellack. Dann entnahm er ihm ein mit zittriger, doch regelmäßiger Hand beschriebenes Blatt.

Er schnäuzte sich in ein frisch gestärktes Taschentuch, räusperte sich mehrmals und hob an, das Testament zu verlesen:

Endlich hat der Tod für gut befunden, mich von einem Leben zu befreien, das mir unerträglich geworden ist. Ich weiß, dass man mich nicht beweinen wird. Auch ich trauere Euch in keiner Weise nach. In meinem langen Leben gab es keinen Tag, der in mir eine Erinnerung hinterlassen hätte, die sich, wenn schon nicht als schön, so doch wenigstens als nicht unangenehm bezeichnen ließe. Die Schuld dafür liegt wahrscheinlich auch bei mir, da ich die argwöhnische, misstrauische und pessimistische Art meiner Mutter geerbt habe. Aber ich versichere Euch, dass sich mir das Leben alles andere als großzügig gezeigt hat, und wäre ich mutiger gewesen, so hätte ich dem allen schon vor vielen Jahre ein Ende bereitet. Jetzt aber ist es vorbei, und ich danke einem Gott, an den ich nicht zu glauben vermag, dass er dieses schreckliche Joch von mir genommen hat.

Nach dieser Vorbemerkung, die Euch wahrscheinlich überhaupt nicht interessiert, erkläre ich meinen letzten Willen.
Dem Neffen meines Ehemannes, Sergio Cohen, hinterlasse ich das Geld, das sich auf meinem Girokonto bei der Unicredit befindet. Ich weiß nicht, welche Summe das am Tag der Testamentseröffnung sein wird, aber vielleicht genügt sie ja, um die Löcher zu stopfen, die er in seinem unbedarften und leichtsinnigen Leben hat entstehen lassen.
Marisa Kern, die die letzten Lebensmonate meines Mannes erleichtert hat, hinterlasse ich meinen Schmuck, die Möbel und die Bilder der Villa, die sie so sehr liebte. Gewiss wird sie dafür bessere Verwendung finden als ihr unglückseliger Exgatte.
Violeta Amado, die es in den letzten Monaten verstanden hat, mir Paroli zu bieten und mich zu überraschen, hinterlasse ich die Summe von 1000 Euro.
Martin Skok hinterlasse ich meinen Wagen, neben dem Geschirr und dem Tafelsilber, das bereits mein Ehemann seinem Vater geschenkt hatte. Geld hinterlasse ich ihm nicht, von dem ihm noch zustehenden Lohn abgesehen. Er würde es ja doch nur in einer Woche vertrinken.
Und damit lebt wohl. Ich beneide Euch nicht um die Jahre, die Euch noch auf dieser Erde bleiben.

Ursula Flores Cohen

»Gut, das scheint alles zu sein«, schloss der Notar und faltete das Blatt wieder zusammen.

Pater Florence warf Violeta Amado einen amüsierten

Blick zu. Sie hatte recht, die Frau war wirklich ein Scheusal gewesen.

Sergio Cohen saß da und starrte den Notar wie versteinert an.

»Und die Villa?«

Der Notar sah erstaunt hinter seiner Brille auf.

»Die Villa?«

»Ja, natürlich, die Villa! Sie haben nichts von der Villa gesagt! Vielleicht versteht es sich ja von selbst, dass sie auf mich übergeht, als den rechtmäßigen Erben.«

Ein mitleidiges Lächeln breitete sich auf Vidussos fleischigem Gesicht aus.

»Lieber Junge, die Villa wurde vor zehn Jahren verkauft. Ihre Tante hatte nur noch ein Nutzungsrecht. Ich dachte, das sei Ihnen bekannt.«

Sergio Cohens Herzschlag setzte einen Moment lang aus.

»Das ist nicht möglich, das hätte sie mir doch gesagt ...«

Er drehte sich zu Marisa Kern um, die ihn mit triumphierender Miene ansah.

»Du wusstest es, stimmt's? Du hast es gewusst!«

»Natürlich habe ich es gewusst. Aber ich hatte deiner Tante versprochen, dir nichts davon zu sagen.«

Sergio Cohen sprang auf und brüllte, dunkelrot im Gesicht: »Dazu hatte sie kein Recht, dieses verdammte Miststück! Das konnte sie doch nicht machen! An wen hat sie sie überhaupt verkauft?«

»Hast du in den letzten Tagen nicht Zeitung gelesen?«

»Du weißt ganz genau, dass ich keine Zeitungen lese.«

»Und einen Fernseher gab es im Krankenhaus auch nicht?«

»Den habe ich nie eingeschaltet. Wieso?«

Morin und Gargiulo hatten Sergio Cohen auf ärztliche

Anweisung hin nicht mit Nachrichten behelligt, die seinen stark in Mitleidenschaft gezogenen Zustand noch weiter hätten gefährden können. Sie hatten ihm daher nur mitgeteilt, dass ein Jugendlicher wegen des Mordes an seiner Tante verhaftet worden sei, ohne ihm nähere Informationen zu geben.

Mit einem sadistischen Lächeln ging der Notar daran, das Messer noch tiefer in die Wunde zu stoßen.

»Die Information dürfte Sie nicht überraschen. Der Mörder Ihrer Tante ist der Sohn des Eigentümers der Villa.«

Sergio Cohen sank wie vom Blitz getroffen in den Stuhl zurück. »Und wie heißt dieser neue Eigentümer?«

Der Notar sah auf einen Zettel, der auf seinem Schreibtisch lag, und sagte: »Ros. Danilo Ros. Er hat ein Fischgeschäft beim Ponte Rosso. Ich habe seinerzeit den Kaufvertrag aufgesetzt.«

Als er den Namen hörte, durchbohrte Sergio Cohen Marisa Kern mit einem wütenden Blick.

»Du! Das warst du! Du hast es doch vor unserer Hochzeit schon mit diesem lumpigen Fischverkäufer getrieben! Gib's zu! Du steckst hinter der Sache!«

Anstatt alles abzustreiten, wie Violeta und Pater Florence erwartet hätten, reckte Cohens Exfrau stolz das Kinn und rief: »Ja, das stimmt. Es war meine Idee!«

Ihr Exmann stürzte sich auf sie und packte sie mit beiden Händen am Hals.

»Ich bringe dich um!«

Wäre Pater Florence nicht dazwischengegangen, er hätte Marisa Kern erwürgt.

»Das reicht jetzt! Ihr seid doch keine Kinder mehr«, sagte der Geistliche unwillig.

»Meine Herrschaften, bitte! Ich bitte Sie!«, rief der Notar.

Marisa Kern hatte ihre Maske abgelegt. Nun schrie sie die Wahrheit heraus, die ihr Leben so lange vergiftet hatte.

»Die Villa hat mir gehört. MIR! Mir und meiner Familie!«

Aller Augen richteten sich ungläubig auf sie. Wovon sprach sie da?

»Du bist ja wahnsinnig!«, rief Sergio, während er sich puterrot und mit Schweißperlen im Gesicht erneut auf den Stuhl sinken ließ.

»Ich bin mitnichten wahnsinnig. Ich habe erst nach dem Tod meiner Mutter davon erfahren, zwölf Jahre ist das her. Meine Mutter ist in der Villa geboren. Mein Großvater auch. Dein Onkel hat die Villa für ein Butterbrot dem Anwalt abgekauft, der sie an die Deutschen ausgeliefert hat.«

»Du redest wirres Zeug.«

»Von wegen!«

Dabei zog sie das abgegriffene Heft aus der Tasche, das den langen, tagebuchartigen Brief enthielt, den sie über die Jahre immer und immer wieder gelesen hatte.

»Da, lies selbst. Das ist ein Brief, den meine Großmutter meiner Mutter geschrieben hat, bevor sie starb. Die Villa wurde uns durch einen Betrug genommen. In dem Brief steht alles über die Gräuel, die meine Familie erleiden musste. Erst in der Risiera di San Sabba, dann in Auschwitz. Mein Großvater und mein Onkel sind in der Risiera ums Leben gekommen, meine Großmutter hat Auschwitz überlebt, aber nach Triest wollte sie nie wieder zurück. Als sie in Lissabon starb, war sie dem Wahnsinn nahe. Vor Schmerz.«

Mit einem Schlag war Sergio Cohens Wut verraucht und hatte großer Verblüffung Platz gemacht.

»Warum hast du mir nie davon erzählt?«

»Was hätte ich dir denn sagen sollen? Dass dein Onkel auf dem Rücken meiner Familie ein gutes Geschäft gemacht hat? Was hätte ich davon gehabt? Höchstens Mitleid und Argwohn.«

Zum ersten Mal sah Sergio Cohen das wahre Gesicht der Frau, die er einmal geheiratet hatte.

»Ich verstehe dich nicht, Marisa. In all den Jahren hast du dieses Gift zurückgehalten, hast so getan, als hättest du meinen Onkel gern. Du hast es dazu gebracht, dass ich dich heirate, und als wir uns getrennt haben, hast du meine Tante überredet, die Villa abzustoßen, um dich an mir zu rächen.«

»Nein, so war es nicht. Ich konnte das nicht voraussehen. Das war ihre eigene Idee.«

»Und dann hast du deinen Liebhaber überredet, die Villa zu kaufen, nur weil du gehofft hast, dort wohnen zu können …«

»Er war damals noch nicht mein Liebhaber. Als deine Tante anfing, mit dem Gedanken zu spielen, die Villa als nacktes Eigentum zu veräußern, brach für mich eine Welt zusammen. Da fiel mir etwas ein, das Danilo, bei dem wir immer den Fisch kauften, im Gespräch mit anderen Kunden erwähnt hatte. Er suchte nach einer günstigen Gelegenheit, einem Haus, das später für die Tochter zur Verfügung stehen sollte. Das war für mich ein Wink des Schicksals …«

»Und daraufhin hast du ihn auch noch verführt«, sagte Sergio und starrte sie fassungslos an.

»Natürlich. Ich hätte es nicht ertragen, wenn die Villa in die Hände von Unbekannten geraten wäre.«

Violeta, Pater Florence und der Notar wechselten wortlos Blicke. Wie war es möglich, so viele Jahre lang den Schmerz und die Demütigungen mit sich herumzutragen, ohne je ein Wort zu sagen? Die Frau war eine Psychopathin, hoffnungslos paranoid, gefangen in einem Wahn, der ihren Verstand getrübt hatte.

Was würde jetzt aus Marisas Leben werden, fragte sich Sergio Cohen unwillkürlich, wenn Danilo Ros die Villa trotz all ihrer Anstrengungen verkaufte? Würde alles von Neuem beginnen, nur dann mit neuen Eigentümern? Wahrscheinlich ja.

Die verlorene Villa war zu ihrem einzigen Lebenszweck geworden.

Zum ersten Mal, seit er Marisa kannte, tat sie ihm leid.

27

An diesem Morgen erwachte Ettore Benussi um 6.45 Uhr, und zwar schmerzfrei.

Das höhenverstellbare Bett, das Carla für ihn gemietet hatte, passte zwar kaum in sein Arbeitszimmer, doch es schien jetzt seinen Platz gefunden zu haben, zwischen der übers Eck laufenden Bücherwand und dem großen Schreibtisch. Der diente nun auch als Ablage für die Medikamente, die Bücher und das Radio, die Begleiter seiner langen Krankentage.

In ein paar Stunden würde Miriana kommen, die Physiotherapeutin.

Benussi war vor einem Monat aus dem Krankenhaus entlassen worden, sein Leben drehte sich nun um wenige, immer gleiche Rituale, die ihm jedoch eine gewisse Sicherheit gaben. Er fühlte sich verhätschelt und umsorgt, und das war ihm nicht unangenehm.

Um sieben Uhr kam Carla mit dem Malzkaffee und dem Zwieback. Auf richtigen Kaffee musste er noch eine Zeit lang verzichten, das machte ihn sonst zu nervös. Sie frühstückten zusammen, dann half sie ihm ins Bad und wieder zurück ins Bett. Bevor sie ging, schaltete sie ihm das Radio ein, wo um diese Zeit auf Radio Tre *Prima Pagina* lief, die Presseschau.

Bis neun Uhr hatte er alles, was er brauchte; er hörte sich den Presseüberblick an, die Höreranrufe und die Nachrichtensendung um 8.45 Uhr. Er war immer wieder baff, mit welcher Gewissheit die Anrufer ihre Ideallösungen für die Probleme des Landes vorbrachten. Wenn man den Leuten so zuhörte, war alles ganz einfach, man brauchte nur ihrem Rat zu folgen, und alle Verwicklungen, die die italienische Politik seit Jahrzehnten lähmten, würden sich in Luft auflösen. Schön wär's. Benussi seufzte bei dem Gedanken an die Gesichter, die im Parlament saßen, es waren immer dieselben, die immer älter wurden, und sie verschanzten sich immer mehr hinter ihren unerklärlichen Privilegien. Dann und wann erfuhr er durch die Anrufe von ungeahnten Wirklichkeiten, hörte überraschende Schicksale und kam zunehmend zu dem Schluss, dass die Mehrzahl der Italiener besser, würdiger und verantwortungsvoller war als die Regierenden, die das Volk gewählt hatte.

Etwa zur Hälfte der Presseschau schaute Livia herein und rief ihm ein hastiges »Ciao« zu, bevor sie sich auf den Weg in die Schule machte. Sie war in letzter Zeit freundlicher zu ihm, fast liebevoll. Das Geheimnis, das die beiden verband und für das sich der Kommissar ein wenig schämte, hatte sie einander nähergebracht. Wenigstens im äußeren Umgang. Sie hatten das Thema nicht mehr angerührt, auch nicht, wenn sie unter sich waren. Beide hatten Angst vor den Konsequenzen. Sie, sich vor dem Richter verantworten zu müssen, er, den unerwarteten, wenn auch fragilen Familienfrieden zu gefährden. Auch ein noch so verrohter Mörder hat einen Vater oder eine Mutter, die bereitwillig auf seine Unschuld schwören würden, hatte Benussi mit zynischer Resignation gedacht. Das waren halt die Widersprüche der menschlichen Seele.

Und diese etwas feige Rechtfertigung genügte ihm, mit sich Frieden zu schließen.

Um 9.30 Uhr kam die Physiotherapeutin, eine energische Kroatin, die ihn zu kräftezehrenden Übungen nötigte, die ihm jedoch Tag für Tag mehr von seinen körperlichen Fähigkeiten zurückgaben. Er musste weiter eine Halskrause tragen, aber Fuß und Schulter waren vom Gips befreit und wurden langsam wieder kräftiger.

Am späten Vormittag kam Carla, um ihn gründlicher zu waschen und ihm die Zeitungen zu bringen, die ihm bei der Lektüre unweigerlich aus der Hand rutschten und zu Boden fielen. Dann fluchte er, und seine Frau musste ihm die Artikel laut vorlesen. Um 12.30 Uhr aßen sie zusammen zu Mittag, dann ruhte er sich bis 15.30 Uhr aus.

Um vier Uhr empfing er den einen oder anderen Besuch, jedoch nicht täglich. Häufiger erhielt er Anrufe von Kollegen und Untergebenen, allerdings mit wachsender Teilnahmslosigkeit und Ermüdung. Seine ganze Aufmerksamkeit galt inzwischen dem Buch. Carla hatte ihm ein kleines Diktiergerät geschenkt, und diesem silbrigen Teufelswerk vertraute Benussi nach und nach Einzelheiten an, überraschende Wendungen, Nebenfiguren oder Beschreibungen, die ihm noch nützlich sein würden, wenn er endlich mit der eigentlichen Niederschrift anfangen konnte.

In seine Rolle als Kommissar zurückzuschlüpfen hatte er nicht die geringste Lust. Als er das im Krankenhaus dem Polizeipräsidenten gesagt hatte, schien dieser allerdings wenig geneigt, auf einen seiner besten Mitarbeiter zu verzichten. Dennoch hatte er ihm eine längere Auszeit genehmigt. Er sollte sich erholen. Benussis Unfall hatte wenigstens insofern ein Gutes, als er ihn für einige Monate zu einem freien Mann machte. Frei, seinem schlummernden Talent als Krimiautor freien Lauf zu lassen.

An diesem Tag erwartete er nachmittags den Besuch von Elettra Morin und Valerio Gargiulo. Er wusste, dass Elettra bald die Prüfung ablegen würde, um Kommissarin zu werden, und er hatte keinen Zweifel, dass sie glänzend bestehen würde. Was Gargiulo anging, wirkte er in letzter Zeit selbstsicherer, weniger tollpatschig. Als hätte er plötzlich sein Jungenkleid abgestreift und wäre zum Mann gereift.

Aber die beiden hatten die Karten nicht auf den Tisch gelegt. Nicht, dass Benussi jemals eine Affäre zwischen zwei Untergebenen gebilligt hätte, doch der Gedanke, dass die beiden sich ineinander verliebt hatten, erfreute ihn irgendwie. Auch wenn er ihnen das nicht auf die Nase binden würde. Das wäre ja noch schöner.

»Sie sehen gut aus, Commissario. Wirklich«, sagte Elettra Morin, als sie ins Zimmer trat.

»In Topform«, bestätigte Valerio Gargiulo und hielt die Flasche Ferrari-Sekt und die Sachertorte hoch, die er mitgebracht hatte, um Benussis Geburtstag zu feiern.

Der Kommissar lächelte überrascht.

Das hatte er ja völlig vergessen. Wobei das Entscheidende war, dass auch Carla nicht daran gedacht hatte. Die würde sich vielleicht ärgern. Der Kommissar schmunzelte in sich hinein. Er sah schon vor sich, wie sie sich gegen die Stirn schlagen und sagen würde: Das ist bestimmt Alzheimer! Ich erinnere mich an gar nichts mehr! Verflixt noch mal!

»Setzt euch. Nehmt die Zeitungen von den Stühlen, dann habt ihr Platz.«

Die beiden jungen Kollegen folgten verlegen seiner Anweisung.

»Wir warten wohl am besten auf Ihre Frau und Ihre Tochter, um anzustoßen«, sagte Elettra.

»Auf meine Tochter würde ich nicht setzen. Da können Bomben fallen, ohne dass sie aus ihrem Zimmer kommt. Carla müsste dagegen jeden Moment hier sein.«

»Wie geht es Ihnen heute?«, fragte Gargiulo.

»Jeden Tag ein bisschen besser. Aber reden wir nicht von mir, erzählt mir was von euch. Was gibt es Neues?«

Die beiden wechselten Blicke und lächelten. Und Gargiulo errötete.

»Lasst mich raten. Ihr habt euch verlobt!«

Elettra Morin brach in Gelächter aus.

»Verlobt! Wir leben doch nicht mehr im 19. Jahrhundert, Commissario. Wer verlobt sich denn heute noch ...«

Benussi spielte den Beleidigten.

»Ach ja. Zu meiner Zeit nannte man das eben so. Ist ja wohl besser als euer schäbiges ›zusammen sein‹, oder?«

»Regen Sie sich nicht auf, Commissario, Elettra ist halt so gemacht. Sie müssten sie inzwischen kennen.«

»Ich kenne sie schon, ich kenne sie«, scherzte Benussi. »Und da mache ich mir Ihretwegen ein wenig Sorgen, Neapolitaner. Sie haben sich da eine taffe Frau ausgesucht, da erwarten Sie nicht nur rosige Zeiten, ist Ihnen das klar?«

Jetzt war es an Gargiulo, in Gelächter auszubrechen.

»Ach, Commissario, an Rosen schätze ich doch immer auch die Dornen.«

Elettra fuhr ihm glücklich durchs Haar.

»Wissen Sie, was ich an Valerio besonders mag, Commissario?«

»Die neckische Strähne, die ihm immer in die Augen fällt?«

»Nein, dass er mich zum Lachen bringt.«

»Ach, ich bin für dich ein Clown?«, sagte Valerio.

»Das ist das schönste Kompliment, das man einem

Mann machen kann, das darfst du mir glauben«, versicherte Elettra.

In diesem Augenblick ging die Tür auf, und herein kam Carla mit einem Päckchen in der Hand.

»Alles Gute zum Geburtstag, Ettore.«

Die Überraschung, die sich auf Benussis Gesicht ausbreitete, brachte seine Frau zum Lächeln.

»Du warst dir sicher, dass ich es vergessen hätte, stimmt's?«

»Ehrlich gesagt habe ich auch nicht selbst dran gedacht.«

Sie legte ihm das Päckchen in den Schoß und lächelte ihn an.

»Das ist ein Sprung in die Zukunft, also nicht erschrecken.«

Ettore Benussi packte das Geschenk aus und stieß auf eine unverwechselbare weiße Schachtel, auf der ein angebissener schwarzer Apfel prangte.

»Seid ihr verrückt? Ein iPad?«

»Da kannst du endlich Zeitung lesen, ohne dass ich dabei sein muss, und die Notizen für dein Buch kannst du damit auch machen …«

»Ich weiß doch gar nicht, wie das geht.«

»Das bringe ich dir bei«, sagte Livia, die in diesem Moment hereinkam, für ein Mal gekämmt, ungeschminkt und ohne furchterregende Ohrringe. »Ist gar nicht schwer.«

Sie machte sich gleich daran, den edlen Tablet-Computer auszupacken, unter den besorgten Augen ihres Vaters.

»Du hast es vielleicht eilig! Da habe ich mich gerade an den Laptop gewöhnt, und jetzt …«

»Mit dem Ding kommen sogar Kinder klar, Papa.«

»Das glaube ich gern, die sind ja auch *digital natives*. Ich bin Mitte des vergangenen Jahrhunderts geboren …«

»Sei halt nicht so kompliziert, Papa. Wenn ich dir sage, dass das kinderleicht ist, dann meine ich auch leicht für jemanden, der sich so anstellt wie du.«

»Na, danke. Ich sehe schon, du hast immer noch eine hohe Meinung von deinem Alten!«

Valerio Gargiulo entkorkte den Sekt und begann, ihn in die Kelche einzuschenken, die Carla in der Zwischenzeit bereitgestellt hatte.

»Auf Ihr Wohl, Commissario!«, riefen Elettra und Valerio im Chor und hoben die Gläser.

»Auf das eure, ihr Turteltäubchen«, antwortete er mit boshaftem Lächeln.

»Turteltäubchen?«, protestierte Elettra Morin. »Das ist ja noch schlimmer als ›verlobt‹.«

»Mich stört es nicht«, lächelte Valerio.

Carla unterbrach den Wortwechsel.

»Sagt mal, habt ihr gesehen, wie rank und schlank euer Commissario neuerdings ist?«

Benussi errötete vor Freude. Dann drehte er sich verlegen zu Livia um und gab ihr einen sanften Klaps auf die Wange.

»Das verdanke ich alles meiner Tochter. Allein durch ihr Mitwirken habe ich fünfzehn Kilogramm abgenommen, und das ohne jede Diät.«

Elettra und Valerio grinsten.

»Weißt du was, Ettore?«, sagte Carla. »Nach allem, was wir durchgestanden haben, ist mir die Dukan-Methode lieber.«

TRIEST

1 Fundort der Leiche

2 Wohnhaus von Commissario Benussi

3 Villa von Signora Cohen

4 Ospedale Cattinara

5 Teatro Verdi

6 Piazza Oberdan

7 Ristorante Salumare

8 Piazza dell'Unità

9 Piazza del Ponterosso

10 Castello Miramare

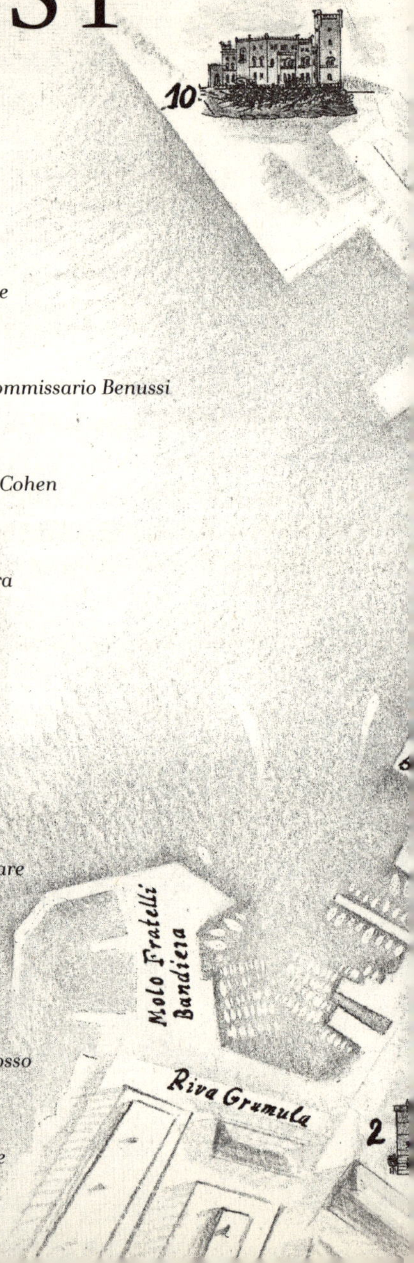

»Ich liebe Triest – der perfekte Schauplatz für Kriminalromane, so wie ich sie erzählen möchte.«
Roberta De Falco